秀吟百趣

tsukamoto kunio

塚本邦雄

講談社文芸文庫

目次

⑪ しら珠の數珠屋町とはいづかたぞ中京こえて人に問はまし　山川登美子　四三

⑫ 雪に來て美事な鳥のだまりゐる　原石鼎　四五

⑬ 夜ふかく唐辛子煮る靜けさや引窓の空に星の飛ぶ見ゆ　伊藤左千夫　四八

⑭ 薔薇呉れて聖書かしたる女かな　高濱虛子　五一

⑮ 檣樓のうへに立ちたるわかうどの面を打ちぬ二月の霰　吉井勇　五四

⑯ 酢牡蠣のほのかなるひかりよ父よ　中塚一碧樓　五七

⑰ 紺青のしづかなる空投節のふしまはしもて夕月ながる　與謝野寛　六〇

⑱ 淡雪や妻がゐぬ日の蒸鰈　臼田亞浪　六三

⑲ 夕づける風冷えそめぬみちばたの空いろ小花みなみなつぼむ　木下利玄　六六

⑳ 人に死し鶴に生れて冴え返る　夏目漱石　六九

㉑ 指をもて遠く辿れば、水いろの、ヴォルガの河の、なつかしきかな。　土岐哀果　七二

㉒ 一日物云はず蝶の影さす　尾崎放哉　七五

㉓ を暗きに我と手にぎる、見よ空の青を照らして春は來れり。　窪田空穗　七八

㉔ 花を見し面を闇に打たせけり　前田普羅　八一

㉕ 月の名の更級はまだ桑の芽の淺々しくて霞まぬころや　太田水穗　八四

秀吟百趣

12

青服のかの髪長きいさなとり陸に来る日はをみな隠せよ

與謝野寛

「いさなとり」は「勇魚取り」すなはち捕鯨船の乗組員である。作者の心には、出漁前の殺氣立つた若者たちが、紺青の船員服をまとひ、長髪をなびかせ、肩を組んでたそがれの港を練り歩く光景が、鮮やかに描かれてゐただらう。既に酒氣を帯びて眼は青み渡り、唇は赤く濡れ、獲物があらば飛びかからうといつた猛猛しさだ。

妙齢の「女」には危險至極、うつかり外に出てゐたら攫はれるかも知れない。さういふ厄日には、娘たちを家の中に、奥の室に隠しておきなさいと、作者は港町の長老か何かのやうに、人人に警めてゐる。だが、娘たちも冒險が好きだ。格子戸の陰から、好奇の眼を輝かせて、危險な男たちの横行するのを視つめる。「青服のかの髪長きいさなとり」、このきりつとした上句十七音だけで、あたりには、たちまち男らの險しい體臭が漂ふ。潮風で鍛へた喉で歌ふ船歌の一ふしも響いて來さうだ。背景には、今朝初霜の降つた港町の白い石疊や、盛り場へ花街へ墓地へ、四通八達した暗い小路がふさはしからう。

鯨捕りといへば、メルヴィルの『白鯨(はくげい)』の發端(ほったん)、この大ロマンの語部(かたりべ)イシュメールが、ナンタケット經由でホーン岬へ向ふ足がかりに、まづニュー・ベッドフォードの港に著いたのは十二月初旬のことだつた。街には船員相手の旅籠(イン)が軒を連ね、「銛十字亭」「劍魚館」「勇魚屋」と看板が竝んでゐる。いたる處に毛むくぢやらで赤ら顔の荒くれ男がひしめき、派手な喧嘩も始まつた。イシュメールは何の因果か、彼らの中でも一際(ひときは)屈強な、腕にはクレタ島の迷路さながらの刺青(いれずみ)を施した赤色土人クィークェグと、一夜、一つの寢臺で眠る破目に陥る。後後には無二の親友として生死を共にすることになるのだが、それはさておき、鯨取りに賭けた男たちの、なまぐさくてしかもいさぎよい、悲愴でしかも明朗な人生の斷面が、あの第三章には、實に生きいきと書かれてゐた。

寛の歌の「陸(くが)」はどこの海岸だらう。古來捕鯨の根據地としては、三陸、紀伊、五島、北海道が名高いが、私はなぜか、紀伊半島、五島列島あたりの入江が目に浮ぶ。男らの來る日は、眞晝は小春日和、柘榴(ざくろ)が血紅の返り花を、丘の茂みに二、三輪つけてゐるのも目に浮ぶ。日本では十六世紀後半に銛による捕鯨が始まり、次が十七世紀初頭紀州に起つた突取式、やがて手投げ銛と網を併用する網取式捕鯨に發展して行く。アメリカ方式、ノルウェイ方式の近代捕鯨法が導入されたのは明治三十二年だ。この歌に現れるのは、その走りとも言ふべきハイカラな水夫たちと考へるなら、「青服の」も一段と生きて來るのではあるまいか。女を隱せと言ふのも、實は逆に出ておいでと唆(そそのか)してゐるのかも知れない。

古いシャンソンには、イヴォンヌ・ジョルジュ創唱の民謡「水夫の歌」があり、これはメキシコ、アルゼンチンを經てホーン岬へ抹香鯨（まつかうくぢら）を捕りに行く男らの船出の歌である。世界の人種の吹き溜りの、ボルドーの港の捕鯨船、挨拶や掛聲も、フェアウェル、アデュー、ウラー、と賑賑（にぎにぎ）しく、それでゐて明日知れぬ身のあはれが、浪の音にもまつはる、不思議な持味の歌ではあつた。今日ではもはや傳説に近い、海の男らの物語である。

與謝野寛は明治六年京都岡崎の生れ、二十八歳で新しい短歌の牙城「明星」を創刊した。後の妻鳳晶子（ほうしやうこ）や後に夭折する山川登美子に會ふのもこの年である。「いさなとり」の歌を含む歌集『相聞（あひぎこえ）』は、それから十年後に、最盛期の秀作をちりばめて出版された。

渡邊水巴(わたなべすいは)

金鈍(にぶ)る三日月は霜かかるらし

水巴は暁に死ぬことを望んでゐたといふ。「花のもとにて春」「きさらぎの望月(もちづき)の頃」死なうと歌つた西行に比べて、遙かに無欲、潔癖で澄み徹(とほ)つてゐる。比べる要もないが、野人(やじん)、世捨人をよそほひながら、終生京周邊から脱(のが)れられなかつた「新古今」の歌人西行と、江戸風に洗練に洗練を重ねた東男(あづまをとこ)の、瀟洒(せうしや)な俳人水巴が、七世紀の時空を隔てて心に浮んで來る。

霜降つて金の輝きの曇る月、宵のうちほんの暫く空にかかるあの儚い三日月だ。それにしても、霜のために「金鈍る」と見た感覺の冱(さ)えはすばらしい。竝(なみ)の人なら月は雲に隠れ、あるいは曇つて暈(かさ)、すなはち傘をさすくらゐのところがせいぜいだらう。もつとも古人は春の花もまして秋の月を愛し、殘した秀歌絶唱は數知れない。月齢にしても、新月、二日月、三日月、七日月、八日月、九日月、十日餘(とをかあまり)の月、十三夜(じふさんや)月、十五夜の月あるいは望月(もちづき)または滿月、十六夜(いざよひ)の月、次に十七夜は立待月(たちまちづき)、十八夜は居待月(ゐまちづき)、十九夜は臥待月(ふしまちづき)

と呼び、二十日月、二十日餘の月、二十三夜月となる。舊暦八月の滿月を特に「名月」と稱するが、その夜が雨天ならば雨月、曇つて見えねば無月と言ふ。無い月を空に見るとは、むしろシュールレアリスムの美學か、はたまた禪の悟りに近からう。いづれにせよ、それほどまでに月に盡す心を、私はゆかしく、時にはそら怖ろしくさへ思ふのだ。

　霜降る朧月は水巴の獨創である。もとより現實にそんな現象の起るはずはない。ただ、純金の鎌さながらの鋭い形はたちまち朧となり、一面に雲母を刷いたやうに鈍く仄白く光る。折しも候は寒露と霜降のあはひ、夕月の曇りは、まさに月面に霜の降つた趣であつた。銀屛風に淡墨で描いた枯野、その天にこのやうな月を浮べたら、さぞおもしろい繪にならう。贊には六百番歌合、良經の歌を借りて「見し秋を何に殘さむ」とでも上代樣でしたためたらどうだらう。

　一句十七音の中「い列」音が六つ、「あ列音」五つ、「う列音」四つ、「お列音」「撥音」各一つ。「え列」音の一つも無いことが、この作品に韻の上でも冷え侘びた、清冽な印象を與へるのだらう。しかも、澄み過ぎる一歩手前で止めて、ことさらに「金鈍る」と、いささか耳に觸る、めりはりの強い發音の初句を置いたところなど、名手と言つてよからう。水巴には月の秀句が多い。

　別る、やいづこに住むも月の人

　うつし身のいつまで兄や月の秋

あるいは「月の梅仰がるる一花斜なる」「花冷に欅はけぶる月夜かな」「日輪を送りて月の牡丹かな」「向日葵の金色冷ゆれ月の秋」「望の月雨を盡くして雲去りし」「雲に明けて月夜あとなし秋の風」等等、いづれも甲乙をつけがたい味はひはあるが、私は言ひ得て妙味ある人事の句よりも、霜降る三日月のすさまじい美意識と氣位を採つた。

「あの月を御覽なされ。あの月かげの妖しいことはどうぢやて、奥津城のなかから脱けいでた女人のやうぢや。亡つた女子のやうぢや。死人だちを捜してゐるやうにも感ぜられまするてな」とは、ワイルドの『サロメ』の冒頭、王妃へロデアの侍僮の獨白、日夏耿之介の珠玉の名譯によるものだが、水巴の見た三日月も、春三月花の夜の近づく頃は、このやうな趣を呈するかも知れぬ。畫家を父に持ち、歌舞伎を好んだ水巴は、案外唯美派ワイルドと相通ずる面があつたやうな氣もする。

18

若山牧水（わかやまぼくすい）

山を見よ山に日は照る海を見よ海に日は照るいざ唇（くち）を君

このやうな情熱的な戀歌を見なくなつて久しい。微妙な心理のあやを、きめこまかに歌つた女歌（をんなうた）なら、今日でも掃いて捨てるほど見られるが、思ひの丈（たけ）を朗朗と、また切切と訴へるますらを振（ぶり）の、正統の歌は地を掃はうとしてゐる。情熱的と言へば、人は『みだれ髪』『赤光』『桐の花』の戀歌を想ひ起すだらうが、明治末年、大正初年の歌風を、特に華やかな愛の口説（くぜつ）の晶子調や、茂吉の萬葉寫し、白秋の異國情緒に代表させてしまふのは片手落の嫌ひがあらう。牧水には彼獨特の爽やかに、ほろ苦く、しかも鬱鬱と底籠（そこごも）つた青春の歌があまたある。

「山を見よ山に日は照る／海を見よ海に日は照る／いざ唇（くち）を君」、この二句切、四句切は珍しい構成であつた。息つく暇もないほど急テンポの疊みかけ、口早（くちばや）で強引な追驅けは、いかにも若者の切迫した感情そのものであり、相手に否應（いやおう）を言はさぬ。迫られた人は、恐らく恍惚として目を瞑（つむ）つたことだらう。山にも海にも陽は隈（くま）なく照り白（しら）む、眞晝間の死の沈默の中に、相抱く戀人同士、今世界に在るのはただ二人のみ、二人を阻む者、阻み得る掟は何も無い。大自然の中に炎え上る肉と心、萬葉の昔から數限りなく繰返し歌はれて來た主題ながら、牧水の歌は、意表を衝いたリズムも效を奏して新鮮であり、七十年を經た今日でも少しも古びてゐない。

接吻くるわれらがまへに涯もなう海ひらけたり神よいづこに

更にまた「ああ接吻海そのままに日は行かず鳥翔ひながら死せ果てよいま」「くちづけは永かりしかなあめつちにかへり來てまた黒髮を見る」等、奔放な官能描寫は目を瞠らせるものがある。官能描寫なら「みだれ髮」にももつと濃艷であらはな歌も散見するが、牧水『海の聲』における接吻の群作は、何よりも雄雄しく清清しい。

論より證據、引用の四首を、晶子の「春みじかし何に不滅の命ぞとちからある乳を手にさぐらせぬ」「乳房おさへ神祕のとばりそとけりぬここなる花の紅ぞ濃き」等のかたはらに置く時、嵐の後の罌粟畑と新綠の樅の林ほどの違ひを見るだらう。いづれが上、いづれが下といふのではない。同じやうに大膽な表現を試みても、こころゆくばかり歌つても、作者の個性によつてこれほど與へる感動の質に開きがあることを言ひたいのだ。私は牧水を好む。この直線的な若若しい響きは茂吉の歌には乏しい。白秋の歌はより鋭くより脆い感じがする。

牧水がこれらの戀歌を含む歌集『海の聲』を世に問うたのは弱冠二十四歳の夏であつ

た。前記茂吉の『赤光』は作者三十二歳の秋に出版されたものだし、『桐の花』は白秋二十九歳の正月上梓された。二十四歳の夏といへば、これまた晶子『みだれ髪』とぴたりと符節を合す。早熟の天才を數へるなら、この三人にまづ指を折るがよい。もつともこの四名の中、牧水一人はわづか四十四歳で世を去つた。昭和三年九月十七日を命日とする。

　上田敏の名譯による泰西詞華集『海潮音』の出たのは明治三十八年初秋、牧水『海の聲』の三年前であつた。彼の年譜等には、影響を受けたのは晶子、柴舟、藤村その他が記されてあるのみだが、あの爽やかな調べは、そして「海」のテーマとモティーフは、『海潮音』からではなからうかと、私はひそかに空想を愉しんでゐる。本を繙けば巻頭から次次とダヌンツィオもリールもエレディアも、競つて海を歌つてゐる。「寂寞大海の禮拜して、天津日に捧ぐる香は、淨まはる潮のにほひ」などと。

富安風生

昔男ありけりわれ等都鳥

考へやうでは風雅の極み、考へやうでは縁無き衆生を相手にせぬ乙に氣取つた句だ。すなはち、この句のおもしろみを十分に味ははうと思つたら、『伊勢物語』をよく讀んでおかねばなるまいし、また謠曲では「昔男」の出て來る、世阿彌作の「井筒」や「杜若」、都鳥の歌を引いた元雅作の「隅田川」あたりも知つておけばなほよからう。一句の背後にある古典、その優雅な物語の世界を知ると知らぬでは、感銘も感動も全く異る。

昔は本歌取、今はパロディ、既に人に知られた名作に手がかり、足がかりを求めて、ここから別の趣向を生み、二重の愉しみを得ようとする、手の籠んだ創作方法だ。古い庭園などに見る「借景」も廣い意味ではこの方法の一つに數へてよからうし、替歌などは一番單純で手輕な例だ。何となく讀み過してゐるが、たとへば百人一首、權中納言藤原定賴の「朝ぼらけ宇治の河霧絶えだえにあらはれわたる瀨瀨の網代木」にせよ、柿本人麻呂の「もののふの八十氏川の網代木にいざよふ波の行方知らずも」が本歌であること、『源氏物語』の「宇治十帖」の舞臺を背景としてゐることを、一應は心得ておくべきだらうし、清少納言の「よに逢坂の關は許さじ」なども、『史記』孟嘗君、函谷關の故事を知らねば興味は半減する。他の歌にも洩れなく本歌か來歴はつきまとつてをり、歌の生れた當時は、當然知つた上で鑑賞するといふならはしがあつた。本歌、原典に不案内な人は、その作品を享受する資格も無かつたのだ。

「昔、男ありけり」は『伊勢物語』計百二十五段の、各段冒頭に頻頻と現れる語り出しの極り文句だ。「都鳥」は第九段の終章、隅田河のくだりに出て來る。百合鷗の別稱とも言ふが、私はつまびらかにしない。第九段は人口に膾炙した美しく哀しい插話である。

昔、男は京を捨てて東の方へ下つて行く。三河の國の八橋でかきつばたを見、例の、その五文字を各句の頭においた「唐衣著つつなれにし妻しあればはるばる來ぬる旅をしぞ思ふ」は詠み人の涙を誘ふ。やがて駿河の國に入り宇津の山を越え「夢にも人に逢はぬなりけり」の歌を、京上りの人にことづける。頃は五月の末、富士山の頂上は雪をかむつてゐた。なほ行きかつ行き、たうとう武藏と下總の國境を流れる大河、隅田河を渡ることになる。

　限りなくとほくも來にけるかなと侘びあへるに、渡守、はや舟に乘れ、日も暮れぬといふに、乘りて渡らんとするに、皆人ものわびしくて、京に思ふ人なきにしもあらず。さるをりしも、白き鳥の嘴と脚と赤き、鴫の大きさなる、水のうへに遊びつつ魚をくふ。京には見えぬ鳥なれば皆人見知らず。渡守に問ひければ、これなん都鳥といふを聞きて、

名にし負はばいざこととはむ都鳥わが思ふ人はありやなしやと

とよめりければ舟こぞりて泣きにけり。

何度讀んでも胸に沁むくだりだ。この簡潔で意を盡した文は絶品に近い。そして「昔男ありけりわれ等都鳥」と「われ等」の三字以外すべて伊勢を寫し、しかも現代の、塒定めぬ浮寝の百合鷗に、暗に人のさだめを諷した、風生の大膽不敵な俳句にも、私は兜を脫ぎ、喝釆を送りたくなる。風生の代表作として「門口を山水走る菖蒲かな」と共に、私の最も好む句だ。作者も亦三河から武藏に下つた人であつた。

北原白秋（きたはらはくしう）

わかき日は赤き胡椒（こせう）の實のごとくかなしや雪にうづもれにけり

あの熱帶植物の胡椒が雪に覆はれて、なほ實つてゐるやうな狀態が、果してあり得るだらうか。『邪宗門』は二十五歳の若書だが、その頃の南蠻趣味が更に幻想性を濃くして、四年後に出版した處女歌集『桐の花』の中にも蘇つてゐるのだらうか。なるほどインドの西方の「胡椒海岸」で生れた香辛植物に雪を配するのは、白秋らしい好みかも知れぬと、さかんに想像をめぐらせてみる人も多いだらう。實は私もその一人であつた。

ところが物の本によれば、九州を含む西日本では、蕃椒（たうがらし）のことを胡椒と言ひならはすとか。一説には仙臺あたりも同様の方言があると傳へる。それなら話は別だ。その種類數十に上る唐辛子の中でも、晩秋にかけて火焰のやうに眞紅に熟れ、辛み一段と凄じい「鷹の爪」なら、立ち枯れ同様畑に殘され、雪に遭（あ）ふことも多多あり得る。その凍る「赤」の群が、二十代も半ば過ぎ、さらばと「青春」に別れを告げねばならぬ「白秋」の目には、殊更にいたいたしく映つたのだ。望みを遂げず、願ひもすべてはかなはず、壯年に入る前の、青年の焦燥を、鮮やかな言語感覚でぴしりと捉へてゐる。

　男子らは心しくしく墾畑の赤き胡椒を刈り干しつくす

　山羊の乳と山椒のしめりまじりたるそよ風吹いて夏は來りぬ

　松脂のにほひのごとく新しくなげく心に秋はきたりぬ

　どくだみの花のにほひを思ふとき青みて迫る君がまなざし

　寂しさに堪へてあらめと水かけて紅き生薑の根をそろへけり

　ガソリン・コールター・材香・沈丁と感じ來て春繁しもよ暗夜行くなり

唇に咽喉にそして心に、ひりひりと沁むやうな香や味にはまことに敏感で、白秋一流の美學を創り上げてをり、「香ひの狩獵者」と題する詩文集を晩年に世に問うてゐるほどだ。さう言へば二十七歳の『思ひ出』にしても、一寸角度を變へて讀むなら、むせかへるやうな「香氣交響樂」とも言へよう。たとへば「私はその山の中で初めて松脂のにほひを嗅ぎ、ゐもりの赤い腹を知つた。さうして斑猫と毒茸と、……いろいろの草木、昆蟲、禽獸から放散する特殊のかをりを凡て驚異の觸感を以つて嗅いで廻つた。かゝる場合に私の五官はいかに新しい喜悅に顫へたことだらう。それは恰度薄い紗に冷たいアルコールを浸して身體の一部を拭いたあとのやうに山の空氣は常に爽やかな幼年時代の官感を刺戟せずには措かなかつた」といふくだりなど、全身を嗅覺にした白秋の嘆息を聽く思ひがする。「赤き胡椒の實」も色は勿論、舌を灼くやうな辛みと焦げるやうな香をこそ、青春の象徴としたのであらう。

黒鶫（くろつぐみ）野邊にさへづり唐辛子（たうがらし）いまし花さく君はいづこに
蟹（かに）を搗（つ）き蕃椒（たうがらし）擂り筑紫びと酒のさかなに嚙む夏は來ぬ

白秋は「胡椒」の、方言としての效果を、讀者の錯覺を百も承知で、殊更に使ひ分けてゐたやうだ。文字遣ひさへ一首一首心を配つたのだらう。ちなみに九州で、正眞正銘の「胡椒（ペパー）」そのものは「洋胡椒（やうこせう）」と稱するとか聞く。まさに「玉蜀黍（たうもろこし）」そつくりの、舶來を二重に強調した珍妙な呼び名として、記憶に價する。

村上鬼城

冬蜂の死にどころなく歩きけり

寒を迎へた昆蟲類のあはれは、殊に蜂や蝶に一入強く感じられる。蜂は人を脅す針を持ち、あの夏空に威を振つてゐたゆゑに、蝶は華麗な衣裳を翻して、かの花園の王女にたぐへられてゐたゆゑに。霜柱のやうやくゆるんだ晝近い地上を、力盡きた蜂は、もはや飛ぶ力もなく、よろよろと足を引きずつて行く。汚れた翅が土に觸れ、觸角も先は耗り切れてしまつた。

「歩きけり」この座五には、作者の舌打をも交へた憐れみが、ありありと感じられる。あまりにもみじめたらしくて正視に耐へぬ。そのくせ目を逸らすこともできぬ。「死にどころなく」とは言葉の彩、行きついた所がそのまま墓なのだ。行きつくのが怖ろしい。わづかな息でも通うてゐる間は、蜂はひたすら動き續ける。時は寒中、死にはぐれたこの蜂を狙ふ蜘蛛も蟻ももうゐない。恐らく彼らを造り給うた神さへ、その末期など御存じあるまい。しかし、一人、この句の作者は見つめてゐる。

「ホトトギス」大正四年の一月號に、この冬蜂の句は載つた。時に鬼城五十一歳、聽覺不全のため、明治二十七年以來の職であつた裁判所代書を免ぜられた。多くの子女を抱へた彼は、職あつてさへ赤貧洗ふがごとく、口をついて出る句はすべて暗澹とした響きを傳へる。もともと、その代書業にしても、耳疾のため司法官を斷念した結果の恨みの籠つた職であつた。

死にどころない冬蜂であつた鬼城は、しかしながら古稀を越えて昭和十三年までながらへた。彼の句に現れる弱小動物は、すべて志を遂げず、虐げられ、貶められた彼自身の分身に他ならぬ。その辛くかつ苦い句風は、しばしば小林一茶に比較されるところだが、鬼城には一茶の、あの今一歩で川柳になる露骨な諧謔はない。したたかな詩魂が、泣き笑ひの醜貌をさらすことを抑へたのだらう。

川端や芥にまじる秋螢

昆蟲の句はこれら以外にも、「てふ〳〵の翅引裂けて飛びにけり」「啞蟬の捕られてぢぢと鳴きにけり」「夏草に這ひ上りたる捨蠶かな」「秋雨やよごれて歩く盲犬」「小春日や石を嚙み居る赤蜻蛉」「凍蝶の翅をさめて死ににけり」等等、すべて、思はず目を背けたくなるばかりいたましい。しかも俳諧が、少くとも芭蕉の流れを汲む俳人が、つひに踏み違へてはならぬ、おぼろな美の領域内に、しかと足を止めてゐる。一茶の「おのれらも花見蝨に候よ」「づぶ濡れにぬれてまじまじ蜻蛉かな」「寒いぞよ軒の蜩唐がらし」と比べられては鬼城も死に切れまい。鬼城の五十一歳は、まさに泣面に蜂、踏んだり蹴つたりの苦境であつたが、それより丁度一世紀の昔、一茶も五十一歳で、實弟仙六から金十一兩二分を取上げて、十三年に渡る骨肉の争ひにピリオドを打ち、翌年は二十四も年下の女を嫁に迎へ、宗匠としての收入（みいり）も少くはなく、明専寺の富籤も買ひ、數口（すうくち）の頼母子講（たのもしかう）にも加入した。鬼城も勿論、一茶の句や境涯は十分知つてゐたらう。そして句を比べられたなら、あやかりたいやうな結構な御身分、あの僻（ひが）んで拗（す）ねた句は贅澤貧乏、榮耀（えいえう）に剝（む）く餅の皮と、口を歪めて笑つたに違ひない。

ちなみに蜂は昆蟲類膜翅目（まくしもく）のうち、蟻を除くものの總稱で、巣を造る種類だけでも、蜜蜂、似我蜂（じがばち）、足長蜂、雀蜂、土蜂（どばち）、姫蜂、徳利蜂、鼈甲蜂（べつかふばち）等に分れる。季題の「冬」の部に現れる「冬蜂」は、われわれの周邊に最も普通に見られる足長蜂あたりであらう。なほ鬼城は本名荘太郎、鳥取藩士の長男として江戸に生れてゐる。

與謝野晶子

いざよひの月のかたちに輪乗りしていにける馬と人を忘れず

「輪乗り」とは、騎馬法の中の庭騎の一種で、廣場や野を圓形に乗り廻すことだが、この騎士は月明の夜に、人を戀うて、その燈を遙かに望みつつ、廣野を圓く竝足で歩ませ、心激すればギャロップで驅け、つひに訪れずに立去つたのであらうか。「いざよひ」は十六夜、十五夜よりもやや細つて見えはするものの、知らずに仰げば見分けはつくまい。當然のことに、馬の蹄の跡が十五夜の全き圓の形を描かうが、十六夜をなぞらうが、はたまた十三夜月の楕圓であらうが、判別できるものではない。それをあへて「いざよひ」と言ひ切つたのは、一に晶子の鋭い直感であり、言語感覺のたまものであつた。

一讀して高い塔樓の窓から、遠野を瞰下す人影が浮ぶ。この場合、騎士道物語などに現れる美姫を想像するのも自然だらう。騎士は當然遠目にも眉秀でた美丈夫、「輪乗りしていにける」、すなはち、雄雄しくゆかしいデモンストレーションを試みたのみで引返すには、それだけのゆゑよしがあつたのだらう。二人の間をジュリエットとロミオ風に考へるのも一興だ。そして結句「忘れず」に、その騎士とも、つひに結ばれることなく、唯一の胸ときめかせた思ひ出とせざるを得ぬ佳人の、悲涙を思つてもよからう。季節、時間は自由に想定すればよい。早春の、若草の萌え始めた野、野火の跡のまだ點點と殘る湖畔もおもしろからう。また秋草も枯れ、ところどころに草紅葉の血のしづくを見る霜月の野も格別の趣だ。時は、私も「いざよひの月のかたち」に引摺られて、つい月明の夜などと言つてしまつたが、決してそのやうにことわつてもゐず、あるいは黄昏の光の中の方がふさはしいかも知れぬ。曉の、空に紅の兆す頃もさはやかな味はひを加へるだらう。眞晝はこの場合論外となる。

それにしても、この歌の變つてゐるところは「馬と人を忘れず」だ。普通なら「輪乘りしていにける人を忘れず」と、人だけで終る。馬を言ひ添へるにしても、人より先に出すことはあるまい。馬上の青年を際立たす、純白の馬、さもなくば雪白の外套を翻す貴公子を、天上へ連れ去るかと思ふ漆黑のアラビア馬、いづれにしても、一目でそれと知れる駿馬であつたはず。人への思ひはそれに準じ、まださほど炎え上つてはゐなかつたと見てもよい。勿論、人を後にしたところに、卻つて處女のはぢらひを察するのも一つの鑑賞法だ。そして、一首の歌からこれほどロマネスクな想像を生ますのも、やはり作者の竝竝ならぬ力量であつた。

これを收めた歌集は『常夏』、明治四十一年七月の刊行、時に作者三十一歳。處女歌集

『みだれ髮』から七年經過してゐる。歌集も『小扇』『戀衣』『舞姫』『夢之華』『黑髮』『白光』と、合著や選歌集も含めれば計七冊を數へ、文名は天下に響いてゐた。私は彼女の、やや幼稚な、しかも驕慢（けうまん）で手のつけられぬ青春歌はあまり好まない。それよりも、一見單純な敍景歌や、さりげない抒情詠の、息を呑むばかり鮮やかな表現を畏（おそ）れ、かつ愛するものだ。

　紫野なでしこ折ると傘たたみ三騎の人に顔見られけり
　妙高（めうかう）の山虎杖（やまいたどり）のくれなゐの鞭をつくりぬ天馬に乘らん

彼女は馬と騎士を折に觸れて歌つてゐる。思へば夫寛は、そのかみ悍馬（かんば）に跨つて、ある日突然晶子の前に現れ、うむを言はさず横抱きにして連れ去つた猛猛（たけだけ）しい騎士ではあつた。

飯田蛇笏

おほつぶの寒卵おく襤褸の上

きびしい語感の多い冬の季語の中で、「寒卵」は、一瞬ほつとするやうな溫みと親しみのある言葉だ。暗闇に仄かな燈のともつた安らぎをも感じる。他にもそれに似た言葉としては、「小春」「返り花」「芹焼き」が心に浮ぶが、寒卵のまろやかな懐しさは格別である。寒中は鶏も産卵が少くなりがちで、海に遠い町や村では、かつては魚や貝も入荷が細り、いきほひ漬物、干物が日日の食膳に上り、卵は貴重品扱ひであつた。マス・プロダクションの卵は、當今、年が年中市場に溢れ、寒卵も菜種卵も土用卵も有つたものではない。ことごとく淡い淡い卵黄の、大きからず小さ過ぎず、當然のことながら個性も特徴もない、侘しい消耗品になりはてた。

だが此頃でも稀には文字通りの地卵がある。ほとんど橙黄に近い、瞠つた目さながらの黄身、殻も微かに褐色を帯びてしかも厚く、掌に載せるとずつしり重い。まして寒中なら、生みたてのものは、人肌よりも溫い。この句の卵はまさにそれであらう。そのやうな卵は置くにも場所を選ぶ。皿の上ではがちがちと危く、布巾（ふきん）やタオルも何かそぐはない。土や藁や砂の上なら改めて「おく」とは言へまい。寒卵を害（そこな）はず、優しさを殺さず、なほ、豊かさを喪はぬために、作者は「襤褸＝つづれ＝ぼろ」を選んだ。恐らく、洗つて洗つて洗ひ晒した、それゆゑに繊維もふつふつと毳（けば）立つた、純白の襤褸であらう。あつてほしい。大粒の寒卵、寒中の人間にとつては、むしろ珠玉にまさるその一塊の、多分、受精済みの卵は、凍（い）て返る寒の眞晝の暗がりで、内から、しづかに光を放ち始める。卵を置かれた刹那から、襤褸すら豊かな量感を以て、険しい寒氣に顫へる空間をやはらげる。その滿ちたりた、法悦に似た「存在」を、この句はひしひしと讀者に傳へる。梅雨時（つゆどき）の流れ易い卵を雑巾（ざふきん）の上に載せても、あるいはこれまた貴重な土用卵を晒木綿で包（くる）んでみても、二度とふたたび、襤褸上の寒卵の、言ひがたい輝きとなごやかさは生れて來ないだらう。

存在としての卵と人間のかかはりを、白秋は第二歌集『雲母集（きららしふ）』の中で「大きなる手があらはれて晝深し上から卵をつかみけるかも」と歌つた。蛇笏も必ずやこの高名な秀歌を知つてゐたらう。たしかに句は季感を得て、みづみづしく息づく。しかし、その代りに、白秋の歌の巨視的な迫力は喪つた。そして歌も句もそれぞれに美しい。生命感は漲り、もはや手を觸れる餘地もないくらゐ、深い光をたたへてゐる。こののち卵はどうされるのかさへ、考へ及ばず、考へるのが無殘でもある。

寒卵の句は蛇笏五十三歳六月の第二句集『靈芝（れいし）』に収められた。ちなみに句集には

「襤」の字が絲扁になつてゐるやうだがさういふ漢字は寡聞にして知らない。「つづれ」「ぼろ」は普通「襤褸」時として「襤縷」と表記し、古くは藍褸とも書いた。發音も、作者は「ぼろ」としてゐるが、他に「らんる」「つづれ」の二種が考へられる。私は中七の「寒卵」の「かん」との響きあひを念頭に置き「らんる」と讀んでみた。「おほつぶ」の「ぶ」とのひそかな押韻（あふゐん）を樂しんで「ぼろ」と訓むのが妥當であらう。

蛇笏とは漢方藥の一種とも聞くが、私は確めてゐない。もつとも青年時代、筆名を白蛇幻骨と稱してゐたこともあるから、文字謎（アナグラム）を試みたのであらう。山梨縣も深山幽谷を目のあたりにする東八代郡境川に生れ、そこで七十七歳の天壽を全うし、永眠した。

電車とまるここは青山三丁目染屋の紺に雪降り消居り

齋藤茂吉

茂吉第二歌集「あらたま」の、大正三年作「雜歌」十七首の中にあり、初めは讀賣新聞の同年三月八日に「雪のゆふべ」といふ題で發表した歌だ。「青山」は作者の住居のあつた所で、『赤光』以來、をりをり作品に登場するが、いつの場合も、この固有名詞の語感が、實に巧に生かされてゐる。たとへば「青山の町蔭の田の水さび田にしみじみとして雨ふりにけり」は、赤い鑛水などの浮いた鈍色の廢田に降る雨のわびしさが、「青山」の「青」によつて更になまなましく感じられる。

だが青山の青の鮮烈無比の效果は、この染屋の歌に極まる。青は勿論「染屋の紺」を誘ひ出し、それに溶け入るのだ。あまつさへ無垢純白の雪が、染物店の紺暖簾に霏霏と降りしきり、たちまちに消えて行く。「染屋」は恐らくそのかみの紺屋の、やや近代化したものだらう。明治も末年になると、藍草から取つた正藍も、紅花から取つた紅も、化學性染料の硫化青やナフトール赤の低廉な加工賃、大衆受のする鮮やかな發色に押され逐はれて、一部の特殊な好尙として、細細と生きながらへるやうになる。青山三丁目の染物店には、暖簾をぐつて三和土の土間の次の間を見れば、まだ藍甕が据わつてゐたのではあるまいか。主人公が藍玉を水に浸けてゐる傍では、内儀が水に浸けた大豆に、石灰を加へて挽いてゐたかも知れぬ。雪に飾られる紺暖簾、所は青山、それだけで藍の香が漂つて來るやうな感じがする。

その紺の青山に、今一つ破格の働きを示すのは電車だ。これも大正の始めには、東京の人人にも、まだ瞠目に價する文明の利器の印象を與へてゐたことだらう。茂吉の歌にもしきりに現れる。皆獨特のアクセントで歌はれ、作者の興味の一方ならぬことを示してゐる。この歌にしても、上句のものものしいポーズはどうであらう。講談か浪曲の謳ひ文句が一瞬心をかすめ去る。まさに張扇の一本も持ち、斜に構へた方がぴたりと來るやうだ。事實、茂吉はさういふ寄席を殊の他好んでゐたと聞く。この歌に續く一首「ほうつとして電車をおりし現身の我の眉間に雪ふりしきる」から推察すれば、多分巣鴨からの歸途で、既に青山界隈には夕闇が漂ふ頃である。しかし、夜目にも、まるで道標のやうに染物屋の藍も匂ふかの暖簾ははためいてゐた。「雪降り消居り」の小刻みな息遣ひには、おのづから作者のときめきが感じられる。

茂吉の電車は常に諧謔を交へた感動を運んで來る。すなはち「これやこの行くもかへるも面黄なる電車終點の朝ぼらけかも」「除隊兵寫眞をもちて電車に乘りひんがしの天明けて寒しも」「赤電車場ずゑをさして走りたりわれの向ひの人はねむりぬ」「いらだたしもよ朝の電車に乗りあへるひとのことごと罪なきごとし」「晩夏のひかりしみとほる見附したむきむきに電車停電し居り」等等、一つ一つ微笑、苦笑を誘はれる。都會人はもう感覺が鈍くなつてつい見過してゐる、電車なる怪物の持つ冷酷な一面を、みちのくに生れ、十五歳で上京して來た茂吉は、三十歳過ぎてもなほ、鋭敏に感じ取つてゐたのだ。

『あらたま』の出たのは大正十年の一月、作者は不惑に達してゐた。天下に盛名を馳せた『赤光』以來八年目のことである。『赤光』上梓の翌年四月、三十三歳で彼は結婚し、翌翌年の三月には長男茂太が生れた。あれほど日常に忠實な作者だが、その年年の春に、これに關る歌がどういふわけか歌集には見當らない。

青木月斗(あをきげつと)

元旦や暗き空より風が吹く

正月一日の日の出はたとへば昭和五十二年なら東京が六時五十一分、大阪が七時四分と決つてゐるらしい。「暗き空」とは、恐らくそれより二、三十分は早い、鶏の鳴き初める頃の天であらう。若水を汲む音もどこからか響いて来る。だがしかし、新しい年がめぐつて、今日から心機一轉、希望に滿ちて生きよう、などと、月並(つきなみ)なことをこの作者は言はない。「暗き空より風が吹く」と、膠(にべ)もなく言ひ放つて横を向いてゐる。

「暗き空」とは未明といふだけでなく、晴天ではないことも意味してゐるのではあるまいか。吹く風もこころもち生溫(なまぬる)い。まことに正月らしからぬ空模様であり、句の趣ではある。新年といへば、昔なら大方反射的に、たとへば内藤鳴雪の「元日や一系の天子不二の山」あたりを思ひ出し、家長を正座にずらりと居竝んで屠蘇を祝つたものだらうし、さういふ古式ゆかしい迎春の景色も、私はあながち嫌ひではない。だが、新年は誰にでも、必ずしもめでたいものとは限るまい。めでたさも中(ちゆう)くらゐと言つた一茶など、まだしも幸福な方で、最悪の状態で年末年始を送り迎へる人も數多（あまた）ゐるだらう。

個人的なめぐりあはせの良し悪しは抜きにしても、この不安な、まやかしの平和の世界を、手離しで祝福してゐられるのは、よほど暢氣（のんき）な人だ。年が改つたところで本質的には何一つ新しくなどなつてはゐないし、またなるはずもない。昭和五十二年は一月一日の六曜が佛滅、縁起でもないと顏をしかめてゐた人もあらう。何がめでたいものか。振舞酒で羽目を外し、一日早早から人に絡んでゐる奴らこそおめでたい。さう呟いて普斷著のまま、默默と、常のやうに仕事を續ける天邪鬼（あまのじやく）がゐてもおもしろからう。否ゐてほしいものだ。

もつとも作者青木月斗は、さうまでつむじ曲りな意味を持たせようと思つたわけではない。歳末のあわただしい風景を眺めながら、ふつと視線を逸らせて「行年（ゆくとし）や空地の草に雨が降る」と吟（ぎん）じたやうに、あへて人の思ひの屆かぬ空間に思ひ及んで、そつと告げたのだらう。私は毎年、除夜の鐘が鳴り終つて近隣合壁もまだ眠りに沈んでゐる頃、なぜかこの句を思ひ浮べる。何がめでたいものかなどといふ呪ひもさることながら、もつとつつしみ深い、みづからへの慰め、世の人へのいたはりに似た思ひが湧いて來ることもある。その時その時の讀者の心のありやうに從つて、自在に味はひを變へて行く、これは不思議な俳句の一つではあるまいか。

月斗は子規の弟子で明治十二年大阪の生れ、「車百合」といふ俳誌を創刊した折、師匠から「俳諧の西の奉行や月の秋」といふ祝句が贈られたといふ。月斗と號する以前は月兎と稱してゐた。家業は藥屋、快通丸、天眼水などの本鋪として、かなり知られてゐたらしい。大正九年に創刊の「同人」の名も、關西では通つてゐる。

「藥園の風露に秋の近づきぬ」といふ作があるが、これは多分、家業用の藥草園の牻牛兒苗を詠んだものだらう。あの藥草は風露草科に屬し、さう呼ばれてもゐた。「たくたくと噴水の折れ疊むかな」「黑々と山が圍める夜長かな」「遠花火淡し殘夢のそれよりも」「天墨の如し大雪になるやらん」等等、句の味はいかにも鷹揚で、同時に古めかしい。だがそれゆゑに、末梢神經を酷使したやうな現代俳句の中に置いて、改めて鑑賞してみると、掘出物の和樣アンチックを眺めるやうな、言ひ知れぬ、ほほゑましいやすらぎを覺えさせてくれる。

しら珠の數珠屋町とはいづかたぞ中京こえて人に問はまし

山川登美子

數珠屋町は下京區正面通油小路西入、私もかつてこの歌を知つた時、京都の地圖をひろげ、ルーペで探したことがある。京の町町の名はいづれ劣らず美しい。職業名を冠した町も、たとへば「塗師屋町」「俵屋町」「鍵屋町」など各區に散在する。特徴のあるものなら、中京に「蒔繪屋町」「烏帽子屋町」「帶屋町」「指物屋町」「扇屋町」、下京には「水銀屋町」「葛籠屋町」「錺屋町」「麴屋町」それに「佛具屋町」とさまざまに名を盡してゐる。登美子の尋ねた「數珠屋町」を佛光寺、本願寺、知恩院等、大寺の界隈に見當をつけてみたがそれも空しく、當時の私の心の中には未知のまま白くきらめき、ひそかな音を立ててゐた。

「しら珠の」とは、水晶か象牙の數珠を思ひ描いて、枕詞風に用ゐたのだらうが、牧水の「白玉の齒にしみとほる秋の夜の酒」の場合に、勝るとも劣らぬ鮮やかな用法ではある。白珠の數珠屋町とまで言はれては、名前負けしさうで恐縮の至りと、町の方が姿を隱して見つからなかつたのかも知れぬ。このやうに私製枕詞を冠して、たとへば「ぬばたまの蒔繪屋町」「飛ぶ鳥の烏帽子屋町」「玉かぎる水銀屋町」などと竝べて行くと、京繪巻風の歌が次次と生れさうだ。登美子も實際その町に用があつて赴いたのだらうか。あるいはまたこの名を使つて、かういふ美しい歌が作つてみたかつたのだらうか。事實の有無にかかはりなく、一首は見事に一つの美的世界を創り出してゐる。

　髪ながき少女（をとめ）とうまれしろ百合に額（ぬか）は伏せつつ君をこそ思へ

彼女の代表作として有名な歌であるが、他にも「さらば君氷にさける花の室（むろ）戀なき戀をうるはしと云へ」「ひとすぢを千金（せんきん）に買ふ王もあれ七尺みどり秋のおち髪」「夕顔に片頰（かたほ）あたへしおごりびと妬（ね）たしと星も今ちかう降れ」等、晶子に負けず劣らずの、自由奔放な詠風を示してゐる。これらは皆、與謝野晶子、增田雅子らとの共著歌集『戀衣（こひごろも）』に收められた歌だ。掲出の「數珠屋町」は「明星」に發表したもので、歌集には未收録である。

晶子と、鐵幹の愛を爭ひ、つひに敗れて若狹（わかさ）に歸り、三十一歳で短い一生を終る。彼女は「それとなく紅き花みな君にゆづりそむきて泣きて忘れ草つむ」「われ病みぬふたりが戀ふる君ゆゑに姉をねたむと身をはかなむと」など、その間（かん）の事情を告げるやうな歌を幾つか見せてゐるし、晶子の「みだれ髪」にも亦、同様の趣の歌、たとへば「三たりをば世にうらぶれしはらからとわれ先づ云ひぬ西の京の宿」「いはず聽かずただうなづきて別れけりその日は六日二人（ふたり）と一人（ひとり）」が收められた。縁談の進みつつある登美子は、鐵幹に誘はれ、晶子と共に、京都永観堂に紅葉を樂しみ、粟田山に三人で泊る。明治三十三年、彼女が二十二歳の十一月のことである。そして歌は、かういふ背後のロマネスクな事情など抜きにしても、十分に美しくおもしろい。登美子は郷里で結婚してわづか二年で夫に死に別れ、二十六歳の春上京して、日本女子大學英文科豫科に入るが、それも束の間結核に罹って京で病を養ふ。「數珠屋町」の歌はその頃のものとも思はれ、一抹のあはれがまつはる。

鐵幹はその歌集『相聞』に、登美子の死を悼む切切たる挽歌二十首を掲げてゐる。「君なきか若狭の登美子しら玉のあたら君さへ砕けはつるか」「君を泣き君を思へば粟田山そのありあけの霜白く見ゆ」など、殊に「しら玉のあたら君さへ」あたり、心を搏つものがある。

原石鼎

雪に來て美事な鳥のだまりゐる

秋は雁、鴫、鶉、啄木鳥、山雀、稲雀、四十雀、鶺鴒、鵯、冬となれば千鳥、鷹、鴛鴦、鳰、寒雀、梟、鷦鷯、木菟、都鳥と歌にも句にも詠みならはされて來た。けれども私たちの多くは、鳥を目の前にしながら、その名を知らないこともある。見たこともない鳥だと目を輝かしながら、鳥類圖鑑を取りに走つてももう遲い。秋渡つて來る種種の小鳥には「色鳥」といふ美しい總稱もあるが、晩秋から嚴冬にかけては、殊に山林に近く住んでゐると、未知の、愛らしい鳥を眺めながら溜息をつくこともしばしばだ。圖鑑にも見當らないと、私はその色や聲に應じてピッコロとか星雀とか、思ひつくままに勝手な名をつけてさう呼んでやる。

「美事な鳥」、これはまた大膽不敵、無雑作極まる。詩歌を作る人人は、「美事な」と言つてしまはずに、その見事さを表現しようと苦心慘澹するものだが、石鼎はそれを逆手に取つて、そのままずばりと言つてのけた。お見事と引下る他はない。そしてまた引下らせるに足る抜群の効果があつた。あの手この手で形容の妙を盡しても、この鳥の全貌は到底浮び上るまい。それに引きかへて、「美事な」の一語は、やや大振の、原色を交へた羽色の、しかも悠然とした一羽の渡り鳥の存在を、いきいきと傳へてくれる。たとへば少年か少女が目を丸くして「ものすごい人が來た！」と叫ぶ時、見るより前に、その人物が三、四種、さつと腦裏をかすめるのと似てゐるとも言へようか。

私はこの句を見る度に、ピカソ、シャガール、クレー、シャーン等の繪を聯想する。殊にパウル・クレーの初期に屬する作品群の中に、かういふ鳥は出沒してゐたやうだ。ベン・シャーンには、この句を贊にしたいやうな水彩畫「女面鳥」とシルクスクリーン畫「不死鳥」がある。前者は頭部が朱、首から尾まで明るい空色、後者は全身が虹さながら七彩の縞模様になつてゐる。背景を純白にするなら、まさに「雪に來て」の趣にならう。

作者は必ずしも名を知らなかつたわけではあるまい。かう言つた方が鷹揚で、句のふくらみと廣さが生れることも、童畫風な愉しい色彩の溢れることも、十分計算してゐたに違ひない。その證據に石鼎の句集「花影」などを繙くと、「瑠璃鳥の瑠璃隠れたる紅葉かな」「瑠璃鳥去つて月の鏡のかかりけり」「黄鶲が出れば緋鶲雪の上」「鶲とんで色ひゞき逃げし枯木かな」などを始め、季節季節の様様な鳥が、こまやかに華やかに登場する。「だまりゐる」といふ一種の擬人法も、この鳥を活寫して餘すところがない。さぞその眼も鋭く、人を見返すほどの光を湛へてゐたことだらう。

　この句は昭和九年、石鼎四十九歳の作である。出雲の國簸川郡の生れ。主宰誌「鹿火屋」は代表作の一つ「淋しさにまた銅鑼打つや鹿火屋守」による命名であらう。「ホトトギス」に籍を置いたのは三十歳前後のわづか二年程度で、それ以前、吉野で醫業に携つてゐた時代、既に數數の秀作を生んでゐる。「頂上や殊に野菊の吹かれ居り」「秋風や模様のちがふ皿二つ」「花影婆娑と踏むべくありぬ岨の月」などはその頃のものだ。私はそれにもまして、やや後期の「熱なくて病あやしき朧かな」「我肌にほのと生死や衣更」「新涼やはたと忘れし事一つ」などを愛する。「美事」と言へば今一句「住む秋の美事な猫も塀の内」が晩年の作中にあつた。

伊藤左千夫（いとうさちを）

夜ふかく唐辛子（たうがらし）煮る靜けさや引窓の空に星の飛ぶ見ゆ

唐辛子といへば、その實や葉を濃口の生醤油（きじやうゆ）で煮詰めたものが、當今は一種の珍味として、罎詰になつて和樣デリカテッセンにも竝ぶやうになつたが、この歌の上句のやうな情景は、もう都會の一般家庭ではまづ見られまい。左千夫に卽（そく）して考へるなら、歌の初出は明治四十二年一月の「アララギ」、作られたのが晩秋と假定しても、必ずしも當時四十六歳、三十年近い東京暮しの、その日常茶飯の一齣（ひとこま）ではなくて、二十二歳で出奔するまでの、千葉の農村の思ひ出を如實に歌つたものと見てもよからう。晩秋ともなれば唐辛子畑も枯れ始める。それを引抜く前に、末成（うらなり）の小さな實や腋芽（わきめ）の伸びた葉や莖を取り集め、冬用の保存食として、佃煮（つくだに）風に氣長く煮締めるのも、農村のつつましい習慣として殘つてゐる。

引窓とは天窓（てんまど）、屋根を穿（うが）つて窓を取つけ、綱を引いて開閉する装置だが、採光、換氣、煙出（けむだし）の用をなし、これも亦、いくら明治末年でも、東京市内の町家（まちや）より、やはり田舍の、それも草葺の家を聯想する方が似つかはしからう。作者はそろそろ霜の降りそめる深夜近く、ことことと煮える土鍋の、最早黒褐色に煮上つて來た唐辛子をざつと掻きまぜ、室内に籠つた匂を出さうと、引窓の綱に手を伸ばす。折しも遠い夜空を、流れ星が白い尾を引いて消え去る。一尺四方の天窓から見える星月夜、作者がそれを眺めてゐるだけで、家族も近隣も皆靜まつて、音一つせぬ。昨日は知らず、明日もどのやうなことが起るか、誰にも判りはしない。ただ、この夜更ひと時、ささやかな平安がここにはある。

決りきつた歳時を、使ひ古した用語で、型に嵌つた表現で歌ひ續けて來た舊派の和歌、絢爛目を奪ふやうな夢幻の世界、異國の風景を聲高く歌ひ始めた明星派の詩歌、その半ばに立つて、かういふ目立たぬ現實生活の斷面に、心をひそめて、おのれ一人の情を抒べる歌を、當時のアララギ派歌人は理想の一端とした。そして、この狹義のリアリズムの世界もそれなりに新しく、時としては人を感動させる。私はこの歌の背景に、何よりもまづ、左千夫の散文作品の代表として知られる、「野菊の墓」の舞臺を想ひ起す。所は千葉縣の松戸から二里ばかり南の矢切村、政夫は十五、民子は十七、その二人が姉弟のやうにして育つた家の西北には、千栽畑があつて、四季の野菜をこまめに作つてゐる。農村では、たとへ農家でなくとも、青物は自給するのが建前であつた。あの小説では九月の十三夜頃ゆゑ、一面に茄子が實つてゐた。隅の方には唐辛子も茗荷も韮も植わつてゐたらう。その向うに霞む山麓には、二人が連れ立つて摘みに行つた木通や野葡萄もまた熟れてゐよう。

「靜けさや」の彼方には、夭折した民子の面影が立つ。唐辛子を煮るのは、老いて歸郷し、隱栖する政夫ではなかつたか。

左千夫は明治三十三年、三十七歳の一月、正岡子規の門に入り「牛飼が歌よむ時に世のなかの新しき歌大いにおこる」を詠んだ。彼自身「牛乳改良舍　茅の舍」と呼ぶ搾乳業を營んで既に十餘年、文字通り牛飼歌人であつた。もつとも、その年の十月に、『みだれ髮』所收の「みぎはくる牛かひ男歌あれな秋のみづうみあまりさびしき」なる晶子の歌の主人公は、まさか左千夫ではあるまい。初めて學生齋藤茂吉の訪問を受けたのは六年後の一月、そして、その七年の後彼は五十歳で世を去つた。茂吉『赤光』の「悲報來」は、その折の作である。

高濱虚子（たかはまきよし）

薔薇（ばら）呉れて聖書かしたる女かな

弱冠二十六歳の虚子の句、さすがに青春の香に溢れてゐる。聖書を胸に、會釋（ゑしやく）して去つて行く女を、作者は數本の薔薇を提げて見送つてゐる。どこかで見たやうな、いかにも舊き佳き時代、明治末期の風俗が浮び上つて來る。女は束髮で紫のリボン、紫矢絣の著物、愁ひを含んだ切れ長の目、男はお定まりの弊衣破帽（へいいはぼう）、朴齒（ほほば）の下駄の書生姿、さしづめ『三四郎』の美禰子と三四郎、また『虞美人草』の藤尾と甲野、小野あたりを聯想するのが常道だらう。この一句は、讀者の性格、境遇、趣味、教養に應じて、十人十色のロマンを自由に紡（つむ）いで行くことができる。句の終つたところから物語が始まり、意外な結末に導くのも勝手次第、もつとも小味なコントより、深刻な戀愛小說向きかも知れぬ。私はさういふ作品が好きだ。

女は次にカステーラを抱（かか）へて聖書を返しに來る。書生は『罪と罰』を貸してやる。私なら數年後にこの二人が別別の場所で、凄じい最期を遂げる一篇のドラマを仕立て上げるかも知れない。少くとも聖書など人に貸す男が、呪はれずに青春の日を送ることなど、私の趣味に合はない。女の持つて來るのは冬の黄薔薇としよう。

虚子は挨拶、贈答の句の名手として定評がある。句とそれを贈られた人と、その由縁をこもごも考へ合せて讀み、句意の微妙なとりなしにはたと膝を打つ。そのやうな作は芭蕉にも多多あり、俳諧鑑賞の妙味の一端でもあらう。虚子の句には、それゆゑ、ほとんど洩れなく、句の成立の時と處が、注形式で附記してある。だが、この薔薇の句にはそれが見當らぬ。

昭和十二年五月、「ホトトギス」五百號を記念しての句集『五百句』は明治二十七年、二十一歳の句から始まり、掲出の句は三十二年作の六句の中のもの、題も詞書も注もなく竝んでゐる。題以外の添加物は、原則としてない方が讀者は助かる。小うるさい詞書や注釋など、ほとんどの場合、自立できない句の突支棒に過ぎない。挨拶などと言ふが、怖ろしく私的な要素で成立して、作者と某との默契にもとづく、暗號發信のやうな句もあり、一概に歡迎できるものでもない。勿論秀句なら、たとへばこの固有名詞は贈られた人の生國に關りがあるのだらう、この花の名は作者の愛したものかも知れぬと、樣樣に思ひめぐらして鑑賞するのも愉しみの中だし、またさうする甲斐もある。だが凡作なら、表面の意味を取るのが精精で、作者の配慮も思はせぶりに止り、讀者は肩すかしを食ふだけだ。虚子にしたところで、後者の例、必ずしも少くはない。しかもそれが「虚子」の署名ゆゑに神格化されることも多多ある。そして究極は誰かへの挨拶であらうとなからうと、一句の背後から、おのづから、作者の籠めた思ひの匂ひ出るやうな作品が、まことこの世の人人すべてへの魂のメッセージとなるだらう。

虚子の若書の句の中では、「海に入り生れかはらう朧月」「叩けども〳〵水鶏許されず」「鶏の空時つくる野分かな」「松蟲に戀しき人の書齋かな」「星落つる籬の中や砧うつ」など、それぞれに物語的な時間と空間が、句の彼方に擴がつてをり、幾度讀み返しても飽きない。有名な「遠山に日の當りたる枯野かな」は、「薔薇」の翌年、すなはち二十七歳の作だが、やや枯淡に過ぎてさほどのおもしろみも私は感じない。物語的といへば、虚子には「斑鳩物語」「虹」「柿二つ」「俳諧師」「風流懺法」等の中、短篇小説があり、それぞれに簡潔で、無類の味はひのある佳品と言へよう。『虹』は七十四歳の作とは信じられぬみづみづしい小品であつた。

吉井 勇

檣樓のうへに立ちたるわかうどの面を打ちぬ二月の霰

鯖色の波の逆巻く冬の海に、ななめに浮ぶ三本檣の帆船、中央の檣の頂にある小さな望樓の檻には、若者が仁王立ちになつて沖の彼方を見はるかす。その頰もかざす小手も、寒風にさらされて紅潮する。さらぬだにまだ紅顔の美少年の面影が殘つてゐる。その紅匂ふ顔に、折からの霰が、横毆りにぱらぱらと降りかかる。天も荒模様の青黑色、亂れ飛ぶ雲の間から一瞬陽がさし、若者を照らす。船はすみやかに沖の方へ遠離る。

歌は巨大なカンヴァスに描かれた海洋劇の一場面を見るやうに鮮やかだ。青、赤、白の強烈な配色も印象的だし、景色の捉へ方がまさに息を彈ませるやうにダイナミックだ。遠景で先づ帆船を見せ、急速に近づいて檣を、その望樓を、そして若者をクローズアップし、更に、その頰に散りかかる霰の、純白の粒粒を寫す。かういふ映畫的な歌の構成が、そのままリズムになつて生き、結句の「二月の霰」でぴたりと靜止する。ストップ・モーションの畫面はややあつて呪縛を解かれる。そして改めて息を繼いだ時は、元の遠景に還つてゐる。

いと強き酒のかをりのただよへるなかに骨牌(かるた)す海國(うみぐに)の雪
追ひきたる海豚(いるか)をあざむ濁(だみ)ごゑか錨(いかり)の鎖(くさり)鳴らすひびきか
荒海を南へくだるわが船の舵樓(だろう)のうへの天の河かな
漏刻(ろうこく)の水落ちつくすさびしさをこの夜おぼえつ夏の旅寐に
大跨(おほまた)に歩み去りたる逞しき水夫(かこ)をおもひぬ酒よき夕

勇の第一歌集『酒(さか)ほがひ』には、海とマドロスを主題にした歌が群(むれ)をなして現れる。夢と異國情緒に滿ちた力作揃ひだが、やはり中では「二月の霰」が拔群の調べだ。「明星」派歌人の作品には、珍奇なものに憧れ、海の彼方を夢みるところから、船も波濤も港市も好んで詠(よ)みこまれ、題材としては決して目新しくはない。だが、勇の歌には他の人人とは、いささか趣を異(こと)にした光と響が認められる。さもあらう。彼はそもそも、明治十九年、海軍士官の次男として、東京に生れ、幼時から海に憧れ、船長を夢みて人と成つた。最初に試作した短歌を投稿したのも「海國少年」である。「明星」に加はつて發表した二十歳になるかならぬの、その若書の歌群こそ、前記の海洋ものだ。

「二月の霰」は「明星」明治三十九年九月に「檣樓のうへに突き立つ猛(たけ)き子の面を撲(う)ちぬ二月の霰」といふ形で發表された。時に二十一歳、「明星」參加一年餘りの後の作、直接には新詩社歌人、文人の影響もあらうが、その發想に、修辭に、早熟の天才の面影ははつきりと感じられる。引用の「骨牌」「海豚」は同じ年、「荒海」はその前年の作、當時既に西歐の詩を耽讀して、自家藥籠中のものとして歌つてゐた。

『酒ほがひ』は明治四十三年九月、勇二十五歳の華やかな青春歌集である。紅燈の巷に出沒し酒色に明し暮したかの感ある「祇園冊子」の「かにかくに祇園はこひし寐るときも枕の下を水のながるる」や「やみあがり吉彌がひとり河岸に出て河原蓬に見入るあはれさ」「白き手がつと現はれて蠟燭の心を切るこそ艶めかしけれ」が殊に有名だ。だが、作者の本領は必ずしも、そのやうな遊冶郎歌にあるとは思へない。口をついて出る言葉、悉く三十一音の調べをなす、天成の歌人とも言ひつべき、その資質、戀を歌つて天下無雙、白樂天の歌ふ酒にもたぐへたいその個性こそ、稱へらるべきだらう。

中塚一碧楼

酢牡蠣のほのかなるひかりよ父よ

酢で殺された生牡蠣の、乳白色の鈍い艶、料理店では檸檬をたっぷり搾りかけ、暗紅色のトマトピューレなどをいささか滴らし、殻のまま、氷を敷いた皿に並べて出すが、この句は恐らく、家庭のささやかな晩餐の、無雑作に輪切の柚子でもあしらった一皿だらう。好悪の極端に分れる食物で、あの磯臭く腥く、滑らかで脆い、得體の知れぬ持味は、特異であるだけに、これにまつはる思ひも様様であらう。「父よ」の詠歎は、酢牡蠣と父の脈絡を物語り、「ほのかなるひかり」は、そこに愛の介在することを暗示してゐる。父はその食卓には不在である。ここに在らざる父か、今はなき父か、いづれにせよ、作者は萬感をこめて父を呼んでゐる。あの一種無氣味な、そのくせ親しみのある貝の肉塊、まだ死に切ってはゐない冷え切った軟體、そのあはれな存在と、父なるものの生のかなしみとが、どこか遠い處でひそかに繋る。

たとへばこれが酢牡蠣と「母」であるなら、何となく生理的な反撥を覚える人も多からう。句柄もなにゆゑか低くなる。また、これが「海鼠」と父だつたら、ユーモラスな雰圍氣は生れても、胸を刺すやうなかなしみは消え失せてしまふ。酢牡蠣と父、そして、五・七・五の俳句定型に殊更に從はぬ、四・五・七の、その句切も實はおぼろな一行詩的自由律俳句の、有つて無い韻律が、不思議な愛の交感を奏でてみせた。冷淡で、同時に、やりきれないくらゐ切ない男の父戀とでも言はうか。

事實も一句から想像可能な內容とほとんど變りはない。一碧樓の父、中塚銀太は大正六年一月に七十四で世を去つた。この句は翌年一月、河東碧梧桐主宰の「海紅」に發表したものである。一周忌を前にしての追悼句と考へてもよからう。一說にはその父は生牡蠣が大好物であつたとか。作者は亡き父の慈眼と、霙降る一月の兒島灣の牡蠣を、こもごもに思ひつつ、この句を案じて、差含んでゐたことだらう。時に三十二歲、自由律俳句の一つの牙城「海紅」の編輯、經營は、ほとんど主宰者から一任され、才能、力倆共に、この新傾向の世界でも、自他共に認めるところであつた。

私はもともと非定型俳句、短歌は好まぬ。短詩、自由律と名告つても、定型のヴァリエーションに終始する限り、いささかも「自由」は無い。無限に隔るなら、自由詩一般に解消發展すればよい。それはともかく、その作品群中、一碧樓の句は、久しい以前から私を魅し續けてゐた。彼の句は一種獨特の世界を持つてをり、その異樣な感覺の沍え、緩急自在の句法は、定型をはみ出て流動し、かつ凝固する。

霙(みぞ)れるそのうなじへメスを刺させい
乳母(うば)は桶(をけ)の海鼠(なまこ)を見てまた歩いた
鳥さへづる晝中(ひるなか)のからだひえびえ
あいまい宿屋の千枚漬とそのほか
秋の崖(がけ)急なれば男女むつみけり

どの句にも特殊の視點があり、讀者にかすかなショックを與へる。霙とメスの句など、この作者の特徴を殊にクローズアップしてみせた秀作であらう。乳母と海鼠は、酢牡蠣と父の句と全く對蹠的な世界を見せる。一捻りして定型をわざと歪(ゆが)め、そこにアブノーマルな面白みを作らうとすれば、この種の句はたちまち新傾向月並(つきなみ)に墮落する。千枚漬や崖は墮(お)ちる寸前だ。

與謝野 寛

紺青のしづかなる空投節のふしまはしもて夕月ながる

夕月の移ろひを投節の旋律にたとへるとは、まさに奇想天外だ。珍しいばかりでなく、その微妙で雅やかな發想は心にくい。寛の以前に以後にもかういふ形容は絶えてあるまい。盆のやうな滿月、利鎌のやうな三日月、鏡のやうに明らかな月、凍つて出る冬の月、精精がこの程度である。たとへば越天樂の調べのやうに十三夜月が上るとか、嬉遊曲の樂に似て星が降るとかいふ表現も、未だかつて見ず、もしあれば、みな寛の影響だらう。「投節」とは十七世紀半ば、京の島原、大坂屋の遊女河内が歌ひ創めた流行唄といふ。大坂新町の籬節、江戸吉原の繼節と共に廓の三名物と稱された。その後江戸でも弄齋節を直して歌つたものが投節としてもてはやされ、やがて當世投節、新投節と歌ひつがれたが、近世に入る前に絶えてしまつた。あくまでも上方の歌で、江戸では所詮異質の侘しく優しく儚い歌調であつたらしい。もともと、「投節」の名そのものが、歌の終りをねんごろに緩やかに歌ひ納めず、投げたやうな感じで撥ね上げ、切つてしまふところから、さう呼ばれたものだ。

よそになしても訪へかし人の、月は誰ゆゑ袖にすむ
月を見ばやとちぎりし人も、こよひ袖をやしぼるらん
更けてきぬたの音より聞けば、月に落ちくるわが涙
せめてやどれよ小簾洩る月も、日ごろもとめし憂き涙
廓はなれて罪なき月を、いつかみやこの空に見ん

これは「古今百首投節」の中のものだが、百首いづれも古歌にちなんだもので、他にも新古今の本歌取が數多見える。言はば、意外に高踏的な感じがする。そして、それも永くははやらなかつた原因の一つとされてゐるが、さもあらう。

まだ暮れきつてゐない、深いウルトラマリーンの夕空、それを背景に淡黄の月が浮ぶ。ちぎれ雲が風のまにまに流れ、あたかも夕月が動くやうに見える。その氣紛れな動き、抑揚を伴つた搖れが、ふと、寛に、投節を聯想させたのだらう。今日日は投節の餘波も聞くよすがはないが、明治末年なら、あるいは島原では、老妓の幾人かが、その昔から歌ひ傳へて來た一節を聞かせてくれたかも知れない。寛も覺えて時には口遊んだのではあるまいか。この歌、單なる思ひつきや借り言葉で「投節」を使つたやうには見えない。歌集『相聞』約一千首の、ほぼ半ばに、朴の鬱金の落葉の歌、朝顔と零餘子の歌などに混つて竝ぶ歌だから、對象は多分秋の月だらうが、私には、何故かのどかな春の月しか浮んで來な

い。

雲を見ず生駒葛城ただ青きこの日なにとか人を詛はむ

もろともに往なんと云ふを心ならずおきて我がこし韓の妓翡翠

寛の歌の奇抜な譬喩は「明星」歌人の中でも別格で、たとへばこの歌集の中にも、「凍えては火さへ食ふやと怖れ見ぬ乞食の手なる赤唐辛子」「夜を破る機關の呻き黒坊のしろき目に似る帆の上の月」「うらわかき涙ながれて紺青のわたつみとなるおもしろきかな」「大川の冬のゆふぐれ象などの死骸のごとき橋の色かな」等等、一讀啞然とするほどだ。それらの中においても、投節の旋律で流れる月の美しさは比類がない。與謝野寛一代の、秀作ベスト・テンの中に數へられてよからう。

臼田亞浪

淡雪や妻がゐぬ日の蒸鰈

　蒸鰈といへば元祿の昔から若狹鰈、鹽水に一晩漬けて釜で蒸し、陰干にしたものだ。泉州や紀州の、腸を取つて天日乾燥した干鰈とは、微妙な味の差があり、いづれも捨てがたい。しかし妻不在の、何かもの足りぬ一日、一日だけの鰥夫の食卓には、蒸鰈がまことによく似合ふ。その小さな、しつとりした二尾、三尾を、多分この頃なら焜爐を持出し、炭火でいらいらと焙り、作者は胡坐をかいてむしつてゐるのだらう。折から外はうつすらと雪が降り、短日はあつといふ間に黄昏、歸りは夜晩くなるだらうと、何やらこまごま言ひ殘して出かけたが、ものぐさなたちで、鰈を燒くのが關の山、晩酌も燗が億劫で、冷のままちびちびとやりだした。盃を目の高さに上げ、丹前の襟を掻き合せて、まだ仄白く明るむ庭を眺めながら、佛頂面のまま、茫然としたひと時が過ぎる。

　永年連れ添うた糟糠の妻、無精な關白亭主がいとしくて、滅多に外出もしたことのない彼女が、今日はよほどやむを得ぬ用事で、實家へでも行つたのだらう。淡雪と蒸鰈なればこそ、その味はひはおのづとにじみ出る。小うるさい山の神が出て行つた。やれ寝そべつて晝酒でも嗜まうといふのなら「凍雪や妻がゐぬ日の乾鰈」とでもすればよからう。それも焼き冷ましの鰈だ。結ばれてまだ日も淺く、一日留守をされても落ちつかぬ戀女房、有體は水商賣上りの内縁の妻ならば「春雪や妻がゐぬ日のさくらえび」といつたところだらうか。俄鰥夫と乾物と雪の取合せも、色色と變化があり興味が盡きない。

明治十二年信州小諸生れの亞浪は、この句を作つた頃既に五十代も半ば、その句は言ひ知れぬ滋味が加はり、かつ感性もますます冱えを見せる頃だ。

牡丹見てをり天日のくらくなる
霙るるや燈華やかなればなほ
人ごみに白き月見し十二月

どれも「蒸鰈」とほぼ同期、昭和七年から十年の作であるが、一代の佳吟の中に加へたい。『定本亞浪句集』は、昭和二十四年、作者の古稀を祝して出版されたもので、明治三十年代の若書から、ほぼ半世紀にわたる作品を網羅してゐるが、東京に在つて遙かに、淺間山、千曲川を戀ふる句が多い。茂吉の歌におけるみちのく同様、望郷とは、詩歌を生みなすための、原動力の主たる一つであるらしい。もつとも、私は彼が直接ふるさとを詠んだものよりも、自然に向ふ眼のみづみづしさ、新鮮な驚きを次のやうな句に感じ、珍重する。「氷上に霰こぼして月夜かな」「曙や露とくとくと山櫻」「こんこんと水は流れて花菖蒲」「白梅に岩壁の水しぼるなり」「天風や雲雀の聲を絶つしばし」「夢の世の春は寒かり啼け閑古」「萩はやも咲いてうつつや遠閑古」「はくれむの翳をかさねて日に對ふ」「白れむや夕日の金の滴れり」

天日暗くなるばかりの牡丹凝視、樹液の露の身を巡りかつしたたる櫻、仄かな晩夏の萩と閑古鳥もそれぞれに見事であるが、金粉の落暉を浴びる白木蓮は、清楚壯麗の極みと言ひたい。亞浪は殊に閑古鳥の聲を好み、白木蓮の姿を愛したといふ。淡雪に妻と蒸鰈を配して、生活の一齣を覗かせ、その一齣に境涯を暗示する揭出の一句は、むしろ彼の本領から、やや逸れたものかも知れないが、それゆゑになほ忘れがたい。

夕づける風冷えそめぬみちばたの空いろ小花みなみなつぼむ

木下利玄

立春を過ぎて週に一、二度雨が降り、梅の花もやうやくほころびそめるかと思ふ頃、あちらの幼稚園の敷地の隅、こちらはバスストップ前の空地の角あたりに、今年も亦、トルコ石の破片をばら撒いたやうに、可憐な「空色小花」が咲き出す。日溜りの土は仄かに暖く潤ほひ、小鳥の囀りは聞え、春は今、ここまで忍び寄つたことを知らされる。木木の芽はまだ固く、路傍や原つぱには、眞冬も青い羊蹄や野芹、苜蓿に萱草のたぐひが、みづみづしく茂つてはゐるが、三月になるかならぬの早春に花咲く草はほとんど無い。わづかに、よほど恵まれた日表に蘩蔞の、白いまづしい花を見つける程度だ。そんな時候ゆゑに、この「空色小花」のささやかな花筵は目の覺める思ひであり、私は、思はず利玄のこの歌を含む一聯を口遊む。あどけないと言ひたいほど、明るく澄んだ響きは、人の心を和ませ、淨めてくれるやうだ。

根ざす地の溫みを感じいちはやく空いろ花咲けりみちばたの日なたに

　この日ごろ地面しめらひ空いろの草花咲かすよき地面かも
　冱えかへり雪ふるなべにみちばたの空いろ花は一日とぢたり

大正八年刊、第二歌集『紅玉』の巻末に近い「土のしめり」の中に、これらの歌はひつそりと息づいてゐる。いづれも利玄獨特のリズムを持つ、清清しく、親しみのある歌だが、「みなみなつぼむ」の一首には及ばない。

「空色小花」は言ふまでもなく「大犬のふぐり」であらう。普通、俳句などでも「犬ふぐり」で通つてゐるが、「犬ふぐり」は日本在來種ながら、寒氣にはやや弱く花も紅紫色、十九世紀末に「大犬のふぐりVeronica persica poir.」が渡來してからは、年年これに追はれて、現在では山間部に残つてゐるのを見かけるのみ、すつかり大犬に取つて代られることになつた。この不粋な名は、その果實の形が似てゐるところによるといふが、他に「天人唐草」なる美しい和名、「地錦」といふ豪華な漢名もあるのにと、心ない命名者を、花に代つて憎まずにはゐられない。利玄も、だからこそ「空いろ小花」と歌つたのだらう。「天人唐草」では通じないし、「大犬のふぐり」では、短歌は卑俗に墮してしまふのだ。

「空いろ小花」は大正三年三月の作、彼は二十九歳であつた。逝ける長子のための挽歌集とも言へる『銀』を、第一歌集として上梓したのもその年であつた。わづか十四、五歳で佐佐木信綱の門を叩き、十年後には「心の花」に利玄ありと謳はれ、一方「白樺」派の直哉、實篤らに伍して小説の才を認められるなど、彼も早熟の鬼才の一人であり、明治末期のあのベルエポックを、身を以て生きた。

　この花は受胎のすみしところなり雌蕊の根もとのふくらみを見よ
　向うの山の大きな斜面彼處には百合咲いてをりはるかなるかも
　木の花の散るに梢を見上げたりその花のにほひかすかにするも
　あすなろの高き梢を風わたるわれは涙の目をしばたたく

いづれも當時、人人を驚かすに足る新風であり、今日もなほ愛誦に堪へる。「あすなろ」は數多い挽歌の中の一首であつた。運命は彼に辛く、長男のみか、長女、次男にも相次いで先立たれ、利玄自身も大正十四年、わづか四十歳で世を去つた。早春の黄昏、天のいづこからか、彼も地上の「空色小花」を見てゐることであらう。

夏目漱石

人に死し鶴に生れて冱え返る

あまりにも文名が高いので餘技に過ぎぬと見られがちだが、漱石の俳句は、明治二十八年、例の『坊つちやん』の舞臺となる松山中學校赴任と共に、正岡子規と同じ下宿で作句した仲といふから、專門家と竝んでも引けは取らぬ。この句も、俳諧の要諦を十分に把握して、しかも漱石一流の潔癖な人生觀を偲ばせる秀作だ。

死も轉生も既成事實のやうに「死し」「生れ」と現在形で言ひ切つてゐるが、いづれも未來の不確定要素、まして鶴に生れ變るなど、お伽話同樣の空想だ。その夢物語さへ、かうしてぴしぴしと短詩形の中へ疊みこまれると、嚴しく、避けられぬ宿命のやうに感じられる。漱石は鶴に生れ變つて、雪白の羽毛に身を包み、端然と孤高を守るだらう。さう信じたくなるやうな一途さがこの句を貫いてゐる。「冱え返る」は早春の季語で、寒さのぶり返すことを、同時に、ほのぼのとゆるみかけた身心が、ぴんと引緊り直すことを言ふ。餘寒、白魚、野燒、春氷などと共に、立春から桃の節句頃の、いはゆる「春寒料峭の候」の懐しい季感をよく傳へてゐる。

寒中の、羽毛もそそけ立つて、みじろぎもせぬ鶴を、俳句では特に「凍鶴」と呼ぶが、漱石が生れ變つた鶴は、やや生氣を取戻して、それでもまだ飛び立つのもものの憂く、一本脚で立つて、世界を見廻してゐるだらう。あるいは渉禽類の常として、冷い淺瀬や水溜りを、ぴちやぴちやと、餌を漁り歩いてゐるのだらうか。私はさういふ姿に、「梁塵祕抄」の高名な今様歌の中の、待ち呆けを食つた女が男を呪ふ一首を思ひ浮べる。すなはち「霜、雪、霰降る水田の鳥となれ、さて足冷かれ」といふ件だ。『夢十夜』がもし十一夜まで作られてゐたら、かうした一場面も生れてゐたかも知れない。

轉生願望も人間の夢の、最も素樸で、それゆゑに切實なものの一つだが、歿後編まれた『漱石俳句集』を丹念に拾つて行くと、彼は「鶴に生れて」を作つた明治三十一年、三十二歳の春、今一句、左のやうな、同趣向の作品を發表してゐるのに氣づく。

菫程な小さき人に生れたし

鶴とはまた全く對照的な發想で、この人にしてはいささか可憐に過ぎるやうにも考へられるが、何氣なしにふと呟いた一句に、卻つて、構へて作つた句以上の、精神の機微を反映してゐるかも知れない。更にまた、二十五歳の若書の習作に「聖人の生れ代りか桐の花」もあり、やや通俗的な嫌ひもあるが、靜かに明るく、單純で淸らかな人生に憧れてゐたことは察しられる。轉生願望とは、實は、ならうことなら、生きてゐる間に、たとへば鶴のやうな、たとへば菫や桐の象徴するやうな境地に到りたいことの、屈折した表現に他ならぬ。

『草枕』の中で、作者は「木瓜は花のうちで愚にして悟つたものであらう。世間には拙を守ると云ふ人がある。此人が來世に生れ變ると屹度木瓜になる。余も木瓜になりたい」と語つてゐるが、この「木瓜」も亦、願望の多くのヴァリエーションの一つだ。

總じて漱石の句は巧ではあるが理智的で「理」に落ちる。ならばわれわれは、叡智の人のその冷やかさを賞味すべきだらう。「寒山か拾得か蜂に螫されしは」「無人島の天子とならば涼しかろ」「有るほどの菊投げ入れよ棺の中」等いづれも、句を樂しんだ漱石の自在な心境と、同時に、俳人としての限界が見える作だ。

土岐哀果

指をもて遠く辿れば、水いろの、
ヴォルガの河の、
なつかしきかな。

「ヴォルガ河・Volga R. 露國東部、歐洲最長の河、延長約九百里、流域約九萬方里」と索引にも注をつけた、大正初年發行の世界地圖、北部歐羅巴の頁、すべて右から左へ横書きの地圖を擴げてみる。下部の右方、すなはち最東南部に、曲玉形の裏海が描かれてある。ヴォルガはそのカスピ海に注ぐ大河だ。源は西がヴァルダイ丘陵、東はウラル山脈、二筋の源流はカザンの南で合し、サマラ、サルトフを經て河口港アストラハンに到る。ヴォルガの東に、地圖では指一本を隔ててドン河が流れ、これは黑海に注いでゐる。更にその東に竝んで、ウクライナ地方を貫くのはドニエプル河だ。

私も亦、指で、その流れをたどる。平面圖である地圖は、山岳地帯はおよそ現實感が無いが、河川は、殊に淡青い線が、靜脈さながらにうねうねと描かれてゐるのは、空中から眺める心地がして、胸が彈むものだ。作者の胸も高鳴つてゐたらう。ツルゲネフを愛讀し、あるいはクロポトキンの著に親しんでゐた哀果であればなほ、この水色の脈脈たる流れは、ひたひたと心にも波を寄せて來る。「なつかしきかな」といふ溜息をまじへた結句にも十分共感できる。「遠く辿れば」の「遠く」は、地圖の縮尺百粁單位を、腦裏で一瞬に換算しつつたどる遠さであり、作者が現に生きる日本とロシアとの地理的な距離であり、同時に人種、文化、思想の上の面での埋めがたく、達する方法もない遙けさではなかつたらうか。微かな絶望をも含む遠さであればなほ、作者にとつては切實であり、なつかしかつたのだ。

「ヴォルガ」の一首を巻頭作品とする『黄昏に』は、哀果の第二歌集であり、明治四十五年二月に發行されてゐる。著者名は哀果だが、奥附は、今日われわれの目にも親しい土岐善麿となつてをり、中扉には「この小著の一冊をとつて、友、石川啄木の卓上におく」との獻詞が記されてゐる。哀果はその二年前の春、有名な、全作品ローマ字表記の第一歌集《NAKIWARAI》（泣き笑ひ）を刊行してゐる。その第一首は〈Ishidatami, Koborete utsuru Mizakura wo,/Hirou ga gotoshi! —/Omoiizuru wa.〉（石疊こぼれてうつる實櫻を拾ふがごとし思ひ出づるは）であつた。當時、最尖端を行くハイカラな著想、手法としてさまざまに評價された。啄木もこの歌集に大きな影響を受けた一人であり、詩質、思想は當然異りながら、兩者、共に、晶子、茂吉、白秋らとは別の、一つの世界を形づくつて行く。哀果は明治十八年、啄木は十九年、白秋も、偶然哀果と同じ明治十八年の出生である。啄木が二十七歳で夭折して後は、その遺志を哀果が繼ぎ、「生活と藝術」を創刊、暗い時代に生きる知識人の哀歡を、獨自の詠風で歌ひ續けた。

「くるほしく、つよき煙草を喫ひし後、／遠く、シベリアの／雪をおもへり。」「むすめよ。／この黄昏の落葉を、父は焚くべし。／燐寸をもてこよ。」「りんてん機、今こそ響け。／うれしくも、／東京版に、雪のふりいづ。」これら三行書きの歌は、當時の青年には、まさに異國の煙草や、繪葉書の雪景色のやうに、新鮮であつたらう。哀果の歌には、啄木の持たぬ瀟洒な味はひと、西歐風な陰影が感じられる。大雜把に「生活派の開拓者」などと言つてしまつては、この博學な知識人の全體像まで歪んで見えよう。彼の青春歌集、淡彩の三行詩は、まさに雪の味のする哀しい果實でもあつた。

尾崎放哉

一日物云はず蝶の影さす

放哉の句は、俳句定型にも季の約束にも捉はれない。限りなく奔放に見えて、必ずしも眞に自在ではないところが無季自由律の持つ矛盾であり、同時に面白みだらう。「蝶」と言ひながら、彼の場合春とは限らない。初出は「層雲」大正十三年八月だが、これから逆算して、制作時を知つたところで、回想、創作のたぐひなら季節は決まるまい。また決める要もない。人は秋とでも盛夏とでも、好みに應じて状況、條件を設へ、樣樣に鑑賞すればよい。私は、菜の花のちらほら開きかける早春の、とある一日、まだ日陰の風は少少冷いので、明り障子は鎖して、ひつそりと籠つてゐる時、初蝶であらうか、輕やかに、頼りなく、障子を過ぎて行く小さな羽搏きの翳を見たと解しておきたい。そして、その陰翳通過が、一日の中の、とりたてて言ふべき、ただ一つの「事」だつた。

今少し捻れば勿論意は通じ易からうが、いかにも閑居を愉しむ風流人臭くなる。「一日」に振假名が無く、「いちじつ・いちにち・ひとひ」の三様の訓が考へられる。一日なら「或る日」を意味する。放哉なら「或る日」と言ひたければさう言つたらう。「一日」なる和語はやや短歌的だ。最も平凡な「一日」が彼にも、この句にもふさはしい。四音五音七音の三句で成つた一行の詩、俳句とも片歌ともつかず、「ず」と言ふところは明らかに韻文、何かを言ひさしてふと口を閉ぢ、くるりと向うをむいてしまつた風情が、無性に侘しげであり、かつあはれだ。作者にはもとより求憐の意圖はなく、拗ねてゐるわけでもない。春淺い一日、輕く鎖して一人籠つてゐれば、「徒然草」の兼好ならずとも、次次と想念は胸を過り、筆をとれば書くべきことも數多有らう。それをわづかに一事、「蝶の影さす」と低く呟いて、後は言はず語らぬ。常人なら退屈で退屈でゐたたまらぬやうな、あるいは睡氣を催すやうな靜けさの中で、作者はまた何事も無かつたかに瞑想に耽るのだらう。腥く煩はしい人の世を離れ、自然を友とする世捨人の心境に近い。あまたの言葉を潔く切捨てて、なほ、いかにも思はせぶりに、野狐禪風にならぬところがすがすがしい。

　時に放哉男盛りの四十歳。失職、挫折、鬪病、離婚等等、世の常の苦杯をさんざん嘗めたが、突如一切を棄てて一燈園に入る。懺悔奉仕の日日を送つて後、この年には知恩院の常稱院に移り、また須磨寺大師堂、龍岸寺、あるいは今熊野の井泉水居と轉轉した。終の栖は小豆島の南郷庵、彼はここで四十二歳の短い生涯を終る。この世と切れたやうで繋がり、半俗半僧、浮浪者にして聖といつた趣の後半生は、興味を持つ人にはなかなかの味はひもあらう。私には、さういふ手前勝手な脱俗生活が、一種の好意を以て眺められてゐたにがな古きよき時代が、ほほゑましく思はれる。近來、似たやうな境涯、句風の種田山頭火がはかに脚光を浴びたかたちだが、詩質は放哉の方が遙かに高く、秀句にも恵まれてゐる。「咳をしても一人」「墓のうらへ廻る」「渚白い足出し」「月夜の葦が折れとる」等は、自由律俳句の極限の好例として有名な句ばかりだ。

漬物桶に鹽ふれと母は產んだか

死の一年前の冬の句だが、放哉には珍しい反問のかたちが妙に心を搏つ。もとより何かの缺落によつて成就する俳句形式の、どこかを更に蝕ませ、削つて、放哉は生き盡せぬ人生の、儚い相を寫さうとしたのだらうか。

窪田空穂

を暗きに我と手にぎる、見よ空の青を照らして春は來れり。

王朝の昔は勿論、室溫など調節自在の現代でも、春の到來は待遠しく、春彼岸前後から、日一日と春めいて來るのを感じる喜びは、年齡、境遇の別なく胸が躍るやうだ。この歌の「を暗きに」とは夜明前の、まだ日のささぬ時間でもあらうが、それよりも作者の鬱鬱として晴れぬ心を指すのだらう。しかも彼はそれに耐へようと、われとわが手をひしと握りしめる。御覧、春がやつて來る。青天は東の方から、次第に輝きはじめると、みづからに言ひ聞かせる口調で一首は終る。間もなく南風は花花を咲かせ、鳥の囀りは四方に滿ちる。そして彼自身の人生も暗から明に轉ずるだらう。明治の青年のかたくななくらゐ律氣で、しかも鮮烈な感情のみなぎる、なつかしい調べだ。二句切の讀點、五句の結びの句點なども、丁寧でむしろ快い。春が「空の青を照らして」來るといふ、やや氣負つた表現も精彩があり好もしい。

引用歌は明治四十五年四月刊『空穗歌集』の「青みゆく空」の中に見え、空穗三十六歳の春の作である。この著は、親友であつた佛文學者吉江喬松の長文の序を巻頭に、與謝野鐵幹の「『まひる野』評」を巻末に掲げ、既刊の第一歌集や合著歌集等に、未發表作品群を加へた、この時點での全歌集であつた。

第一歌集『まひる野』の、こんこんと溢れる情感、噛んでふくめるやうな修辭は、晶子、白秋、茂吉の新風とはまた、おのづから異る味はひを持ち、世の人の心に廣く深く滲透するところとなつた。またこの歌集には「巡禮」「緑蔭」等、情感溢れる三十數篇の新體詩をも收める。作者自身、新體詩を主、短歌を従と考へてもゐたやうだ。

雲よむかし初めてこゝの野に立ちて草刈りし人にかくも照りしか
鉦鳴らし信濃の國を行き行かばありしながらの母見るらむか
われや母のまな子なりしと思ふにぞ倦みし生命も甦り來る
しら髪に夏の日うけて草刈りし叔父がみ魂にやすきを賜ふか
野の鳥よ古りし廂にうたひては父笑ましぬる朝もあるべし

殊に母戀の二首に見る眞情など、必ずしも明治人のモラルに律されたものでも、二十八歳で洗禮を受けたキリスト者としての信條によるものでもなく、もつと素樸な、本能的な感動であらう。だからこそ、繰返し朗讀するうちに、人は不覺の涙に頰を濡らすのだ。地味ではあるが正面から諄諄と語りかける空穗の歌は、明治末期、大正期の亂世に生きる人人の渇ける魂には、ある時オアシスに等しい存在ではなかつたらうか。

『空穂歌集』の序で喬松は、集中の「青みゆく空」から「若きかのこゝろは悲し、平安を打ち棄つるもてほこりとはしき。」を引いて、空穂の青春を代辯してゐるが、同時代人啄木、哀果の煩悶や懷疑は、空穂の作品にもさまざまの形で反映してゐる。句讀點採用も三行書きに代る表現方法だつたと考へてよからう。「ひそかにも逢ひてひそかに別るべき、二人が見たる春のゆふぞら。」「どんよりと空は曇りて青葉みな暗き中より蝶まひ出づる。」「あまりにも美しきこと見せにける、夜の劇場をさみしみて出づ。」いづれにも、新しい時代に向つて歩み出さうとする、二十世紀初頭の男の、「美しき惑ひの年」とも言ふべき思ひが溢れてゐる。そしてそれらも、今日から見れば、「古き佳き時代」の、幸福な歎き節であつた。

前田普羅（まへだふら）

花を見し面（おもて）を闇に打たせけり

「花」は櫻、それも咲き滿ちた晝の櫻であらう。たけなはの春の花に心遊ばせて歸つて來た作者は、今、深夜の闇にただ一人立つ。花を見る前の顏と見た後の顏に何の違ひがあらうと言ふ人には、始めから緣のない一句だ。だが滿開の櫻を眺めて醉ひごこちになり、浮かれて一日を過したその夜の、常よりも濃い闇に肅然とした記憶のある人なら、「面」とは、そのまま「心」を意味することを素直に納得（なつとく）できる。うららかな春の陽を浴びた顏は、夜に入つてもまだ仄かなほてりを殘し、薄い皮膜をかむつたやうな感じのすることもある。夜半に入つてにはかに冷えた空氣は、まさに、その頰を叩くばかりに鋭く、かつ快い。「打たせけり」は危（あやふ）い誇張であり、中には眉を顰（ひそ）める人もゐようが、私は見事に成功してゐると思ふ。それも俳句なればこその效果で、短歌ならば品位を失ふことにもなりかねない。

だがこの句、花に浮かれた身と心を、暗闇が引緊める、その充足感、覺醒感を、簡潔にしかも一捻りして吟じてみせただけではあるまい。眞晝の櫻はただうらうらとのどかなやうに見えながら、眺めてゐるうちにいつか心もうつろになる。梶井基次郎のやうに、木の下には、地中深く屍體が埋められてをり、それが爛漫たる花を咲かせるのだと幻想する人もゐよう。

在原業平は惟喬親王の別荘渚の院で「世の中にたえて櫻のなかりせば春の心はのどけからまし」と歎いた。照り白む櫻のその底にも暗闇は見え、逆に墨のやうな夜の底にもほのぼのと花は浮ぶ。普羅の句の心はこれらのさまざまの照り翳りを映して、「けり」と言ひ据ゑたのではあるまいか。言ひ据ゑつつ作者の眼は闇の彼方を透視する。

この句は「ホトトギス」大正四年六月に發表、後に『前田普羅句集』に收められた。花と闇の句を單純ならずと見たのは、この人の作にはそれぞれ、大膽な、自在な飛躍と鮮やかな獨斷を誇り、讀者をはたと立止らせる不思議な明暗を祕めてゐるからだ。

人殺す我かも知らず飛ぶ螢
夜長人耶蘇をけなして歸りけり
人の如く鷄頭立てり二三本
奥白根かの世の雪をかゞやかす
凍蝶の地を掻く夢のなほありて

殺人の幻覺と螢の點滅、秋夜のイエス論難、人間そつくりの鷄頭花、死後の高嶺の凍雪（ゆき）、瀕死の蝶の夢、どれ一つを取つても、讀者は、心に、ひやりと言葉の刃をあてられたやうな氣持になる。それでゐて少しもアブノーマルではない。人皆の魂にひそむ何ものかを、作者は代つて明るみに引出してゐるのだ。

花と闇の句は三十一歳の作、もともと普羅の名を高からしめ、鬼城、蛇笏、石鼎と竝び稱されるやうになつたのは、雄大な山岳を目のあたりにする作品群であつた。「春盡きて山みな甲斐に走りけり」「駒ケ嶽凍（い）てて巖（いはほ）を落しけり」「乘鞍（のりくら）のかなた春星（しゆんせい）かぎりなし」等等、いかにも壓倒的な句風で、この人の力倆は十二分にうかがへるが、私にはこれら句群も「かの世の雪」一句の前には、たちまち光を喪ふやうに見える。なほまた「行く秋や隣の窓の下を掃く」「形代（かたしろ）にわが名を書きて恐ろしき」「秋風の吹きくる方に歸るなり」なども、作者の今一つの面（めん）をさし覗くやうな、微妙な味はひを持つ句であり、忘れがたい。

太田水穂

月の名の更級はまだ桑の芽の淺々しくて霞まぬころや

更級は信州の中心よりやや北の方、姨捨山の月、田毎の月で、その昔から夙に名を得た處、作者水穂の生地ともほど遠からぬ歌枕であつた。「月の名の更級」とはそのやうな意味を約めたもので、やや俳諧的な表現だが、簡潔な、含みのある、面白い修辞と言へよう。そしてこの歌、名月には遠い春、信濃の國の遲い春景色だ。養蠶の地ゆゑ桑畑が連なり、その笞のやうな細い枝には、ほつほつと芽が吹き初めた頃である。大氣は春めきながらも何となく肌に冷たい。霞のたなびくのはまだ先のことだらう。

作品の生れたのは大正十二年、水穂四十八歳の四月で、第四歌集『冬菜』に収録されてゐる。一聯はその標題も「四月」、「霞む日の空にこぼれて鳴くひばりちらちらとして遠き田の水」と、世は既にたけなはの春だが、信濃は後れ後れて、まだ早春の氣配なのだらう。「桑の青まだ淺くして」とでも言ふべきところを、「まだ桑の芽の淺々しくて」と工夫を見せる、そのあたりに水穂のにほひが漂ふ。好き嫌ひの分かれるゆゑんである。だがこの癖のある詠風が、信州更級の縹渺とした風景を、さらりと水彩畫の筆法で描き出して見せた。一抹の俳味も棄てがたい。「ひばり」の歌にしても、「こぼれて鳴く」といふ表現、「ちらちらとして遠き」といふ形容は、同様に連歌的な技法といふべく、リズミカルで輕快だ。

水穂は西行を慕ひ、後には芭蕉の「さび」「しをり」「にほひ」「うつり」「かるみ」等の境地に心を盡すやうになる。『冬菜』の頃、彼の心は「ひびき」に引かれてゐたやうだ。言ふべくして到りがたい歌境ではある。

　麥の穂の光りのなかにかぎろひの青峯の眉の消ぬばかりなり
　土の色に雲はそゝけて街くらし青き光りにさくら咲き居り
　秋の日の光りのなかにともる灯の蠟よりうすし鷄頭の冷
　雲ひとひら素青の空をすぎゆくや二粒ばかり霰こぼして

いづれもまことに「ひびき」といへばひびき、曇り日の、遙かな樹樹の奥から聞えて來る大鼓の音のやうに、のどかで、かすかにあはれを含み、ゆかしい味はひがある。特定の人は深い共鳴を感じることだらう。そして同時に、他の多くの人は、芭蕉の句にあるあの凄じいかなしみ、魂を搏つ「ひびき」を戀ほしむに違ひない。

水穂の芭蕉探究は、勿論この後も續き、歌集『鷺・鵜』『螺鈿』『流鶯』『雙飛燕』と晩年に到るまで、旺盛な制作振を示す。題名それ自體にも、彼獨特の美意識が見られて、これまた贊否こもごもと思はれる。

すさまじくみだれて水に散る火の子鵜（う）の執念（しふねん）の青き頸（くび）見ゆ
雲ひとひら月の光をさへぎるは白鷺よりもさやけかりける
むら山の青嶽（あをだけ）のおくに天の火の湖（うみ）ひややかに澄み死ににけり
白箋にはじけて匂ふ墨の香のつばらに黒し花よりもなほ
しろじろと花を盛りあげて庭ざくらおのが光に暗く曇りをり

日本畫、それも金粉、銀粉を思ひ切り使つて、大膽な構圖を狙（ねら）つた意欲作、たとへばかつての一時期の「青龍展」の作品群を聯想させる。私は水穗の暗い櫻が、實は更級の桑畑の一首にもまして好きだ。

河東碧梧桐

ゆうべねむれず子に朝の櫻見せ

芭蕉以後櫻の句は數知れず、佳作、秀作を思ひつくままに拾つても、すぐに五十や百は數へよう。その中で私は、碧梧桐のこの淡淡とした、そのくせ何となく憂鬱な朝櫻が忘れられない。昨夜の不眠と今朝子に見せる櫻との間には、別に何の關りもないやうだ。不眠の原因も、櫻を見せる動機も語られてはゐない。けれども讀者には曰く言ひがたい微妙な心理が、夜と朝を繋いでゐることが感じられる。突きつめて行けば退引ならぬ深刻な問題に直面するかも知れぬ。そのやうな人生の或る時、春の一日の夜と朝、わざとさういふ問題からは身をかはし、そこはかとない不安を紛らはすやうに、殊更に子を呼んで、御覽、櫻が咲いてゐるよ、綺麗だらうなどと、強ひて明るく指さして見せる。朝露を含んで陽に匂ふ花を、子供は無心に見入り、父はあらぬ方を茫然と眺める。

　さして複雑な心境ではない。淺い憂悶、とりとめもない鬱屈、かかる中途半端な近代人の生の翳りを表現するのには、自由律俳句形式はまさに恰好の器であつた。口語にも徹し切らず、適當に韻文の名残を止めてゐるのも、また連用形で川柳風に打切つてゐるところも、なかなか皮肉な面白さと言へよう。新傾向俳句の雄として、大正年間にめざましい制作活動を誇つた碧梧桐の、その最盛期、大正六年、四十四歳の春、彼の據る俳誌「海紅」に發表した作で、「君を待たしたよ櫻ちる中をあるく」なども同じ五月號に竝んでゐる。後者の唐突な會話體は、當時はいさ知らず、今日見るとがさつで輕薄な感じしか殘らない。

新傾向を意識し、かつ強調したのは明治四十二年以降のことだが、二十代後半では既に同郷松山出身の子規の門下の逸材として知られ、格調正しい秀句を見せてゐる。「撫子や海の夜明の草の原」「暴動の後にまたなき月夜かな」「ほたと落ちし墨も白紙のうらゝけき」「魔がさすといふ野日高しちゝろ蟲」等、定型時代の碧梧桐の大膽な句法を知ることができよう。自由律に轉じてからはその技法も志向する世界も年年に變り、句の長さにしても短は十二、三音から長は二十七、八音まで種種樣樣、たしかに「自由律」だが、七、八音にも三十二、三音にもならぬところがまた奇妙である。

「蔭に女性あり延び〳〵のこと枯柳」「大根嚙りて女と言ひつのれり」「牡蠣飯冷えたりいつもの細君」等、作者の提唱力說する「人間味の充實」の一面には違ひないし、有名な句ではあるが、私はその平俗さに耐へられない。これでは風俗小說の斷片を出てゐるまい。碧梧桐の眞の姿はむしろ左の數句にあらう。

この山吹見し人の行方知らぬ

火燵にあたりて思ひ遠き印旛沼

梨賣が卒倒したのを知るに間があつた

草を抜く根の白さ深さに耐へぬ

大正四年刊の『河東碧梧桐集』と昭和二十九年刊『碧梧桐句集』の、夥しい饒舌體、平談俗語調の群から、私は辛うじてこれらを拾ふ。いづれも重要な何かが缺け、その空白を隠すやうに句は早口で、あるいは吃り吃り何かを傳へようとあせつてゐる。それゆゑに一種のいたましい美が、薄い影となつて搖曳する。そしてそれが新傾向、自由律の、つひに自立し得ぬ宿命を暗示してゐるのだ。

いやはてに鬱金(うこん)ざくらのかなしみのちりそめぬれば五月(さつき)はきたる
北原白秋(きたはらはくしう)

櫻はその名のやうに九割九分まで「さくらいろ」、すなはち白に近い淡紅だが、二、三種、變りだねがゐて、意外な色の花を咲かす。淡黄の「鬱金」と「御衣黄(ぎよいくわう)」、眞紅の「菊櫻」と「寒緋櫻(かんひざくら)」がそれである。「御衣黄」は花びらに綠のすぢがあるので淡綠にも見える。また、純白種は「深山櫻(みやまざくら)」の他、割合に多い。

白秋の歌の通り鬱金櫻は晩春の花だ。櫻の花季も亦必ずしも「三月、さくら」とは限らない。冬櫻は十一、二月頃開き、寒緋櫻は立春前に咲く。大山櫻(おほやまざくら)は東北では六月に入つてからが見頃といふ。かういふ例外は別として、普通われわれの目に觸れるところでは、彼岸櫻が三月下旬に、染井吉野が四月上旬に、そして下旬には八重櫻の楊貴妃(やうきひ)や法輪寺(ほふりんじ)が咲き匂ふ。まさにその頃、あたりは一面の若葉が陽に映える四月の終り、屋敷町の角などに、鬱金櫻はひつそりと、むしろいささか暗い感じをも祕めて咲く。やがて、この花の散りそめる頃、牡丹や薔薇の季節が訪れ、世はいよいよ初夏の眺めとなる。

「いやはてに」とは萬感をこめた初句である。櫻を含めてさまざまの花を見盡し、たけなはの春のよろこびに醉ひ、しかもまだ名殘惜しいその心が、そして、もういよいよこれで春も終るといふ憂ひが、この五音に溢れてゐる。新古今・春の最後の一首は、時の攝政太政大臣、九條良經の絶唱「明日よりは志賀の花園まれにだに誰かは訪はむ春のふるさと」であるが、白秋の歌と美しい對照をなし、七百年の時空を隔てて響き交す。良經の「誰かは訪はむ」にこもるかすかな絶望、白秋の「五月はきたる」からこぼれ出る輕やかな希望、共にあはれであり、今日のわれわれの心を搖つてやまない。「鬱金」の語感や字面の齎す美も效果的であつた。大正二年一月刊の第一歌集『桐の花』には殊に晩春初夏を歌つた秀作が多い。

鐸鳴らす路加病院の遲ざくら春もいましかをはりなるらむ
ゆく春の喇叭の囃子身にぞ染む造花ちる雨の日の暮
いつしかに春の名殘となりにけり昆布干場のたんぽぽの花
あひびきの朝な夕なにちりそめし鬱金ざくらの花ならなくに
手にとれば桐の反射の薄青き新聞紙こそ泣かまほしけれ

歌は白秋二十代後半に生れたもので「ゆく春」とは、そのまま彼自身の過ぎて行く青春、『桐の花』はその形見であつた。白秋は心のままに歌ひ、存分に技巧をこらし、夢み、泣き、かつ悶えてゐる。明治末年、古き佳き時代に青春を過した詩人の、その天眞爛漫な歌聲は、うらやましく、眩(まぶ)しい。鬱金櫻にしても「かなしみの散りそめぬれば」はいかにも甘く危(あやふ)い。しかも、だからこそ、はらはらするやうなきらめきに滿ち、それが青春の證(あかし)になつてゐる。作者は晩年にこの第三句を別の言葉に改めたが、それは全く無用の配慮で、すべて若書は、怖れを知らぬあやまちゆゑに美しいのだ。

その「かなしみ」とは、たとへば『海潮音(かいてうおん)』『牧羊神(ぼくやうしん)』等に見る西歐の詞華の、新しい智慧の悲しみであり、同時に喜びでもあつたが、その底には、常に『思ひ出』の「さはいへ大麥の花が咲き、からしの花も實となる晩春の名殘惜しさは青くさい芥子(けし)の萼(うてな)や新しい蠶豆(そらまめ)の香(にほ)ひにいつしかとまたまぎれてゆく」柳川の原風景が、息づいてゐたのであらう。白秋はかくて青春に別れ、人生の朱夏に、すなはち輝かしい壯年に入つて行く。

尾崎紅葉(をざきこうえふ)

泣いて行くウヱルテルに逢ふ朧(おぼろ)哉

紅葉といへば「金色夜叉」、明治の文豪といふ、何となく古色蒼然(こしよくさうぜん)とした感じがつきまとふが、生れは慶應三年で、夏目漱石とは同い歳であり、森鷗外より五つも若い。恐らく紅葉が早熟の天才で、あまりにも早く名を成し、かつ世を去つたゆゑに、かへつて漠然と老成した印象を與へるのだらう。彼が讀賣新聞に「金色夜叉」の連載を始めたのは三十一歳、死はその六年後に訪れてゐる。漱石の「吾輩は猫である」が三十九歳、鷗外の「ヰタ・セクスアリス」は四十八歳の作であつた。

俳句も、漱石が子規と極く親しい句仲間で、「ホトトギス」とも近かつたのに對し、紅葉は「ホトトギス」系とはうらはらの句柄(くがら)、西鶴の談林風(だんりんふう)を旗印とし、盛んに結社を作つて、專門の俳人以上の活躍振であつた。「紅葉」も、そもそもは俳諧用の雅號で、二十歳そこそこの頃からさう名のり、作句を始めてゐる。

「朧」は春の季題、朧夜、朧月夜とほぼ同義で、ほのかにかすんだ月が上り、景色もさだかに見え分かぬ夜のことだが、その景色の中に浮ぶのは、たとへば蕪村の「さしぬきを足でぬぐ夜や朧月」のやうな、王朝繪巻風の美的世界であり、また當時はなほ「朧夜や隣の園の花白し・丁堂」等と五十歩百歩の月竝な句が幅をきかせてゐた。そんな朧夜に「若きウェルテルの惱み」の主人公が登場したのだから、大向うも恐らくあつと驚き、作者は作者で、これぞ最新の明治談林調と大きに得意だつたことと思はれる。私にはその見得を切つたやうな句の仕立方がいかにも面白い。言ひも言つたり、ゲーテもさう呟いて微笑するかも知れない。今はもう戀愛小説の古典中の古典となつたこの殉愛物語が、「朧」とはまことにしつくりと融け合つてゐるのも、さすが西鶴の裔である。

「泣いて行くウヱルテル」といへば、心に浮ぶのは、あの自殺の前夜に、ロッテと悲痛な別れをして、蹌踉と家へ歸る彼の姿だが、それは眞冬で霙の降る夜、帽子を落したウェルテルは全身ぐつしよりと濡れてゐた。むしろ小説に卽き過ぎず、愛するロッテは既に人妻、いくら望んでも靈、肉共には結ばれ得ぬことを知り、放心狀態でさまよふ若者の姿を心に描いた方がよからう。ウェルテルは右眼の上から腦に向けてピストルを發射した。牀には腦漿が流れてゐた。仰向けに倒れ、青い燕尾服に黃色のチョッキを著けたままであつた。墓場へ、僧侶は一人も同行しなかつた。

この「ウヱルテル」は『紅葉句帳』から引いたが、初出は不明である。今一句「乳棄てに出れば朧の月夜かな」が明治二十六年作であることから、これもほぼ同時期、三十歳未満の作と考へてよからう。ゲーテがその小説を書いたのが二十五歳、紅葉がデビュー作「二人比丘尼色懺悔」を發表したのは二十三歳であつた。

　春寒や日闌けて美女の嗽ぐ
　舞踏の人薔薇花前に語る哉
　星既に秋の眼をひらきけり

いづれも人によつて好惡の差の激しさうな句ばかりだが、才氣のほとばしりは十二分に感じられる。「朧」といへば漱石にも「朧夜や顏に似合はぬ戀もあらん」があつた。これまた大膽な作だが、句合をしたら、やはり問題なく「ウヱルテル」の勝だらう。

若山牧水

この家は男ばかりの添寝ぞとさやさや風の樹に鳴る夜なり

牧水二十四歳の第一歌集『海の聲』は、作者の喘ぎと吐息の聞えるやうな、奔放な戀歌が殊に目を引くが、一方、高名な「白鳥は哀しからずや空の青海のあをにも染まずただよふ」や「火の山のけむりのすゑにわがこころほのかに青き花とひらくも」などに代表される、自然と生命の一體となつた青春讚歌が光を放つ。「さすらふ若人の歌」はマーラーの比類なく美しい歌曲だが、私は牧水の明るい悲歌を朗誦してゐると、明治の青年の、傷つきながらもなほ健かに陽に向く魂が、むしろ羨しく、かけがへのない珠玉のやうに思へるのだ。

バリトンで高唱するかの戀歌群、讚歌、悲歌群のあはひに、牧水の、ふと地聲に戻つた語りかけとも言ふべき、なつかしい歌が散見される。その際やかな一例として私は「男ばかりの添寝ぞと」を愛誦する。この歌は選歌集である第三歌集『別離』にも見え、初出は「新聲」明治四十年十一月號で、立秋の歌と竝んでゐるが、歌集では春秋の歌が順序不同に配列してあり、別に日録風な意圖もない制作態度ゆゑ、季節を限定する必要もあるまい。私はなぜか夜も明るい青葉若葉の候、それも林間の寮などで、同好の士が交歡して夜を徹し、曉近くほしいままな姿勢で寢についた光景を想像する。スポーツマンの合宿風景と思つてもよからう。一首まことに爽やかで、牧水獨特の清涼感が漲つてゐる。この若若しさ、清清（すがすが）しさこそ、彼の魅力であり、同時代の他の歌人を凌ぐ特長だ。好んで「青」を用ゐ、また用ゐてゐない歌も淺葱、紺青の印象を與へるのも、そのせゐであらう。

風を擬人化してゐるとする解釋、自嘲を交へた哀愁が持味とする見方、其他鑑賞はさまざまに行はれてゐるが、男臭いはにかみと、ほろ苦（にが）い後味（あとあぢ）が判るなら、それ以上は事事しく言ひ立てる要もなからう。

　山鳴に馴れては月の白き夜をやすらに眠る肥の國人（くにびと）よ
　植木屋は無口のをとこ常磐樹（ときはぎ）の青き葉を刈る春の雨の日
　ちんちろり男ばかりの酒の夜をあれちんちろり鳴きいづるかな
　男なれば歳二十五のわかければあるほどのうれひみな來よとおもふ
　青わだつみ遠くうしほのひびくより深しするどし男のうれへる
　眞晝日のひかり青きに燃えさかる炎（ほのほ）か哀しわが若さ燃ゆ
　めぐりあひふと見交（みかは）して別れけり落葉林（おちばばやし）のをとこと男

さすが九州男兒の、素樸で生一本な、いかにも明治書生風ロマンチシズムであるが、いづれも新鮮な言語感覚がひらめき、たとへば啄木などとはかなり世界を異にしてゐる。そのいさぎよい持味と歌の調べは、櫻を何よりも愛し、好んで歌つた彼の性格をも反映してゐよう。大正十二年五月には、そのタイトルも『山櫻の歌』と銘打つた歌集を公刊した。「うらうらと照れる光にけぶりあひて咲きしづもれる山ざくら花」はその中の一首であつた。これもさることながら、私は山櫻なら、第一歌集にひつそりと收められた、あまり人に知られてゐない二首「水の音に似て啼く鳥よ山ざくら松にまじれる深山の晝を」と「春は來ぬ老いにし父の御ひとみに白ううつらむ山ざくら花」の方を好む。ちなみに『山櫻の歌』は牧水が生前に出した最後の歌集、今生の名殘の歌群であつた。

水原秋櫻子

高嶺星蠶飼の村は寢しづまり

もう忘れ霜も降らぬ晩春、桑の若芽が匂ひたち、しつとりと夜露に濡れた山峡の村、それがどこかは問ふまい。世に蠶飼で知られた地は、今日、一に群馬、二は長野、三が山梨、續いて埼玉、福島の順と言はれるが、この句が作られた大正末期も、このランキングに大差はないだらう。彼方に高嶺を仰ぎ見ることの出來る村落は、前記の各地皆ふさはしい。相模小佛峠の西の千木良村を心に置いての作であるとする迎へた解釋もあるやうだが、こだはる要は更にない。ある時は白根山を、また蓼科山を、時によつては金峰山を、あるいは安達太郎山を想像するのも面白からう。折角の、「高嶺星」といふ、作者の生んだ美しい名を、讀者の心の中でさまざまに輝かさねば。

季節は五月も末近く、毛蠶を蠶卵紙から掃き立てて蠶座に移してから旬日、蠶架の暗がりには桑を食ふ音が、ひめやかに聞えて來る。桑摘みに、給桑に、その上、田は苗代の準備、畑は播種と、農家は猫の手も借りたいほど忙しい季節、夜は團欒の暇もなく、風呂が済めば皆寝所に引取り、泥のやうに眠り落ちる。「蠶飼の村は寝しづまり」の十二音は、家家の、夫婦、兄妹たちの健かな寝息、背戸の小川の水音、ほととぎすの語らふ聲がかすかに聞える。垣には夜目にも鮮やかな山吹の花群、向うの畷には卯の花の仄白い藪、そして振仰げば、彼方、嶺の上には春の星が、うるみを帶びて瞬く。夜明は五時半、それまでに後幾時、緑は日一日と濃くなり、桃も杏も梅もしづかに青い實を肥らせる季節だ。「熟睡に落ちし蠶飼村」でも「蠶飼の村ぞ寝しづまる」でもなく、「寝しづまり」と連用形で殊更に切つて結んだのは、明日に續く生活のリズムと、ものみなの命の流れに和する配慮であらうか。快く、かつ忘れがたい五音だ。

句集『葛飾』の流麗な調べは、従來の俳句を讀み馴れ、あるいは見飽きた讀者には、まことに新しく珍しかつた。簡潔を旨とし、言葉も心もぎりぎりまで切りつめ、盡さぬままに立ちすくんだかの三句十七音こそ、芭蕉が創めた「發句」の眞髓であつたが、人は、時として絶ち切られた言葉の流れを惜しみ、堰き止めた心のたぎちに堪へられなくなる。秋櫻子の句の、せせらぐやうな調べ、やはらかな響きは、さういふ潜在的な飢ゑや渇きをかぎりなく癒やしてくれるだらう。「高嶺星」に續いての、「飼屋の灯釣橋來れば木隱りぬ」「桑の芽や雪嶺のぞく峡の奥」等も、視覺的效果を狙つた佳品である。

　牡丹の芽當麻の塔の影とありぬ
馬酔木咲く金堂の扉にわが觸れぬ

梨咲くと葛飾の野はとの曇り
雛の燭かたみに搖れてしづもりぬ
青春のすぎにしこゝろ苺喰ふ

「高嶺星」「桑の芽」は大正十四年の「ホトトギス」初出、秋櫻子三十四歳の作、「牡丹」「馬酔木」「梨」其他は昭和初年に作られ、句集は昭和五年の刊行であつた。たしかに流露感に富み、心に沁む秀作ぞろひだが、一方、時としては一首の短歌の上の句だけを切取つて來たやうな、不安定で間伸びのした感も免れがたからう。ただ、俳句が萬葉の調べに、おのが生命の源を探り、健氣（けなげ）にも、ルネサンスとも言ふべき一時代を劃（くわく）したことは、永く記念されてよい。

中村憲吉

篠懸樹かげを行く女が眼蓋に血しほいろさし夏さりにけり

憲吉の第一歌集は島木赤彦との合著『馬鈴薯の花』だが、單獨歌集としては、この「篠懸樹」を含む『林泉集』が最初である。大正五年十一月刊、著者二十八歳、この歌はその二年前の夏作られたものだ。茂吉の歌に、後期印象派の、殊にゴーギャン、ゴッホらの強烈な主觀に、相通ずる作風をも感じるとすれば、憲吉の明快な都會囑目詠は、フォーヴの、デュフィやマティスの色彩を感じさせる。

新綠のプラタナス竝木、やや早めの歩調で歩めばたちまち汗ばむ初夏の候、女らはいちはやく夏服に衣更へして、ローンやタフタの、プリント模様も鮮やかな裳裾をひるがへし、颯爽と歩む。摩違ひざまに、作者は彼女、もしくは彼女らに目を走らす。瞼や頰はほのかに紅潮し、項はうつすらと汗ばみ、甘酸つぱい香が一瞬あたりに漂ふ。二の腕に光る生毛、風に靡くおくれ毛、世は光り輝く美しい五月、作者も靑春のただ中にゐた。

秋淺き木の下道を少女らはおほむね輕く靴ふみ來るも

槻わか葉さやさや映る煉瓦みち行きつつ我れの素肌さみしも
洋館の椿をゆする疾ち風ピアノ鳴りつつ彈音はやし

これら近代都市の、とある辻辻、とある裏通りの點景、そこに生きる人の横顔が、輕快に、かつ鋭敏に活寫されてゐる。私はゆくりなくも、俳人石田波郷二十歳の夏の作品、「プラタナス夜もみどりなる夏は來ぬ」「噴水のしぶけり四方に風の町」「青嵐公衆電話入りて閉づ」を思ひ出す。波郷はその年、四國松山から東京に出て來た。

憲吉は廣島縣の雙三郡、布野から二十一歳で上京した。布野村は廣島縣と島根縣の境、中國山脈の山中にあり、峠を越せば石見の赤名である。茂吉の歌集『寒雲』に見る「布野」一聯の絶唱、殊に「赤名越えて布野のはざまに藤なみのながき心をとどめむとする」を口ずさむ度に、私は憲吉の四十五年の短い人生を思ふ。ともあれ波郷も憲吉も、地方出身者であつたからこそ、花の都で目に觸れるもの、ことごとく新鮮に映じ、快い驚きを以て、一句一首が口をついて溢れ出たのだらう。

それにしても、憲吉の淡い朱と綠を基調とした爽やかな色彩感覺、快速調の輕やかな調べは、「アララギ」系歌人の中では類を絶し、時として茂吉の一面を偲ばせるものがある。たとへば『馬鈴薯の花』の、「秋づけば水際のくさに丹の花のこもらふほどの戀に遇ふかも」と、『赤光』の「さにづらふ少女ごころに酸漿の籠らふほどの悲しみを見し」にも微妙な共通點があり、『林泉集』の「鳳仙花ほろほろと散るかくのごとたやすく散りて身をまかすかや」は、同じく『赤光』の「鳳仙花城あとに散り散りたまる夕かたまけて忍び逢ひたれ」と相呼ぶ節があある。模倣、本歌取のいづれでもない、共感、共鳴のうるはしい一例と考へておかう。

晩年の『輕雷集』やその後の作品にも「うら侘びて我がゐる昨日けふの日も松は花粉をしきりにこぼす」「日落つれば頓にしづまる山のかひ青さ身に染むばかりに翳る」など、鋭い感覺は衰へを見せぬ。昭和五年病を得た憲吉は、四年後、尾道の千光寺公園に近い、眺望絶佳の病室で世を去る。若葉きらめく五月五日のことだつた。

松根東洋城

堅田から北の淋しや田植歌

　堅田さへすでに大津から北へ十五キロ、最近こそ琵琶湖大橋がかかつて、東岸の守山や野洲への交通も激しくなり、鐵路は北陸まで延びて、湖西線は大阪から敦賀が特急車一時間内外、普通でも堅田から敦賀まで、今津での乗換時間を勘定に入れても、一時間半しかかからなくなつたが、その昔、と言つても戦前までは汽車も今津止りゆゑ、日本海海岸へは山を越えて出ることが多かつた。明治、大正の頃、それも堅田から北と言へば、更に北をさすのは飛脚に薬屋、藪入の季節なら京、大津に上つた奉公人、南へ向いて急ぐのは若狭の魚屋、大原の竹屋へ竹材を運ぶ荷車、水の上の朝妻船の名残であつたらう。もともと近江八景の一景、「堅田の落雁」も心なき身にあはれを知らす、灰色の侘しい眺めではなかつたか。

　東洋城の句は題が「田植歌」、舊暦の五月、今の六月、日頃は人も死に絶えたやうに淋しい所でも、萬綠鮮やかに、柑橘類や梔子の花の香が漂ひ、風も水もきらきらと、蘇る思ひの初夏である。そのやうな季節にさへ「北の淋しや」と作者は言ふ。青青と匂ひたつ六月ゆゑに、なほさら人影もまばらな湖岸の里の淋しさが身に沁むのだらう。堅田から北は、眞野に和邇、更に北には雄松崎、今日日なら近江舞子への車の列が、休日にはぎつしりと連なつてゐる道筋だが、その頃はせいぜい苗を提げた、手甲脚絆姿の娘が傳ひ歩き、生れたばかりの蛇が横切る程度。遠くからひびく田植歌の、不揃ひな歌聲もそぞろあはれといつた感じが、しみじみと一句の背後から傳はつて來る。夏の句としては珍しい趣向だ。

大正十一年、東洋城四十五歳の作で、彼の死後に、安倍能成、小宮豐隆らによって編まれた「東洋城全句集」から引いた。東京の生れであるが、裁判官の父に従つて四國に渡り、松山中學では、赴任して來た「坊つちやん」の漱石に英語を習つたといふ。後子規門に入り、「ホトトギス」同人となるが、三十歳でこのグループとも絶縁する。法律専門、宮内廳勤務、帝室會計審査官に上り、主宰した俳句雜誌が「澁柿」とは、出來過ぎたやうな身の上話であり、芭蕉をひたすら敬ひ、碧梧桐らの新傾向とは眞向から對立して、傳統俳句に人間修業の道を見たといふその信條も、明治人の一典型と言へよう。

今一度「田植歌」に戻れば、この句の要は「北」にある。「淋しや」と「北」は卽き過ぎるやうだが、その實まことに簡潔、しかも一望數里の夏景色を言ひ得て、言ひ盡さぬ餘情を生む。私はふと晶子の「おばしまのその片袖ぞおもかりし鞍馬を西へ流れにし霞」や

「とき髪を若枝（わかえ）にからむ風の西よ二尺に足らぬうつくしき虹」の、二つの「西」の巧妙な用法を聯想した。またこの句、「かたた・きた・うた」のたくまぬ脚韻が面白い。

秋風や市（いち）をはなるる市の音

繭買ふや銀の秤（はかり）を腰に抜き

北といふ淋しきものや夏寒み

昭和三十九年歿、天壽八十七歳。全句集一萬八千句を數へるが、必ずしも佳句は多くない。しかし、戰後、七十近くなつてからも、〈Slowly constantly (yet) silently, step by step: Ah Snow! Oh Mount〉「重々と歩（あし）一歩（あし）や雪の坂」などと英詩混りの句も試み、かつ諧謔（ユーモア）に富んだ獨吟歌仙を卷くなど、その意欲は壯者を凌ぐ。それらすべてを見て後、やはり私は湖西の田唄と、市の秋風、繭商人の銀の秤、そして淋しい「北」を忘れがたく思ふ。

齋藤茂吉

こらへゐし我のまなこに涙たまる一つの息の朝雉のこゑ

茂吉の歌には、彼好みの禽獣蟲魚があちこちに出沒してまことに樂しい。殊に初期歌集『赤光』『あらたま』に現れる彼らは、作者の分身と考へられるくらゐ、切實に喜怒哀樂を分ち合つてゐる。『赤光』にも雉子はゐる。あの「死にたまふ母」の葬りの後、藏王山の溫泉に浸りながら「山かげに雉子が啼きたり山かげの酸つぱき湯こそかなしかりけれ」と歌つてゐる。

このたびここに見る朝雉は、第二歌集『あらたま』の中に、標題も「雉子」とうたつて收錄された一聯八首の力作の第四首、大正四年六月の作である。この歌集は、冒頭の「黑き蟀」に始まつて、「七面鳥」「蝌蚪」「朝の螢」「雨蛙」「蠅」「蜩」等、タイトルだけ一瞥しても、さながら茂吉動物園の觀があり、それぞれに人に知られた秀作を含んでゐる。すなはち歌集巻頭第一首が「ふり灑ぐあまつひかりに目の見えぬ黑き蟀を追ひつめにけり」であり、續いて「十方に眞ひるまなれ七面の鳥はじけむばかり膨れけるかも」、「あかねさす晝の光の尊くておたまじやくしは生れやまずけり」、「草づたふ朝の螢よみじかかるわれのいのちを死なしむなゆめ」等、どれ一首を採つても『あらたま』の代表作と言へる。「雉子」八首は、當時の巣鴨病院の隣、岩崎邸の森に鳴く雉子を題材としたものだといふ。病院と邸は赤煉瓦の塀で區切られてをり、その向うに鬱蒼たる木立が見える。雉子は朝朝その茂みに鳴き、作者は學問の上でスランプに陥り、怏怏として樂しまぬ時も、その雉子の聲を愛したと、後日記してゐる。また自解の辯によれば、第四句「一つの息の」は苦心の結果得たものであり、一首の味はひも、芭蕉の「父母のしきりに戀し雉子のこゑ」に比べて、いささかも遜色はないと信じてゐたやうだ。

芭蕉といへば茂吉は、『赤光』の中の「螢」五首一聯のタイトルに、「晝見れば首筋あかき螢かな」を借りて來て併記し、その第一首は「蠶の室に放ちし螢あかねさす晝なりければ首は赤しも」と、見事な、そして傲慢な本歌取をぬけぬけと試みてゐる。私は、この朝雉に芭蕉など全然思ひ浮べない。比べる氣も起らない。現代人には茂吉の歌の方が問題なく面白い。私はそれよりも『赤光』の鶴をありありと思ひ出す。

わが目より涙ながれてゐたりけり鶴のあたまは悲しきものを　（冬來　黄涙餘録の一）

これは上野動物園の丹頂の鶴だ。血の滲んだやうな鶴の頭を見て、滂沱と落涙する、この手前勝手で不條理で、それゆゑにシュルレアリスムと言つても良いくらゐ新鮮奇抜な表現を私は愛する。「朝雉」には次のやうな不思議な歌が續く。

朝森にかなしく徹る雉子のこゑ女の連をわれおもはざらむ

尊とかりけりこのよの暁に雉子ひといきに悔しみ啼けり

何故彼は「女の連」すなはち妻を思はぬのか、何故作者にとつてそれほど雉子の聲が尊いのか、暴力的なまでに自在なこの感情表出は、いきいきとして人の心に迫り、寫生の寫實のといふ空念佛とは無關係に、今日のわれわれをも魅了する。これら三首も亦青墨で描いた超現實派の繪を、しきりに聯想させる。

螢よぶ女は罪の聲くらし

松瀬青々

梅雨晴れの一日が暮れて、川邊の草むらにはまだ草いきれが殘つてゐる。五日も續いた雨の後ゆゑ、一寸やそつとの照りでは土は乾かない。水かさを增した川の面に、金鳳華や野芹が折れ伏して靡く。夕星が煌めき初め、あたりは刻一刻と暗くなつて來る。そんなひと時、青白い螢火が、ふつと中空に一つ、續いて水面をかすめるやうに三つ四つ。振返れば彼方の杉木立の方にも、ひややかな火の粉は散り亂れてゐた。

「ほう、ほう、螢來い」幼さびして女は呼ぶ。星明りに仄かに浮ぶ横顏は、くつきりと彫りが深く、三十に間のある熟れ切つた美しさながら、何か愁ひに沈んだ風情で、螢を呼ぶその語尾さへかすれ潤んでゐるやうだ。あれは、あるいは、とかく噂に上つてゐた町外れの指物屋の娘であらうか。山一つ向うの町へ、望まれて嫁入つたのが五年前、子も一人生みながら、出入りの若い大工と道ならぬ戀に落ち、間もなくあらはれて不緣になり、實家へ歸されたとか。女の名は「露」、子との仲も斷たれ、一月ばかりは泣き暮してゐたと聞く。

後を續ければ鏡花擬(もど)きの短篇が出來上るだらう。插繪はいささか時代を異(こと)にして、伊東深水か上村松園なら申し分あるまい。浴衣(ゆかた)は鳴海絞りの麻の葉、おくれ毛が夕風に吹かれて頰をなぶる。秋草圖の團扇(うちは)を持つ手はしろじろと細く、靜脈が浮いて見える。漢詩文にも和歌にも堪能であつた青々の句は、明治二年生れだけにやや古めかしい嫌ひもあるが、情を盡してしかも風格を保つてゐる。この螢も心のどこかに、和泉式部の代表作の一つ、「もの思へば澤の螢もわが身よりあくがれいづる玉かとぞみる」をおいてゐたのではなからうか。女の罪、彼女も、その名の緣(ゆかり)、和泉守(いづみのかみ) 橘 道貞(たちばなのみちさだ)を夫として小式部を生みながら、冷泉院(れいぜいゐん)第三皇子爲尊(ためたか)親王に愛され、親王が二十六歲で夭折(えうせつ)すると、弟君敦道(あつみち)親王に身を委(ゆだ)ねる。この皇子にも二十七歲で先立たれ、彼女は三十過ぎてから一條天皇中宮彰子(しやうし)に仕へ、ここでまた藤原保昌と結ばれる。「澤の螢」は、その保昌にさへ棄てられる頃の歌であらう。罪よりも業(ごふ)、そのさだめの暗さを、五月闇(さつきやみ)にたぐへ、それでも炎(も)えずにはゐられぬ女の悲しい命を螢火になぞらへて、青々は凄艶な一句を創(つく)り上げたのだらう。ちなみに菊池幽芳作「己が罪」は明治三十二年に發表された。

夢殿の赤に世の冬永きかな

水うてば竹より立ちぬ秋の蝶

日盛りに蝶のふれ合ふ音すなり

板敷にもらひ牡丹の崩れ哉

嵯峨の水くらき怕れや牛祭

彼も亦三十歳で子規の門に入つた。俳誌「倦鳥」を主宰。すべてのすぐれた「ホトトギス」作家の例に洩れず、青々の句も、決して狹義の寫實になどこだはつてはゐない。さんさんと降る眞晝の光の中、蝶の觸れあふ音を聞くとは、凄じい幻想だ。これはまさに藤島武二の少女と胡蝶の圖、否、速水御舟の、猩猩緋の空を背景に、白蝶の群れて舞ふ怖ろしい傑作「炎舞」をそのまま句にしたのではあるまいか。季題別の選句集「妻木」は明治三十七年刊、三千五百句を收め、明治最初の個人自選句集として聞えてゐる。詩仙堂の石川丈山に私淑し、その著『覆醬集』を吟じた句もあり、句集自序の中にも「去年の醬を覆はず」云云と記してゐる。

古泉千樫

茱萸の葉の白くひかれる渚みち牛ひとつゐて海に向き立つ

作者千樫の生家は千葉縣安房郡、酪農を業とし、ホルスタイン種二頭と種牡牛を飼つてをり、彼も幼時から牛の世話をさされて、この家畜には殊に愛著を持つてゐたさうである。千樫には、ゆゑに牛の秀作が多いと説く人もゐる。「牛」の千樫と呼ばれてもゐたやうだ。事實、大正十四年刊、自選歌集『川のほとり』には、初出を異にする牛の歌二十首が勢揃へしてゐて、なかなかの壯觀である。掲出の一首は初め「短歌雜誌」大正七年七月號に發表したもので、感覺的な描寫の冴えが際立つてゐる。「茱萸」は數多くの種類を持つが、この場合、場所を房州の海岸と限定すれば「丸葉秋茱萸」であらう。この一族は好んで海に近く繁茂する。普通の「秋茱萸」は山野、殊に河原などでよく見かける。初夏ならば、花が終つて、葉隱れに、錆びた銀色の斑點のある實が、長い柄をつけて、幾十幾百と垂れ下つてゐるだらう。秋茱萸は殊に葉裏に白い鱗片が密生してをり、微風に靡くと、まるで雲母でも撒いたやうに光る。夏至前後の、天の眞上からの直射日光を受けた砂濱、きらめく茱萸、くらくらと眩暈を催しさうなこの眺めの中に、一頭の牛が頭を海の方に向けて立つてゐる。汀から向うは水も空も紺碧、氣が遠くなるほどの靜けさに、耳を澄ませば磯を洗ふ波の調べと、茱萸の葉群を騒がす南風の響き、そして時折、人戀しくなつた牛の鳴く聲。ここには人間の姿が見えぬ。傍觀する作者はカメラに變身し、主觀を交へた修辭は一切避けてゐる。かういふ、もどかしいくらゐ禁欲的な表現の型を、當時の「アララギ」人の大方は尊んだ。そして、今日見ても、この型の秀作はすがすがしく、憩ひと安息とを齎してくれる。そして一方、このタイプ、この手法は、感動のかけらもない退屈千萬なただごと歌を、「寫生」といふお題目の下に、飽くことなく量産し、怖るべき數の、稚拙極まる短詩捏造家に「歌人」なる名を與へた。

明治末年から大正初期にかけて、牛や牛飼は歌の題にもよく取上げられた。かういふ流行は間歇的に現れるやうだが、千樫に闕りはない。次の二首は最も名高いやうだ。

牛飼が歌よむ時に世のなかの新しき歌大いにおこる　伊藤左千夫

みぎはくる牛かひ男歌あれな秋のみづうみあまりさびしき　與謝野晶子

偶然いづれも明治三十三年の歌となつてゐるが、考證家によれば、左千夫の歌はその數年以前に遡るとか。ともあれこの左千夫自身、二十六歳で「牛乳改良舍　茅の舍」なる屋號を掲げ、牛三頭を飼つて搾乳業を營む、歴とした「牛かひ男」であつた。

朝な朝な牛を牽き飼ふみちのべの小草の露の寒きこのごろ

夕なぎさ子牛に乳をのませ居る牛の額のかがやけるかも
牛ひきて下らむとする坂の上ゆふ日に照らふ黑牛のすがた
かぎろひの夕日背にしてあゆみくる牛の眼の暗く寂しも

どの歌もつつましく、何かに耐へてゐるやうに切ない。私は『赤光』の中の「あが友の古泉千樫は貧しけれさみだれの中をあゆみゐたりき」をしみじみと思ひ浮べる。彼は四十一年の生涯の中十九年間、「水難救助會」に勤めた。

川端茅舎(かはばたばうしや)

晝寢覺(ひるねざめ)うつしみの空あを〳〵と

ヨーロッパ、特に南欧のやうに「午睡(シエスタ)」の習慣のない日本では、「晝寢」はあくまで暑中のものであり、俳諧では夏の季語となつてゐる。晝寢は夜の眠りと違ひ、就眠の準備も、起牀後の手續もなく、適當に身を横たへると、すみやかに眠りに落ち、短時間の後にまた突然覺める。そのほんのひとときの、現實からの遁走が、身も心も蘇(よみがへ)らせる。あたりの眺めは一新し、すべて洗ひ清めたかにみづみづしい。「よみがへり」とは死の國からの生還を意味する言葉であり、眞夏眞晝の寢覺めは、あまりのすがすがしさが、卻(かへ)つて不吉なくらゐだ。

「うつしみ」とは普通「現身」と書き、生身(いきみ)のことだが、この句では「現世(うつしよ)」をかねてゐる。川端茅舍三十三歳、昭和四年十月の「ホトトギス」初出であり、十二年の後に早逝する彼は生來多病で、この頃既に不治の病を得てゐたと覺(おぼ)しい。「うつしみの空」とは、その彼にとつて痛切な存在感を持つ。ああまだ生きてゐた。生きてゐるとは何といふ樂しさだらうと、心の中で叫んでゐるのだ。「うつしみの空紺碧（こんぺき）に」「眞青（まさを）なり」「青したたる」など、表現方法はいくらもあらうに、「あを〳〵と」と素樸な修辭に止（とど）めた。止めたゆゑに、彼の深い歎息が讀者に、悲しいほどぢかにひびいて來る。

短歌では古來「うたたね」が歌材になつても、晝寢を歌ふことはまづない。現代短歌に例外的な秀作を拾ふことはできるが、あくまで特異、奇抜の類だ。俳句では好んで採り上げられ、戰後でも「晝寢の後の不可思議の刻（こく）神父を訪ふ」（中村草田男）、あるいは「むらさきの褪（あ）せしがごとく晝寢ざめ」（加倉井秋を）等、揭出の茅舍の句を凌（しの）ぐやうな秀作が生れてゐる。古歌の晩夏の「うたた寢」では、六百番歌合、後京極良經の「はかなしや荒れたる宿のうたた寢にいなづま通ふ手枕（たまくら）の露」といふ、すさまじい一首が忘れがたい。

翡翠（かはせみ）の影こんこんと溯（さかのぼ）り
百合の蕊（しべ）皆りんりんとふるひけり
螢火の瓔珞（やうらく）たれしみぎはかな
きりきりと眠れる合歡（ねむ）に昴（すばる）かげ
河骨（かうほね）の金鈴ふるふ流れかな

『川端茅舍句集』と『華嚴（けごん）』から、夏の句を選んで列記した。潑溂として鮮麗、彼の現實の、病魔に蝕（むしば）まれた肉體など、全く想像も許さない。冱えに冱えた感覺、大膽な發想、斬新な技法、いづれの句もこの長所によつて生かされ、秀句の目白押し、凡作を拾ふのに手間取る。明治から現代にいたる間の、數多い天才、上手の中、四十五歳の夭折をほとんど意識することなく、私はまづ、最愛の一人として、茅舍に指を折りたい。

彼は畫伯川端龍子の舍弟であつた。それを知つてはたと膝を打つ人も多からう。あの華麗で雄渾な畫幅は、まさに茅舍の句に酷似してゐる。血は爭へぬものだ。龍子は繪具を以て、茅舍は言葉を以て、森羅萬象の美を描いたのだ。また茅舍自身、大正十年、二十四歳で岸田劉生に師事し、春陽會に入選してもゐる。胸を病み、師劉生の死を契機に繪畫は斷念したと傳へる。

他の病俳人と同樣、茅舍にも、あまたの病牀作品があり、悲慘、深刻、胸を搏つものばかりだが、私はそれらを殊更に、彼の代表作とも絶唱とも思はない。天衣無縫、病の影も止めぬ句の中に、彼の眞面目はある。

向日葵は金の油を身にあびてゆらりと高し日のちひささよ

前田夕暮

「向日葵」を歌つてこれくらゐ有名な歌は、他にはまづあるまい。この太陽の申し子のやうなアメリカ原産の植物は、漢名が「向日葵」、ラテン語學名も「太陽の花」、英名も同じく「サンフラワー」、おまけに太陽王ルイ十四世の紋章になつてゐた。日本には十七世紀後半に入つて來て「向日葵」（ひうがあふひ）と呼ばれたらしい。もつとも、この花の強烈な印象は、桔梗、撫子、菊の花のやさしさを愛する日本人好みではない。人人に迎へられ、津津浦浦に植ゑられるのは明治以降のことであらう。また明治の藝術家たちは、殊にあのゴッホの代表作の一つに、黄の火焰さながらの向日葵を見て、好んで自作の題材にも採り入れた。

花の丈は約二メートル、舌状花瓣を太陽のコロナのやうにめぐらせ、淡緑の中心を持つ圓型の蕊の群は、大人の顔ほどもある。まさに「ゆらりと高し」だ。太陽のしたたらす金色の油を滿身に浴び、悠然と立ち上つた人の姿を、作者はそこに幻想する。男、女いづれとも分たず、あるいは神を見たのかも知れない。向日葵は目の前に、仰ぎ見る高さ近さに輝いてゐる。その神、もしくは人の肩越しに紺青の空を透かせば、遙か天心に陽は昇りつめ、向日葵の花心くらゐに小さく見える。「日のちひささよ」の歎息は、酔ひ心地の作者の、眩暈(めまひ)をさへ聯想させる。事實、作者の夕暮は、その名とうらはらに、眞夏眞晝の向日葵を殊のほか愛してゐた。

初出は大正三年八月、彼の主宰する結社誌「詩歌(しいか)」である。もつとも發表時、作者は「向日葵」と書いて自分では「ひぐるま」と發音してゐたといふ。時の推移と共に讀者の方が「ひまはり」にしてしまひ、夕暮もそれに従つて訂正したらしい。私の好みでも「ひぐるま」の訓(くん)を採る。振假名をつけておけばよかつたのだ。與謝野晶子は『戀衣』で「髪に插せばかくやくと射る夏の日や王者の花の黄金向日葵(こがねひぐるま)」と表記してゐる。この歌も稀なる秀作の一つだが、あの巨花を髪に插すとはと、その誇大表現に二の足を踏みたくなる。

夕暮の向日葵は歌集『生くる日に』に見える。坂本繁二郎装釘、插繪で白日社刊、著者三十二歳、『收穫』『陰影』に次ぐ第三歌集であつた。彼は二十四歳で白日社をおこし、その時發刊の機關誌も「向日葵」と名づけてゐる。『生くる日に』は、當時の名歌集、『赤光』『桐の花』『一握の砂』等の、いづれにも見ぬ、個性的な感覺で青春の苦(にが)みを歌ひ、かつまた、みづからの人生と社會への鋭い問ひかけが隨所に見られる。

人間のまして男の強きにほひ部屋にまよへり木蓮白き

兵隊は獸の革のにほひなすにほひを殘し西日に行けり
雪のうへに空がうつりてうす青しわがかなしみぞしづかに燃ゆなる
血まみれの掌のあとを道ばたの電柱にはつきりのこした
私の體のなかで啼くものがある、鶫だ、外は夜あけだ

昭和三年「新短歌」を提唱、更に「新興短歌」を標榜した口語自由律作品集『水源地帶』を、昭和七年世に問うた。登載歌數約五百、作者は處女歌集同樣とさへ稱して意氣ごんでゐるが、今日見直せば、特異な言語感覺で綴つた散文の切れつぱしと言ふ他はない。それは、あるいは「自由律」そのものの宿命とも言へようか。

高濱虚子（たかはまきよし）

夏の月皿の林檎（りんご）の紅（べに）を失（う）す

虚子句集『五百句』に、「七月八日。虚子庵小集。芥川我鬼（あくたがはがき）、久米三汀（くめさんてい）等來り共に句作」の後注をつけて、この一句が見える。大正七年のことと思はれる。繪畫的な構圖であり、特に意表を衝（つ）いた視覺效果が面白い。月光は太陽光とはうらはらに、萬象を蒼（あを）ざめさせる。たとへば螢光燈光線が新鮮な牛肉を腐肉のやうに見せるのとは、また趣を異（こと）にして、月の光に遭（あ）へば華やかな少女の頰も唇も色を喪（うしな）ひ、綠の樹林も黑一色に變る。まして、さらぬだに色冱（さ）えぬ季節外れの林檎は、一瞬にして紅が褪せ、陶器のやうにうつるだらう。月明以前と以後の時間の移ろひ、林檎の皿、皿を載せた卓あるいは机、それの置かれた室內、視る人、かうして句の生れる環境と條件が次次と腦裏に浮び、如何様（いかやう）にも想像を繰り展げて行くことができる。そのくせこの繪の中の「靜物」は、照り翳りつつ微動もせず、人はつひに姿を現さず、劇（ドラマ）は永久に生れさうにない。

夏の月は時として赤い。銅色の不吉な光を帶びてゐることもある。林檎の色を失はせるのは、殊にそのやうな「赤い月」の光であらう。赤い月を思ふ一方、私はこの句にふと花札の名月を思ふ。漆黒の山、眞紅の空、そこにぬつと昇つた白い月、赤黒の背景のため色を喪つた滿月とは、何といふ大膽でまがまがしい意匠であらう。かういふ時の林檎なら、中村草田男の「世界病むを語りつつ林檎裸となる」の方が似合ひさうだ。

大正六、七年といへば虚子も既に不惑を過ぎ四十代なかば、この頃「鐵門」「實朝」等の新作能を發表してゐるのも特筆に値しよう。長篇小説「柿二つ」は大正四年に生れてゐる。

大寺を包みてわめく木の芽かな
我心或時輕し罌粟の花
麥笛や四十の戀の合圖吹く
木曾川の今こそ光れ渡り鳥
秋天の下に野菊の花瓣缺く

これらはいづれも四十代前半の作品であるが、一句一句、主題も技法も異り、あるいは大膽不敵に、あるいは輕快に颯爽と、また淸らかに透徹し、まことに自在である。そしてその囚はれない大振な句法こそ、この大俳人の人柄でもあらう。一部の「ホトトギス」人が信じてゐるやうな、狹い狹い寫實主義など、虚子の作の眞髓からはほど遠い。勿論「五百句」の中には、日記の一節や旅先の備忘を一歩も出ぬ凡作も數多い。また「天の川のもとに天智天皇と臣虚子と」とか「人間吏となるも風流胡瓜の曲るも亦」等、眞面目に鑑賞してゐると肩すかしを食ふやうな怪作も少くない。しかし、虚子の句は、それらをすべて抱擁して、どつしりと獨自の小宇宙を形成してゐる。好悪によつて一刀兩斷するのはいと易いが、切られた句も人も、てんで傷つかない。逆に切つた側の小賢しい顔が目觸りだ。

白牡丹といふといへども紅ほのか

紅梅の紅の通へる幹ならん

「白牡丹」は大正十四年、「紅梅」は昭和六年の作、失せた林檎の紅はこのやうに思はぬところに、ふたたび、みたび現れて秀句を生む。紅はこの長命の天才の魂に通ふ、發句の血の色ではなかつたらうか。

たにがはのそこのさゞれにわが馬のひづめもあをくさすひかげかな

會津八一

秋草道人、會津八一の有名な第一歌集『南京新唱』は大正十三年の發刊であつた。作者四十四歳の十二月。牧水の『海の聲』晶子の『みだれ髪』共に二十四歳、勇の『酒ほがひ』二十五歳、利玄の『銀』二十九歳等を一方におく時、まことに晩い處女歌集と言はざるを得ない。また登載歌數もわづか百五十首で、通例の二分の一以下である。その例外的な登場振こそ、八一の特長と個性を際やかに反映してゐると言へよう。

彼は何一つ主張しようとはしない。決して新風を競はうとなどしてゐない。高らかに、おのが青春を謳歌することも、悲歌を奏でて號泣することもない。耳を澄ます者にのみ、彼の歌は至妙の響きを傳へ、心を空しくして受入れる者だけが、その深い味はひを知ることができた。掲出の一首は大正十年六月から七月にかけて、信州の山田溫泉に滞在中の作、これを含む十首は最初坪内逍遙宛の書簡にしたためられてゐたといふ。歌集中の小標題は「山中高歌」、詞書に「山色淨潔、嶺上の流霞も以て餐ふべきをおもはしむ云云」

と漢詩風の記述がある。

漢詩に堪能でありながら、歌では漢語を極力排し、大和言葉もよほどの場合を除いてはすべて平假名表記、そこにも獨特の潔癖な美學があつた。この歌も漢字はただ一つ「馬」のみ。溪流をかちわたつて行く馬の蹄(ひづめ)、蹄の踏むさざれ石が、水の底に透いて見える。七月の青葉を通して降る陽の光が、すべてを薄青く染める。作者は馬上にゐるのか、馬を引いて渉(わた)つてゐるのか「わが馬」だけでは明らかではないが、その頰も額も、同じく木洩(こも)れ日(び)を受けて綠にきらめいてゐたことだらう。小刻みな、こまやかな調べ、しづかなしかもすがすがしい感覺は、八一のすべての作品に通ずる特色だが、この一聯では殊に、ダイナミックとも言へる動きと速度を伴ひ、作者と自然とが一體となつて感動的だ。

みすずかるしなのゝはてのむらやまのみねふきわたるみなつきのかぜ

かぎりなきみそらのはてをゆく雲のいかにかなしきこゝろなるらむ

しかし、『南京新唱』の壓卷は、その主題となつた「南京」すなはち「南都」、奈良の寺寺を歌つた、冒頭からの百首近い連作だらう。作者は、春日野、興福寺より、法隆寺、當麻寺を經て、室生寺に至る寺寺を、あたかも極樂淨土を遍歷するやうな、恍惚たるまなざしで眺め、淸澄閑雅な音色で、ただ歌ひ、かつ歌ふ。

かすが野に押してるつきのほがらかにあきのゆふべとなりにけるかも　春日野

あめつちにわれひとりゐてたつごときこのさびしさをきみはほほゑむ

夢殿觀音に

くわんおんのしろきひたひに瓔珞（やうらく）のかげうごかしてかぜわたるみゆ

法輪寺

おほてらのまろきはしらの月かげをつちにふみつゝものをこそおもへ

唐招提寺

なまめきてひざにたてたるしろたへのほとけのひぢはうつゝともなし

觀心寺

これらの古典的な調べは、現代短歌が失つて久しいものだ。私たちは心靜かに誦する時、心洗はれる思ひがする。なつかしい魂のふるさとへ招きよせられる心地である。だが、この靜けさを保つために、逆に、今日生きるための、血のしたたるやうな現實がどれだけ切捨てられねばならぬかも、併せて考へてみなければなるまい。

杉田久女

朝顔や濁り初めたる市の空

朝顔は季題では初秋のものだが、「風の音にぞ驚かれぬる」にやや先んじた晩夏の方が、この句の味はひに近からう。この花は夜も明け切らぬ頃から、ふるふるとほぐれ始める。その頃は町空もまだ淡紅を刷いて清らかに晴れ渡つてゐる。濃紺、臙脂、白、覆輪、庭の垣根には手入れもろくにせぬままに、七月の中頃から、毎朝色とりどりの朝顔が咲く。見事に咲きそろつた頃、日はやうやく東の空に上り、工場からも、家家の軒からも、その日の煙が靡きだす。鳥の聲や風鈴の音も、次第に車馬の軋り、甲高い人聲に消され、いきいきとその日の生活が始まる。「濁り初めたる」この中七は、何となくものうい。上り框に横坐りして、あるいは背戸にもたれて、曇つたまなざしを天に向けてゐる作者の姿が浮ぶ。

「晝顔や濁れるままに市の空」でも「夕顔や濁りも遠き市の空」でも、この、朝顔の、かすかな頽廢とかなしみを祕めた味は傳へ得まい。「濁り」は單なる町空の描寫ではなかつた。作者の心を寫してゐた。それも「わが心も亦」風に、いかにもの言ひたげな修辭など決して試みてはゐない。句の底からかすかに傳はつて來るのだ。傳はつて來れば、放心狀態の作者の境涯に觸れるのも、必ずしも無益ではあるまい。

この句、久女の大正時代の作とされてゐる。大正五年頃から「ホトトギス」に參加し、十三年頃一時筆を折つてゐるから、その間の、作者二十代前半に生れたものだらう。蛇笏、石鼎らに伍してその才を謳(うた)はれたのもこの頃であつた。才は明治以來屈指、學識はあり、辯舌巧で更に容貌も秀れてゐたが、その奔放で大膽な性格は、多くの人に誤解され、逆境は彼女を孤獨にし、益益常軌を逸した行動に驅(か)り立てたらしい。そのやうな眞僞をこきまぜ、證人もゐたりゐなかつたりの傳說を背後におく時、彼女の俳句は更に異樣な精彩を加へる。

紫陽花(あぢさゐ)に秋冷(しうれい)いたる信濃(しなの)かな

羅(うすもの)に衣(そ)通る月の肌(はだへ)かな

谺(こだま)して山ほととぎすほしいまゝ

風に落つ楊貴妃(やうきひ)櫻(ざくら)房のまゝ

下りたちて天の河原に櫛梳(くしけづ)り

俳句における晶子を聯想するくらゐ、情熱的な、すさまじい作風で、天の時、地の利、人の和がもし彼女に與(くみ)してゐたら、さぞ未曾有(みぞう)の女流俳人として、輝かしい功績を誇つたことだらう。嫁いで後は、すべて事、志と反し、「足袋つぐやノラともならず教師妻」なる句で、みづからを嘲り、また「虚子嫌ひかな女嫌ひの單帯」などと臆面もなく吟じて、人の眉を顰めさせたこともよく知られてゐる。彼女自身心中ではゐたたまらぬ思ひであつたらう。つひに昭和十一年師から破門されるに到る。

松本清張作「菊枕」は、その間の機微に觸れるところがあるのだらうか。事實か否かは別として、誇り高く才あり、しかも報はれぬ女流作家のいたましさが活寫されてゐた。彼女には陶淵明の菊枕にちなんだ數句があり、「ぬひあげて菊の枕のかをるなり」など、淡淡として卻つてあはれだ。萬葉の造詣深く、王朝文學に通じ、和泉式部を愛してゐたと傳へるがさもあらう。肉親からさへ見放され、錯亂狀態のまま五十七歳の生涯を閉ぢたとか。特殊な一女性の悲劇といふよりも、俳句形式がつひに女性の「性」と相容れぬ一つの例證ではあるまいか。

釈（しゃく）　迢空（てうくう）

飯倉の坂の　のぼりに、汗かける　白き額（ヌカ）見れば　汝（ナ）はやりがたし

幾度も考へ直せとすすめたが、その人はつひに去つて行くのか。共に別れがたいものを、運命が二人を引き離すのか。はたまた事情は他のいづれであれ、結句「汝（ナ）はやりがたし」に、作者の悲しみは漲つてゐる。地團駄を踏み、唇を嚙み、相手の袖をつかんで絶句するやうな調べだ。それも夏の眞晝、急な坂を無言で上りながらのこと、ぷつぷつと空白を置く迢空獨特の表記法も、この歌ではまさに息を切らして喘（あへ）ぐ様子が目に浮ぶ。「汗かける白き額（ヌカ）見れば」も亦この人特有の思ひ入れで、官能にぢかに訴へて來るものがある。枕詞（まくらことば）的な初句の「飯倉（いひぐら）」は東京麻布六本木から芝公園に通ずる丘を言ふ。飯倉の「飯」は第四句の「白き」に微妙にひびきあふ。そのかみ伊勢神宮供米用の屯倉（みやけ）を置いたといふゆかりの地だが、それも作者には何かふさはしい氣がする。相手が誰か、何故の別れかなどは、必ずしも知る要はあるまい。私はこの歌を讀む度に、芭蕉が最愛の門人杜國（とこく）と別れる時に吟じた「野ざらし紀行」の一句「白罌粟（しらげし）に羽もぐ蝶の形見かな」と、保元の

亂後父賴長の罪に連なつて土佐へ配流になる師長(もろなが)が、愛弟子(まなでし)に「青海波(せいがいは)」の祕曲を傳へて詠(よ)む一首「敎へおく形見をふかくしのばなむ身は青海の波にながれぬ」を、こもごもに想ひ起すのだ。

飯倉の別離は作者四十四歲、昭和五年一月刊の第二歌集『春のことぶれ』の卷末近い「夏のわかれ」一聯中に見える。この別れのみならず、迢空には幾多の心に沁む離別の歌がある。若い門弟達を眞に慈(いつくし)み、共に暮したそのユニークな人生については、たとへば室生犀星著『わが愛する詩人の傳記』にも、實に美しく傳へられてゐる。しかし、選んで養子とした藤井春洋を初め、青年達も次次と戰爭に驅り立てられて行く。別れは數知れず、春洋は硫黄島へ連れ去られて二度と歸つて來なかつた。

葛(クズ)の花　踏みしだかれて、色あたらし。この山道を行きし人あり
人も　馬も　道ゆきつかれ死にゝけり。旅寢かさなるほどの　かそけさ
行きずりの旅と、われ思ふ。蜑(アマ)びとの素肌のにほひ、まさびしくあり
邑(ムラ)山の松の木(コ)むらに、日はあたり　ひそけきかもよ。旅びとの墓
水底に、うつそみの面わ　沈透(シヅ)き見ゆ。來む世も、我の　寂しくあらむ

第一歌集『海やまのあひだ』に現れるこれらの有名な歌も、考へてみれば皆、作者がひそかに口ずさむ別れの歌であつた。永遠のさすらひ人、この世の旅人迢空は、愛する者に、愛に背いて離れて行つた者に、否、行く先先に見る一木一草に、常に一期一會(いちごいちゑ)の、切

切たる言葉をはなむけ續けて來たのではあるまいか。

迢空は昭和十四年一月から、五十代の前半を費して執筆した小説『死者の書』を、十八年九月に公刊する。その物語は古代、舞臺は大和、二上山の墓深く、死者大津皇子の靈の甦（よみがへ）るところから始まる。そして一方、歌集『倭をぐな』の冒頭近く現れる倭建（やまとたける）傳説をテーマとした一聯も、丁度この頃作られてゐた。「あなかしこ　やまとをぐなや―。國遠く行きてかへらず　なりましにけり」と彼は歎く。倭童男（やまとをぐな）、それは單に倭建のみならず、大津以後の、若くすがすがしく、白い額に汗きらめく、日本の若人達、迢空がすべてを懸けた愛の對象の總稱とも言へよう。その賭は今日、見事に報いられてゐるやうだ。

荻原井泉水

空をあゆむ朗朗と月ひとり

「今宵は満月、行手の道の明るさ」とはメリメの詩の文句だが、この句など、小手をかざして彼方を見はるかすのもすなはち月自身、たとへば長身の美丈夫が白扇でも構へて、悠悠と東方の空から現れ、微笑を湛へつつ西方の闇に歩み去つて行く姿を見るやうだ。「朗朗と」とは、このごろでは音や聲の形容とすることが多いが、元來は人の容貌や日月の、鮮やかに明らかなさまを言つた。いづれをも含めて聯想を樂しめばよい。私は『和漢朗詠集』の「十五夜」に見える白樂天の「三五夜中の新月の色　二千里の外の故人の心」を想ひ、ほのかな醉ひごこちになる。與謝野寛の「投節のふしまはしもて夕月ながる」にまさるとも劣らぬ調べだ。

もつとも超季、自由律を標榜する人の作だから、必ずしも名月、秋月と取る必要もなく、第一初出は主宰誌「層雲」の大正九年七月號で、自身七月作としてゐたらしい。私も夏の月を感じたが、四季いつでも晴夜ならふさはしからう。また「あゆむ」「朗朗」「ひとり」いづれも際どく危い用語で、句柄は珍しいが佳作とは言へぬとする批評も當時からあつた様子だが、新風に反感はつきもの、作者もかへつて我が意を得たりと胸を張つてゐたことだらう。

月にじつと顔照られ月見る

佇めば妻が來て添へる三日月

棹さして月のただ中

月へ一句、よき矢を射んとする

月ながら伐木丁々明けてゐる

月の句はおびただしく、いづれも面白いが、やはり掲出の一句には及ばない。「そらを・あゆむ・らうらうと・つきひとり」まさに「三三五五」調で、この美しいひとり歩きの後について、一夜逍遙を試みたくなる。

この句の生れた三箇月後、最初の作品集『井泉水句集』が世に出る。作者三十七歳、自由律の一方の雄として多くの門人を擁してゐた。彼の若き日の師、碧梧桐も、その頃は「層雲」を去り、「海紅」をみづからの砦として、活潑な制作振りであつた。碧梧桐が子規門から出たのに對して、井泉水は碧梧桐に近づく前に、江戸趣味で知られる俳人、岡野知十にも學んでゐる。

句集『風景心經』刊行の翌年が大震災、直接被害はなかつたが、翌年春は生れて間もなく子が死に、十二年には妻に先立たれ、その上翌年母が世を去る。打ち續く不幸に一度は出家をさへ企てたと傳へる。そして大正十四年には、西國三十三箇所巡りの旅に出た。

つゆけく咲いて空の色
南無觀世音、杉間より散るは櫻よ
紫苑(しをん)や青天より影する雲
梵音海潮音(ぼんのんかいてうおん)海は紺青(こんじやう)鐘の鳴る
枯れつくしたる水音

すべての自由律がさうであるやうに、この短詩らもわざと俳句になるまいとして、あるものは中世の今様(いまやう)や、近世の小歌に近づき、缺陥だらけの美しさと舌足らずの潔(いさぎよ)さを誇つてゐる。超季と言ひながら、殘された無數の作品の中で、讀むに耐へるのは、わづかにこれら四季の風物詩のみであつた。

かたみぞと風なつかしむ小扇のかなめあやふくなりにけるかな

與謝野晶子

『みだれ髪』第二章「蓮の花船」は殊に佳作が多いが、この小扇は晶子の一生を通じても、代表作の一つに數へ得る秀歌であらう。一夏愛用してやゝくたびれた女用の小型の京扇、淡彩で秋草圖などを散らしたその紙面はけばだち、かすかな汚點も見える。昨日今日初秋の風が吹きそめた新暦の八月も末の頃、そろそろこの扇にも用がなくなる。空から吹く涼風が扇にとつて代る。なぐさみに、餘波を惜しむやうな氣持で取り上げるその扇も、要が弛んでしなしなとたよりない。一應はそれだけのことだ。だが、この簡潔な言ひ廻し、ぴしりと言ひ据ゑてしかもかすかな悲哀を滲ませる巧さは、晶子の獨擅場である。私には作者と向ひ合つた今一人の人物が目に浮ぶ。彼女の居間であらうか。香爐からは仄かな煙が流れて來る。人は戀人と考へよう。永い夏の間にはいろいろなこともあつた。二人は無言でそれを回想する。何とはなく倦怠感が漂ふ。逢ひ初めた日の、あの新鮮な喜びはもう二度と味はへぬ。二人の仲も亦「かなめあやふくなり」初めてゐるのではあるまいか。

　白檀のけむりこなたへ絶えずあふるにくき扇をうばひぬるかな

「小扇」の三首前に現れる歌で、別に關聯はないのだらうが、私は場面を重ねてみた。「にくき扇」は思はず拍手したいやうな才のきいた修辭だが、小味に過ぎて歌の品が落ちた。また「絶えずあふる」はいかにも拙く、この人には珍しい失敗だ。後に「あふります」と直してゐるがこれも甘い。彼女は扇といふ小道具が好きだつたらしく、三年後、二十七歳で第二歌集『小扇』を上梓してゐる。但し歌數三百首前後、さして目に立つ作品もない。

　晩夏初秋の扇は俳諧では「捨扇」とも言ひ、また王朝和歌では、時としては夏の題、またある時は秋の題にもなり、數數の名作が殘されてゐる。晶子も諳る（そらんず）ほどにこれらを味はつたことだらう。殊に彼女が「天明の兄」と慕つた蕪村の句は絶品だ。

　　手にならす夏の扇と思へどもただ秋風のすみかなりけり　　藤原良經
　　夏果てて誰（た）が山の端（は）におきすつる秋の扇と見ゆる月影　　藤原家隆
　　誰すて、扇の繪野（あの）の花づくし　　横井也有
　　戀ひわたる鎌倉武士の扇哉　　與謝蕪村

　晶子の小扇はこれらの名作に伍しても、いささかも遜色はない。彼女の特長は決して、黑髪の、乳房の、やは肌の、といふ、派手な饒舌體（ぜうぜつたい）にあるとは考へられない。簡潔でしか

もうるほひのある表現力、鮮明な心の景色を一筆で描きおほせる智慧、そして何よりも古典と競ひ立たうとする、その心意氣こそ評價さるべきだ。

廻廊を西へならびぬ騎者たちの三十人は赤丹の頰して
百二十里かなたと星の國さしし下界の京のしら梅月夜
眼のかぎり春の雲わく殿の燭およそ百人牡丹に似たり
春いにて夏きにけりと手ふるれば玉はしるなり二十五の絃
水引の赤三尺の花ひきてやらじと云ひし朝露の路

たとへば第一首に見る「西」の巧妙な用法はどうだらう。「見渡せば」などと前置きさせず、はるばるとした眺めを一瞬に言ひ盡し、しかもみづみづしい色彩感だ。

竹下しづの女

山の蝶コックが堰きし扉に挑む

野や園にあるべき蝶と、繁華街の館などにゐてこそ處を得るコックが「山」にゐるとは。この超現實風とも言へる突然の配合が、妙に效果的で樂しい。勿論多多あり得る風景ではある。高原、山腹等の避暑地に建てられたホテルの食堂、またはレストランの裏口、目の下まで崖が迫り、眞晝はたとへば揚羽蝶、夕刻ともなれば蛾が、強引に訪れて來る。雪白、筒狀のコック帽をかむつた料理人は、精悍な眉をひそめて、邪慳に戸を閉ぢる。食堂にでも迷ひ込み、鱗粉を撒き散らされては一大事だ。扉は多分上半分に網戸を嵌めたもので、その外側に鋼鐵製の本扉がついてゐるのだらう。麓の柑橘林で育つた黒揚羽などは、群をなして、網戸に突き當ることもある。天蛾も外燈に體當りするものだ。茂吉の『あらたま』には夜毎に山の白蛾を殺す歌が見える。「堰きし」とは面白い表現で、慕ひ寄る蝶を冷たく拒んでゐるやうな感じを生む。それに答へての「挑む」といふのもふさはしく、人事句と紛ふばかりだ。ぴしぴしと容赦のない語調も個性的で快い。短歌ではかういふ乾いた表現はむつかしい。

蝶の句と言へば「山國の蝶を荒しと思はずや」（虚子）が先づ頭に浮ぶ。しづの女はこの師、虚子の見事な設問に、特異な情景を以て答へたのかも知れない。それはそれとして、彼女自身も他に高名な夏蝶の句をものしてをり、どの句を見ても句法が大膽で、一時流行した短歌調は、彼女にはほとんど見られない。萬葉風を意識した作にしても「短夜や乳ぜり泣く兒を須可捨焉乎」とか「今年尙其冬帽乎措大夫」と強引な表記で訴へようとしてゐる。「捨てつちまはうか」の「はう」を「を」と轉化するあたりは論外だし、書生をことさらに「措大」とひねつて言ふのも臭い。前者は時として彼女の代表作のやうに紹介されることもあるが、決して名譽とは言へまい。

一枝の濃紫せる紅葉あり
明けて葬り昏れて婚りや濃紫陽花
綠蔭や矢を獲ては鳴る白き的
鵯の路月の骸横たはる
家貧にして花葎まつさかり

虚子に師事したのは大正九年三十四歳からであつた。ほぼ年齢を等しくする杉田久女や阿部みどり女、同年の長谷川かな女らは、その頃既に「ホトトギス」婦人十句集欄等で令名をうたはれてゐた。晩學ながら、右の諸作にも既に明らかなやうに博識で鋭い言語感覚の持主の彼女は、たちまちこれら才女を凌ぐ進境を見せはじめる。

北上の空へ必死の冬の蝶　　みどり女
どうどうと山雨(さんう)が嬲(なぶ)る山紫陽花(やまあぢさゐ)　　かな女
靑すすき傘にかきわけゆけどゆけど　　久女

しづの女の句を含めて、かう書竝べてみると、女流をほとんど意識させぬ張りの強さ、氣息の激しさで迫つて來る感がある。俳句とはもともと非情、孤獨な、男の文藝としての性格を祕めてゐたゆゑに、彼女らもおのれを主張するためには、このやうに、軍立(いくさだち)に似た意氣ごみで十七音詩に立向はねばならなかつた。山の蝶もさることながら、彼女らも亦美しく荒荒しいアマゾンの裔達ではあつた。

岡本かの子

うつし世を夢幻とおもへども百合あかあかと咲きにけるかも

昭和十一年『鶴は病みき』によつて登場したかの子は、續けさまに『母子抒情』『金魚撩亂』『老妓抄』『河明り』『鮨』『東海道五十三次』『生々流轉』『女體開顯』等を發表し、その華やかにして慄然たる文體は、たちまちに多くのファンを魅惑した。紫式部以來の女流作家の中でも、特筆されて然るべき天才の一人であらう。これら珠玉の作品は彼女が昭和十四年、五十そこそこで忽然と他界するまでの滿四年ばかりの間に成つたものだ。

かの子は一方で『かろきねたみ』『愛のなやみ』『浴身』『わが最終歌集』と、四冊の歌集を世に問うた、れつきとした歌人でもあつた。跡見女學校在學中、與謝野夫妻にまみえ、「明星」に出詠を始め、處女歌集上梓は大正元年二十四歳、この世界でも夙に名を謳はれつつあつた。掲出の赤い百合の一首は、『わが最終歌集』の「拾遺」部分に収められた、一群の佛教的なテーマを持つ歌の中のもので「夢幻卽實在」なるサブ・タイトルがある。實生活上の苦惱から、佛教に深く歸依し、研究書さへあらはしてゐる彼女のことゆゐ、種種深刻な思ひも籠めたのだらうが、さういふ仔細を離れて、この歌の下句の原色の幻想は、むしろすさまじいまでにロマンティックである。現世は幻でない有力な證（あかし）としてさし示す「赤い百合」が、既に夢に他ならぬといふ、不思議な倒錯感がいかにもかの子的である。かういふ大膽で、天眞爛漫で、豪華で、八方破れな主題と技巧は、そのまま、彼女のロマンの數數、殊に特異な女主人公の性格や生き方にしきりにあらはれるところだ。

櫻ばないのち一ぱいに咲くからに生命（いのち）をかけてわが眺めたり
しんしんと櫻花（さくら）かこめる夜の家突（とつ）としてぴあの鳴りいでにけり
うづたかき白光（はくくわう）の暈（かさ）眼に浮きて晝見し鶴を得こそ忘れね
ひめ百合は危きかなや炎天の狂人（きちがひ）の眼に火をかかげたり
をとめ子はかなしかりけり水鳥の清搔（すががき）ほそくたち歩むべみ
年々にわが悲しみは深くしていよよ華やぐいのちなりけり

第三歌集『浴身』には大作「櫻」百三十八首がある。春眞晝咲き白（しら）む櫻、夜の闇に浮ぶ滿開の櫻、もののけのひそむ櫻、いのちの櫻、かの子自身が櫻となつて、歌ひ、かつ歌ひ、止まるところを知らぬこの大作は、多分一夜に成つたものであらう。手のつけられぬやうな支離滅裂の美しさといふ他はない。この怪しい、發作的な創造力は、そして怖いもの知らずの表現力は、專門歌人をさへ立ちすくませる。

勿論これらの中には正視に耐へぬやうなグロテスクであらはな詞句も混つてをり、素人歌人のそしりを受ける原因でもあらうが、自由奔放な飛躍を伴ふ人間凝視のしたたかさは、時として師、晶子も及ばぬ感がある。「いよよ華やぐいのちなりけり」は小説『老妓抄』に、ヒロインの作として紹介される一首だが、晩年のかの子像をくつきりと浮び上らせる秀歌だ。「最終歌集」に「男十題」の詠あり、選ばれたのが憶良、大津皇子、實朝、倭建(やまとたける)、大國主、龍之介、實篤、潤一郎、茂吉、加ふるに夫君岡本一平といふのも、これまたいかにもかの子獨特の面白さではあるまいか。

正岡子規

貧しさや葉生姜多き夜の市

葉生姜や茗荷はもともと初秋の味覺であつた。暑氣續きで衰へた食欲を、これらの香辛食物がよみがへらせてくれる。このごろでは溫度調節栽培とかで、いづれも眞夏から全國に出廻り、桔梗や女郎花同様、新秋の季感も失はれつつあるが、この句の發表は新聞「日本」の明治三十二年九月二十日、全集句稿には「根岸雜詠の内」の詞書があり、立秋から秋彼岸の入りまでの、とある日の、さはやかな、鄙びた風景を吟じたものだらう。

初秋の夜市、町角の一列は、この季節なら梨に葡萄、晩生の桃に夏蜜柑が籠に溢れ、野菜も葉生姜や茗荷は勿論、新牛蒡、貝割菜、衣被ぎ用の里芋に芋莖、甘藷に枝豆と、見るからにうまさうな品がひしめきあつてゐるのが普通だ。だが、この町も近郊の農家も、そのやうな餘裕はない。かつがつ育て上げた、そしていささか葉の茂りすぎた葉生姜を、莚に擴げて賣るのが關の山、家を出る時ざつと水を打つた商品は、旱續きのこととて、人出と共に埃をかぶり、しばらくたつと薄汚れて來る。ひやかしの客もこのあたりは興味を引かれず、燈の明るい食ひもの屋臺の方へ急ぎ足で行つてしまふ。だが貧しいのは葉生姜を商ふ農家の男女のみではない。それを眺めてゐる作者の心にも亦、ひやりと秋風が吹き過ぎる。

子規は三十三歳の男盛り、和歌に俳諧に、數數の革新的な立論を試み、左千夫、虚子らとの往來もやうやく繁く、生涯で最も實りの多い一時期であつた。有名な「歌よみに與ふる書」が「日本」に連載されたのはこの前年であり、この極論に近い狹義の寫實論は、その後、「ホトトギス」「アララギ」系作家の大半のバックボーンを形成するところとなる。彼の句や歌は知らずとも、「再び歌よみに與ふる書」の冒頭「貫之は下手な歌よみにて古今集はくだらぬ集に有之候」を覺えてゐない人はあるまい。これを盲信して、あの光輝く名敕撰集を讀まなかつたといふあはれな俳人歌人も實在する。

蚊ありぶん〳〵臺灣に土匪(どひ)起る　明治30年
蛇のから荊棘(けいきよく)(やぶ)足を傷る旅　明治31年
石女(うまずめ)の青梅探る袂かな　明治31年
片側に海はつとして寒さかな　明治32年
夏野行く人や天狗の面を負ふ　明治35年
斷腸花(だんちやうくわ)つれなき文の返事かな　明治35年

これらが單なる「寫生」信心で生れ得るかどうか、信者はとくと考へてみる必要があらう。「鶏頭の十四五本もありぬべし」は明治三十三年の作だが、これなど逆に神格化した鑑賞は無用と思はれる。子規はこの年喀血した。そして二度と起つことはなかつた。明治三十五年九月十九日、彼は「痰(たん)一斗絲瓜(へちま)の水も間にあはず」等三句を辭世として世を去る。ロンドンの漱石宛に「生キテヰルノガ苦シイ」と訴へたのは死の前年の十一月のことだつた。詩歌の歴史の中では、彼も亦、一人の天才的で、かつ氣の短い異端者と言つた方が適切だらう。

「蚊ありぶん〳〵」は一讀興味本位の配合に見えるが、これを高度に洗練させれば、茂吉の「たたかひは上海(しやんはい)に起り居たりけり鳳仙花紅く散りゐたりけり」にも生れ變り得る。「蛇のから」の漢詩調、「石女」のロマネスクな含み、「夏野」の意外性、「斷腸花」すなはち秋海棠(しうかいだう)の輕妙な味、いづれも現代俳句の今一度學び直してよい、私の選ぶ子規の代表句である。

月の下の光さびしみ踊り子のからだくるりとまはりけるかも
島木赤彦

曲は「レ・シルフィード」か「白鳥の湖」か、純白のチュチュをまとつたバレリーナは、天井からの、月光になぞらへた蒼白いライトの方へ手を差しのべ、切なげに身をよぢる。木管樂器の鋭い音色が流れるのを合圖に、彼女は纖い足を交叉させると、きりつと右廻轉して面をこちらに振向ける。鮮やかなバレー化粧の、眼は愁ひを湛へ、まさに月光の化身のやうだ。「光さびしみ」「くるりと」のあたりに、明治末年頃の「アララギ」の若い歌人らしい、いきいきとした發見がある。すぐ古びれる新しさではあつても、記憶に値する一首だと私は思つた。ところが、赤彦はこの歌に、マーゴット・フォンティーンやリュドミラ・チェリーナを「寫生」したわけではない。大正三年十月、彼は八丈島に渡り、約二十日間滯在し、「八丈島」と題する一聯七十九首を制作する。そしてこの中に、「踊り子」は登場する。とすれば島の祭か、これに類する行事の踊りを見物して生れたもので、人物は女性と考へてよからう。

それも單獨ではなく、數人が輪か列をなし、歌、鳴物、手拍子等に合せて、一齊に廻轉するところらしいが、私にはどういふわけかソロの場面しか頭に浮んで來ない。いかに省略の文學とは言へ、複數なら「踊り子ら」「踊り子たち」とことわるのが常道だらう。そして制作の動機や場所を知つた今でも、バレリーナを想ひ描くことを止めてはゐない。一首の歌は鑑賞する者によつて、十にも百にも受け取られるがよい。八丈島のどの部落の何某と何女だつたと、踊り子の身元に素性、姓名に系圖まで調べたければ調べるのも一興だらう。アララギ系歌人の研究者には、さういふ特志家も決して珍しくない。

歌集『切火』はこの「八丈島」を巻頭として大正四年に發刊された。赤彦四十歳の三月のことであり、彼はこの年から歿年までの十一年間「アララギ」の編輯發行人を勤めた。三十歳で太田水穂との合著詩歌集『山上湖上』を、八年後の大正二年、中村憲吉との合著歌集『馬鈴薯の花』を出版してゐるが、第一歌集は『切火』であつた。

うろくづの鰓(あぎと)にとほす冬芒(ふゆすすき)未だも青くとほしけるかも
栂林(とがばやし)あらしのなかに澄める日のいや澄みとほり小さくし見ゆ
三日月の光木の間に入りやすしはかなき思ひ湧くとあらぬに
空澄みて寒きひと日やみづうみの氷の裂くる音ひびくなり
或る日わが庭のくるみに囀(さへづ)りし小鳥來らず沍え返りつつ

これら禁欲主義に徹した歌の數數、特に『氷魚(ひを)』『太虚集(たいきよしふ)』『柹蔭集(しいんしふ)』等の主調は、彼の

「鍛錬道」「歌道」と稱する一種のモラルに則つたもので、眞の言語藝術とどの邊で切り結ぶかは大いに疑問であり、同時代の茂吉、憲吉に比べても、決定的な魅力は乏しい。「小鳥來らず」に見る閑寂無類の境地も、勿論貴重なものだが、近代短歌に格別の光を添へてはゐまい。私は作者自身も批評家も否定する『切火』以前の若書のうひうひしさ、自由な感情表出を高く買ひたい。「月光の下の踊り子」「魚の鰓の冬芒」などは、その典型ではあるまいか。これらこそ筆名「赤彥」の鮮麗な印象に最もふさはしい感覺に滿ちてゐる。

寺田寅彦（てらだとらひこ）

初潮（はつしほ）の燈心草（とうしんぐさ）を浸しけり

舊暦八月十五日、すなはち名月の日の上潮（あげしほ）を初潮と呼ぶ。滿潮の際最初にさして來る潮の意もあるが、俳諧で季語として用ゐる場合は葉月潮（はづきしほ）に限られる。古くは凡兆の句に「初潮や鳴戸の浪の飛脚舟（ひきやくぶね）」のやうな、ダイナミックな景觀もあるが、寅彦の作は對照的に、實にしみじみとして靜かな眺めである。燈心草は濕地、沼、潟などに自生してゐる「藺」のことで、髓の海綿質を拔き出して昔は燈心にしたものだ。河口などにも一メートル以上になつて濃綠色の鋭い林をなしてゐるのをよく見かける。干潮時は河岸の泥を這ふ赤い根も見えてゐたが、潮のさして來るにつれて、太く柔かに直立する莖も次第に漬かつて行く。しわしわと音を立てるやうな感じで、心しづかに見つめてゐると、一瞬一瞬がふと怖ろしくなる。

今宵は仲秋の名月、たとへばこの黑一色に暮れた燈心草の、優しい針の群の彼方に、鮮黃の月がゆらりと上つた景はどんなに美しからう。「浸しけり」の「けり」には、さういふ期待もひそかに籠められてゐるやうだ。

寺田寅彦は物理學、地震學の權威として、いちじるしい業績を遺す一方、吉村冬彦の筆名で隨筆をよくし、『柿の種』『觸媒』『橡の實』等の文集のきめこまかな觀照と輕妙な文明批評は、未だに少數の、良質の愛讀者を失ってはゐない。俳句は夏目漱石や子規に學び、これまた獨特の句境を珍重され、「寅日子」の號がある。

姉病むと柳散る頃便(たより)あり
　革(あらたま)る妻が病や別霜(わかれじも)

墓守の娘に逢ひぬ冬木立

鳴飛んで路夕陽(せきやう)の村に入る

萱草(くわんざう)や淺間をかくすちぎれ雲

「別れ霜」のやや深刻な味を除けば、いづれも何とはなく心を引かれ、そのうちに忘れ去り、またいつの日か、たとへば柳散る頃、冬木立の侘しい道を行く時、赤い夕日の彼方に飛ぶ鳴を見て、あるいは高原に夕菅の花を眺めつつ、ふと思ひ出でてなつかしむたぐひの句柄だ。

文人俳句と言へば、巧であればあるだけに、餘技といふ安らぎもあつてか、その技(わざ)の切り口があまりにも鮮やかに見えすぎるものが多い。そして、それはそれで面白い。漱石、紅葉、それにまた今更喋喋(てふてふ)するまでもないが、我鬼芥川龍之介の「木がらしや目刺にのこる海のいろ」「水洟（みづばな）や鼻の先だけ暮れ残る」「青蛙おのれもペンキぬりたてか」、三汀久米正雄の「時鳥（ほととぎす）衣架（いか）辷（すべ）る風の白き夜や」「千鳥なくやかほどの華奢（きやしや）の簞笥鍵（たんすかぎ）」「魚城（ぎよじやう）移るにや寒月の浪さゞら」等、その一例であり、いづれも専門俳人の作には見られぬ才氣、匂ひ出る背後の世界の廣さ深さ、趣向のひらめきを珍重すべきであらう。

「初潮」は明治三十三年十一月十二日の新聞「日本」に掲載された。弱冠二十三歳の作であることを知れば、その老成振りに啞然とする他はないが、もともと俳諧とはさういふ意外性を齎す詩形なのだ。更に明かすなら「姉病む」は二十一歳、「別霜」二十二歳、「墓守」と「鳴」が二十四歳であつた。彼が句作に熱中したのはこの時期が中心で、隨筆に本領を發揮するのは四十代に入り、病を得てからのことだ。「萱草」は昭和十年八月一日、輕井澤に遊んだ折の作、この年の十二月大晦日に、寅彦は五十八歳で急逝した。

川田　順

秋風や南無あみ島の大長寺桔梗やつれて人おともせぬ

近松門左衛門作『心中天網島』下之巻、「名殘の橋づくし」の橋が天神橋から天滿橋まで十出揃ひ、やうやく死場所も定まつたところに「とてもながらへ果てぬ身を最期急がんこなたへと、手に百八の玉の緒を涙の玉にくりまぜて、南無網島の大長寺」のくだりが出て來る。心中の日があたかも舊暦十月の十五夜、咲き殘りの桔梗も霜枯れ、日癖の時雨に草の紅葉も色褪せた頃だつたらう。

大長寺は網島の北端にある淨土宗の寺で、治兵衞と小春の墓もここに建てられた。作者川田順はシェイクスピアと近松を特に敬し愛してゐたといふ。當然近松の最高作との聞え高いこの世話物、そらんずるくらゐに讀みこんでゐたらう。世に珍しい淨瑠璃の本歌取が生れるのもうなづけることだ。明治四十年、二十六歳の作で、「心の花」に發表の際も別に詞書はないが、大阪に居を構へたその年ゆゑ、ゆかりの地に、それも命日に、香華を手向けに行つたのではあるまいか。歌舞伎でも有名な見せ場が「時雨の炬燵」で晩秋初冬の候、作者は人影も見えぬ寺の境内で、さまざまに悲劇の味を嚙みしめてゐたことだらう。義理に堰かれながらも、遊女と死なねばならなかつた治兵衛の、切羽詰つた悲しみと、もの狂ひのすさまじさは、そのまま順の後の日にも巡つて來ることを思へば、一入に趣も深い。

本歌取の上句のやや大時代な思ひ入れも、この一首に限つて效果的であり、下句も「桔梗やつれて」で生きてゐる。「やつれて」は通常「しをれて」などとするところだが、作者は擬人法で、小春を、あるいは死んで行く二人より更に辛く切ない女房おさんを、歌の背後に浮び上らせたかつたのだらう。

この歌は大正七年刊、第一歌集『伎藝天』に収められた。八章に分たれた中の「洛中洛外」には、この大長寺も、また歌集標題となつた伎藝天の秋篠寺も現れる。

梅林を七面鳥のあゆみける家の子なりし初戀人よ
白き日は我に照りたれ照さるる我なくば日もさびしかるらむ
その呪ひ刺す力なき秋の蚊の聲としきけど夢安からね
寧樂へいざ伎藝天女のおん目見にながめあこがれ生き死なんかも
月の秋を魚板の音か等持院かどの小家に藁など打つか
櫟透いて川光りたる上市の上流のあたりのさびしさなつかし

名著『西行』の作者だけあつて、歌みなおのづと心から響き出る趣あり、作つて一人樂しんでゐる。專門歌人としての肩肘張つた、修辭の粹を凝らした作は一首もなく、善惡兩樣の意味で、巧な素人歌人と言ふ他はない。そのくせ強烈な印象を與へる絶唱に乏しい。代表作はと問はれて、卽座にこの一首と應へかねる歌人の一人である。

　戀すべき二人ならぬを花かげに夕月夜まで殘りけるかな

　この戀を大凶事（おほまがごと）と誰れ彼れのささやくなべにいや愛しむも

二首の戀歌の「花かげ」は若年の、「大凶事」は戰後老境の作である。「明星」とはまた傾向を異にする、これらのロマンティックな告白も、末梢神經を酷使するやうな現代戀歌の中に置くと、悲歌さへも何かのびのびとほほゑましい。順は八十五歳の天壽を全うした。

大谷碧雲居（おほたにへきうんきょ）

串の鮠（はや）枯るるひかりの十三夜

十三夜は言ふまでもなく舊暦九月十三日の夜の月、前月の十五夜と對照的に、仄かな「侘（わ）び」を含んだ風情が上代から愛され、「後の月」と呼ぶ。まことに日本的な美意識で、これがエスカレートして行くと、曇つて見えぬ十五夜の「無月」、雨夜の「雨月」など、抽象世界での觀月まで樂しまうとする。

もつとも碧雲居の十三夜は、單に、十五夜をいささか捻つて侘びて見せたのではない。竹串に刺して干し貯へる川魚が、ほどよく乾き初めるのは、朗朗たる名月の頃より十三夜、すなはち新暦なら、十月二十日過ぎがふさはしからう。九月ではまだいささかの腥（なまぐさ）みが、鮠の肌の濕りにも纏り、これは月との照應も好ましくない。かりかりに乾燥してしまはず、まだかすかに魚の、夏の日の名殘を止め、そこへ後の月の光が及ぶ。干魚がおのづから水に潤つたやうな光を放つ。そのあやふい一瞬を捉へて「枯るるひかり」は至妙の修辭である。

これほど俳句的な俳句美に滿ちた句も珍しい。作者の師渡邊水巴も、このやうな句境を吟じては天下無雙と言はれたが、碧雲居もこの句に關する限り、出藍の譽を謳(うた)はれてよからう。切字を用ゐず、しかも凜乎として響く感がある。「串＝枯るる」「鮠＝ひかり」と、初五、中七にKとRの微妙な音韻配合があり、これが生きて働くのがまづ第一の要因だらう。「鮠」の「や」がふと切字を幻覺させるのも私には樂しい。

明治十八年津山に生れた碧雲居は笈を負うて出郷、美校に學んだ。俳句は學生の頃水巴の門を叩き、早くから「曲水」にこの人ありと注目されてゐた。敗戰後故郷に隱棲したが、水巴歿後の誌を宰領するため、昭和二十四年初夏六十餘歳で再び上京して才腕を振つた。そして三年後に世を去る。「山女魚(やまめ)の斑(ふ)明らかに水の底ゆけり」「串の鯊(はぜ)寒威に鰭を焦がしけり」「串の鯊けふも北風(きた)吹く中に吊り」「枯れ〱て燒鯊寒の舍利(しやり)さらす」等、十三夜と同材料類句は幾つかあるが、いづれも「枯るるひかり」の鮮烈微妙な表現に及ぶものはないやうだ。

美作は山水の美しい國、津山は綠の山懷に靜まるゆかしい町で、一度旅した者には忘れられぬ所だ。十三夜の串の鮠は、あるいは吉井川上流で、作者自身の釣つたものであらうか。大きな臀鰭(しりびれ)を持つこの鯉科の淡水魚の暗綠色の背と白い腹、それは「枯るるひかり」を放つ頃も、決して他の魚と紛れることはない。また清流にしか棲まぬ習性も、この句柄にふさはしい。

初ざくら旅ゆくこころ風に似て
頂上の夏天の蒼さ人つまづく
秋の水人の目ざめに石はしる
打ちやめて大空ひろき砧かな
限りなき落葉詠ひて挽歌とす

家集『碧雲居句集』には一讀心を洗はれるやうな佳品が少くない。「初ざくら」など、「串の鮑」と雙璧をなす代表句であらう。「枯るるひかり」の隱喩も「風に似て」の直喩も、一歩過てば淺く、平俗になるところを、かくも澄み切つた豐かさに昇華させたのは、一に作者の天性だらう。また「大谷碧雲居」なる姓と雅號も、明治以降の俳人中、出色の氣品と雅趣を湛へてをり、珍重するに足りよう。二つの代表句、この署名を得た時、更に美しい。稀な例と言つてよい。畫業の他にこの人は「雨石」と號して、篆刻にも巧であつた。

若山喜志子

埴鈴のそこはかとなき物の音のこもりてひびけ夕の山かげ

鈴にしろ笛にしろ、陶製のものは底籠つて鄙びた音がする。響きは低いが人肌のあたたかみを持ち、魂を憩はせる。たそがれ時、黒い輪廓を見せて暮れ沈んで行く山、その山の陰には、そのやうな、音とも言へぬ音がやはらかく響くやうだ。夕餉の煙、靄、そして何よりも、一日の營みに疲れた、人人の聲が空に滿ち、微風に紛れ、あたりに擴がつて、はかなく懷しい物音を醸し出すのだらう。埴鈴は、埴輪の附屬物でもあらうか、あるいは民藝品として、あの赤黄色の粘土で作つたものか、いづれにせよ、素樸單純な形と音を思ひ浮べればよい。

歌そのものも土の鈴の音に似て、まことにおつとりと、齒痒いやうな直喩を用ゐてゐる。それが不思議にこの一首に愛すべき生命感を與へる。「ひびけ」は命令ならず、どこかに「こそ」を省略した係り結びだが、ここできりつと引緊めて、再びものやはらかく「山かげ」と結んだところも好ましい。才氣煥發、ソプラノの高唱に似た女歌に食傷した時は、かういふ、搖籃歌（ベルスーズ）のやうな調べも快いものだ。牧水の歌に「水の音（ね）に似て啼く鳥よ山ざくら松にまじれる深山の晝を」のあることを、私はふと思ひ出す。

この歌を收（をさ）めた『白梅集』は牧水との比翼歌集で、三十歳、大正六年の刊である。これを含む六首は「横須賀よりのかへり路」の小題を持ち、出版前年に作られた。喜志子の第一歌集は『無花果』、第三歌集は『筑摩野』、牧水と呼ぶ新綠の大樹を周る一筋の泉川、とも言ふべき、純でこまやかな、そして時には一途にほとばしる抒情、これはいつまでも古びない。

うす青き信濃の春に一つぶの黑きかげ置き君去りにけり
風吹けば野は一つらに搖れなびきゆれなびきわがたゆき筬（をさ）の手
かたはらに藥煮つつも針はこぶ空にうす日さし鶫（つぐみ）鳴くなり
なげきをれば青の梢もうらさびし鳥よ啼きそねまひ出づる刎れ
あやまちて火におとしたる一つきの酒にをかしきわが涙かな
形にそふ影とし念じうつそ身を我はや君にささげ來にしを

「信濃の春」は喜志子が牧水と結ばれる寸前の歌であつた。晶子の戀歌とはまさに對蹠的な、いかにも質樸で初初しい信濃乙女の眞情が籠つてゐる。そして「一つぶの黑きかげ」とは、當時二十六歳の彼女の、知るよしもない不吉な豫言でもあつた。「形にそふ影」とは、それからわづか十七年の後、四十四歳を一期として牧水の死に逅（あ）つた時の作である。

二十四歳の太田喜志子は、同郷同姓の水穂の家に寄寓し、そこで牧水に初めて會ふ。再びの逢ひは彼女の生地、東筑摩郡廣丘村、古戰場跡の桔梗が原であつた。妹の桐子を伴つてゐた。桐子は時に十六歳、後年抜群の歌才を惜しまれつつ三十一歳で世を去る。

四月二日の黃昏、この桔梗が原の徑をもとほりつつ、牧水は喜志子に末を誓つた。二人が東京でひそかな新家庭を營むのは五月の初め、牧水は友に宛てた手紙に、この頃の心境を、「一生の青いしののめ時」と記してゐる。まこと、めくるめく眞紅と黑の夜夜の後、縹色（はなだいろ）の曉を迎へたのだとも言へよう。喜志子が護り育てた遺兒は、旅人、岬子、眞木子、富士人の四名、この美しい名も若山夫妻の傑れた作品ではあるまいか。

高野素十

蘆刈の天を仰いで梳る

素十の處女句集『初鴉』は、作者五十五歳、昭和二十二年の刊行である。最も若書に屬する作が三十一歳といへば、早熟の天才ばかりの明治生れの詩歌人の中では異例に屬する。約四半世紀にわたる句作中、虚子選に入つたもののみ六百五十七句收錄し、勿論虚子の序文つきだ。曰く、「古今を通じて素十君の句は獨歩であるが、まづ聯想するもの、元祿の凡兆ぐらゐなものであらうか」。蘆刈の句に凡兆を思ひ浮べるか鬼貫を懷しむかは讀者の自由だが、この作、人の意表を衝いてゐながら奇に走らぬところ、素十の句風の一典型と言つてよからう。「蘆刈」と聞けば、私はまづ反射的に世阿彌作の直面物を思ひ、また古歌に出て來る「難波女」を考へるが、この句には、さういふ物語的な背景はなく、ただ秋の季題としての蘆刈に過ぎず、場所も不特定の蘆原でよいのだらう。遠くから眺めてゐると、黄色に枯れ初めた蘆群に、半ば身を沒して刈り進んでゐた女が、何思つたかすつくと立ち、天を振仰ぐ。はてと思ふその時、彼女は櫛を懷から出し、亂れた髮を梳き始めた。梳る女を遠景の一點として天は底抜けの青、左右と地は乾いた蘆の海、ただそれだけであり、だからこそ面白い。妙なニヒリズムや、労働讃美など持ちこんではぶち毀しになる。まことに單純明快、しかも自然と人生の切り結ぶ要所にひたと目を据ゑてゐるところに作者の句風がある。この蘆刈は昭和十六年二月の虚子選だが、昭和三年三月にも「また一人遠くの蘆を刈りはじむ」がある。言外の意、決して思はせぶりでなく、しかも簡潔な抒情性を持ち、これも捨てがたい。

方丈の大庇（おほびさし）より春の蝶
一瓣の疵つき開く辛夷（こぶし）かな
ほぐれ起（た）つ風の一片夕牡丹（ゆふぼたん）
づかづかと來て踊子にささやける
子の中の愛憎淋し天瓜粉（てんくわふん）

いづれも『初鴉』の名を高からしめた秀作と言はれてをり、巨視的な對象の摑（つか）み取り方は、はつと息を呑むばかり、殊に大庇と蝶の日本畫風な對照の妙は抜群であり、辛夷の花瓣の傷など、木蓮（もくれん）科植物の花の鋭敏さ脆さをよく見てゐる。しかも、句の彼方に、早春、仄白く咲き妙（たへ）なる香を漂はすあの花が、ありありと浮んで來る。牡丹の句に見る靜中の微動、息づまるやうな一瞬と限りない平安が作品をふくらませてゐるやうだ。「踊子」は夏の季題で、盆踊などを想定する約束らしいが、この昭和十一年の作、私はふとバレー用のチュチュを著たダニエル・ダリューに、鳥打帽冠つた街の兄(あにい)アルベール・プレジャンが、七月十四日の夜の逢引を囁く一シーンを聯想した。天瓜粉の句は「子の中の」なる初五にすべてを懸けた趣あり、素十には珍しい技巧が興味を引く。

この人には「甘草(かんざう)の芽のとび〳〵のひとならび」といふ、瑣末趣味の悪名もかなり高い句がある。ところで素十は漢方に不可欠の、あの荳(まめ)科の藥草を自家に栽培してゐたのだらうか。藥草園に行つて「寫生」したのだらうか。他にも甘草は現れるが、私の鑑賞する限りでは「萱草(くわんざう)」の芽であつて始めて、曲りなりにも、なるほどと頷(うなづ)けるものだ。虚子選の「季寄せ」にも引いてゐるが、別に注釋はない。一本には百草園を想定しての解もあつた。

はねさわぎ水うち散らす魚族（うろくづ）をひとりの男しかりて通る
山下陸奥（やましたむつ）

ああ魚屋の亭主か女房が通行人に叱られたのかと、何氣なく讀み過さうとして、待てしばし一寸様子がをかしいと立止る。叱られてゐるのは魚達なのだ。取れたての色とりどりの魚は、盤臺の上に打重なり、目を瞠いてあぎとふもの、鰭をばたつかせて騒ぐもの、逃場をうかがふもの、雜然としてまことにいきいきしてゐる。その上にも生き良かれと魚屋の主人が水を打ち、魚は陸にあつてなほしぶきを散らす。朝の一時（ひととき）、日の光がそこらあたりに虹を作る。こら靜かにしろ、通りがかりの男が舌打し、魚達をはつたと睨んで通り過ぎる。服の裾か、事によると頰にでも水滴がかかつたのだらう。

下手をすれば滑稽感ばかり上滑り（うはすべ）りして、隨分安つぽくもなりかねないところだが、ここにはユニークな筆致の一幅の魚族戲畫が生れた。明晰できびきびした言語感覺は、作者が私淑してゐた先達木下利玄にも通ふものがある。この一首は、陸奥三十歳頃の作で第一歌集『春』に收められてをり、他にも類歌は幾つか見える。尾道の魚市場風景の囑目らしいが、平俗退屈な「寫生」に終始したやうな歌は見當らない。また、魚を叱る男などといふ意外性、魚のやうにみづからは笑はず、讀者に刹那ショックを與へ、しばらくして微笑を誘ふやうな發想技法は、後後も陸奥の特徴の一つとなつた。

口語自由律的世界を定型に生かし、新しい「輕み」を狙つたのだらう。新境地と言へば直ぐに自由律に走りたがる人にも頂門の一針であり、今日も未開拓の、興味ある發想、手法として記憶に價しよう。「短歌は技巧に依存する文學」と作者はその論説中に言及してゐるが、この誤解を生じ易い言葉も、諸作を見ればおのづから、眞意は推察できよう。勿論短歌は技巧のみに依存するものでも、精進努力だけで成るものでも、志だけをひたすらに述べて濟むものでもないことは自明である。それを人は彼の所信と實作からも學び取るだらう。

　ふとぶとと土を割りたる百合の芽は光の中にもの怖ぢもなし
　杉の木は年古りしかば根元よりいきいきとして泉の湧けり
　月出でて二時間ばかりと思ふとき恍惚として山重なれり
　疊の上に妻が足袋よりこぼしたる小針の如き三月の霜
　限りなく雪の降りつつ我家より二里ばかり離れし處を歩める

百合は第四歌集『純林』、他は第五歌集『冬霞』の中の歌である。齡六十に近づいてから、陸奥の歌境は、かつての青春歌集の初初しい驚きを再現する。利玄に發して利玄よりも一癖ある文體を得たとも言へようか。全く關聯も脈絡もない二つの事物を、強引に配合して、不可解な因果關係を創り上げる手法は、既に茂吉にも數多くの典型を見る。

これは象徴を目ざす歌人にとつて、永遠の魅力であり、常に新しい課題だが、杉の古木と泉、月の出二時間後と重なる山、足袋と針狀結晶の霜、我家と二里離れた雪中の道、それぞれに寫生手法では決して割り切れぬ部分が要となつてゐて、それを認める人にはかなり面白い歌ばかりだ。魚を叱る男、すなはち嚴肅な定型詩に、正攻法で諧謔を齎す詩人は、最期の日まで陸奥の中に生きてゐた。

飛鳥田孋無公

さびしさは星をのこせるしぐれかな

「時雨」は王朝の昔から歌にも句にも、陰暦十月、すなはち初冬の景物として、好んで取り上げられた。朝時雨、夕時雨、小夜時雨、村時雨、片時雨と、さまざまに歌ひ、かつ吟じてゐる。去來の「いそがしや沖の時雨の眞帆片帆」に見るやうに、俄か雨、通り雨、日照雨に類するものだが、「しぐれ」といふ音感そのものに、何となく侘しさがまつはり、人人の心を捉へて來たのだらう。初夏の「五月雨」「長雨」、眞夏は「夕立」「白雨」と、雨も季節によつて樣樣に詩歌の趣を變へる。

時雨、それは變り易い秋の空から、不意にそそぐ。それだけで心に沁む。眞晝、天の一隅にはまだ青を殘しながら、ここでは鼠色の雨脚を見せてしのつくばかり降りかかることもある。それもさびしいものだが、夜に入つて、ああ今宵は星月夜かと、さつき仰いでゐた空から、急にぱらぱらと降り初め、ふと見れば星はわづかしか殘つてゐない。だが、殘された一摑みほどの西空の星が、なまじ精一杯にきらめく星が、かへつて悲しい。暗夜にひそかな音を立てて降る時雨よりも、一抹の華やぎをとどめた夜天からこぼれる時雨がなほさびしい。

星時雨は昭和五年孋無公三十五歳の作、彼はそれから三年後に夭折した。代表作として、横濱市杉田の、梅の古木で知られる妙法寺の句碑に刻まれたといふ。明治以降、時雨の秀作は一寸數へても十指に餘るが、この句ほどユニークな、不思議な悲しみに滿ちてゐる句は他にあるまい。若死にを考慮に入れずとも、何か不吉なまでに鋭い「澄み」とも稱すべき味が、冷え冷えと傳はつて來るやうだ。「さびしさ」と言へば、彼と同じく滿三十七歳で急逝した十三世紀の天才後京極良經が、「さびしさや思ひ弱ると月見れば心の底ぞ秋深くなる」と歌つたことが、何故かしきりに浮んで來る。感傷とはさらに無緣の、生と死との交る、あやふい一線を、若くして視てしまつた寂寥感とでも言はうか。

霧はれて湖におどろく寒さかな
河の水やはらかし焚火うつりゐる
こやりつつみなづきの日を瞼かな
秋風きよしわが魂を眼にうかべ
返り花薄氷のいろになりきりぬ

これらの句も星夜の時雨同樣、無氣味なまでに冴え渡つてゐる。そしてその調べは張りつめた銀線の、斷れる寸前のやうに危い。濃霧が晴れて、目の前に、今まで思ひもかけなかつた湖面がひらけた。その一刹那、冷氣がぞつと背筋を襲ふ。「寒さかな」には肩をすくめて手を摩り合す、うらぶれた作者の姿が見える。やはらかい河水、薄氷色の返り花、いづれも病的なまでに研がれた感覺性を珍重すべきであらう。句柄はやや短歌的と評されるかも知れぬ。病臥の瞼にひととき照り、たちまち翳る青水無月の陽ざし。薄く開いた彼の目は、既に他界をさし覗いてゐたのだ。さもなくば「わが魂を眼にうかべ」とは言へなかつたはずである。この凄じい句は死の前前年に生れた。後の波郷、空華の病牀作も及ばぬ味はひを祕めてゐる。生前の作を集めた『湖におどろく』は「石楠」門の師や知己によつて上梓された。危篤の眼でその下刷を眺め、滿足の微笑を浮べたと傳へる。鏤められた活字一つ一つが、彼の魂の破片であつた。

澁柿をあまたささげて骨壺のあたりはかなく明るし今日は

吉野秀雄

『寒蟬集』は秀雄の第二歌集、師、會津八一の題簽を飾り、昭和十九、二十兩年の作品から四百四十一首を選んでゐる。巻頭は「玉簾花」と題し、約百首ことごとく亡夫人はつ子への挽歌である。その悲調はしばしば『赤光』の「死にたまふ母」に比べられるが、秀雄の場合は制作時が昭和十九年の晩夏、敗戰の豫兆巷に色濃く、さらぬだに苛烈を極める明暮だつた。

提げし氷を置きて百日紅燃えたつかげにひた嘆くなれ
炎天に行遭ひし友と死近き妻が柩の確保打合はす
夜の風に燈心蜻蛉ただよへり汝がたましひはすでにいづくぞ
潔きものに仕ふるごとく秋風の吹きそめし汝が牀のべにをり
この秋の寒蟬のこゑの乏しさをなれはいひ出づ何思ふらめ
病む妻の足頸にぎり晝寝する末の子をみれば死なしめがたし

一聯の中には瀕死の妻との抱擁を歌つたショッキングな作のあることもよく知られてゐる。ほとんどがまさに正視に耐へぬやうな悲痛な歌の連續であり、殊に柩すら入手しがたい時勢を暗示する「炎天に」の一首や、燈火管制下に瀕死の病者を看護する歌など、いたましさと同時に憤ろしささへ湧いて來る。私事ながら私の母も、同じ昭和十九年、吉野夫人の一日後、八月三十日、胃を病んでみまかつた。燈火管制の續く、荒れ果てた日本の夏を悲しみつつ死んだ。殘された者も亦死者同樣にみじめだつた。

掲げた「澁柿をあまたささげて」は、七七忌をまぢかにした或る日の作とおぼしい。悲しみつくした後に來る一種の放心狀態、もう涙も涸れ果て、他人の目には平靜に復したかに映らう。「骨壺の・あたり」と、一句が上下に斷たれたところも、喘ぐやうな氣息がうかがはれるが、この歌の急所は、次に來る「はかなく明るし」であらう。巧な修辭と言へば作者は心外に思ふだらうが、涙の代りに溢れる歌の數數、推敲も彫琢も加へるゆとりのなかつたに違ひない一首一首に、さすがに名手の天稟は隱れもない。單に「柿」ではなく「澁柿」であるところも、事實云云を超えてこの歌にあはれを添へる。

時に吉野秀雄四十三歳、大厄の翌年の不幸とは言へ、考へやうでは、戰地に驅り立てられることもなく、臨終まで枕頭にゐられたことはせめてもの慰めであらう。一聯の題は「この秋の庭に咲きいづる玉簾花骨に手向くと豈思ひきや」にちなむ。

杉群に晝のかなかな啼きいでて短く止みぬあやまちしごと

疎らなる林を透きて暗き世のともしびのごと辛夷咲きをり

かなしみは天にもあれか日の蝕えの極まらむとて朱の息づき

これらは晩年に近い『晴陰集』の中のものだが、澄みに澄んでしかも人間のにほひを保つ歌境、繊細で深い陰影を持つ詠風は、時として師を越える。蜩の聲に「過失」を思ひ、辛夷の花にあの世の燈を幻想し、日蝕を天の悲歎と觀ずるあたり、狭義のリアリズム信奉者には到底理解できぬ境地であらう。それゆゑに尊い。

長谷川かな女

蓮を掘る水底に城の響きあり

　晩秋ともなれば蓮の葉や莖は褐色に枯れる。「敗荷」と呼び、漢詩人の好むところだ。根はその頃になると十分に肥り、いよいよ採集、出荷の時となる。蓮田の水も稲田の收穫と共に乾し、泥の表面ひたひたくらゐに湛へてゐるだらう。農夫は頰冠りに手甲、脚絆、あるいは胸まで續くゴム長靴姿で、日がな一日泥の中を這ひ廻り、底を探つて、人の腕さながらの根を摑み出す。蓮田の一隅は薄氣味惡いものがうづ高く積まれる。

　見渡す限り折れ伏す枯蓮、鈍色の水、そして泥、疲れ果てて茫然と立つと、耳の底に、どどどと何かの雪崩れる音がする。あれは落城の音、否、邀へ撃つ二の丸の兵の聲、否、否、單なる耳鳴りであらうか。霜月の天も亦、午後の曇りに、どんよりと鎖されてゐる。「城の響き」とはいかにも含みの多い直喩だが、奇妙な實感があり決して動かない。しかも「水底に」の限定が無氣味で、讀者は一瞬のうちに、さまざまの合戰を聯想するだらう。作者も掘り返された蓮田の狼藉の跡、折れ重なつた蒼白い根に、ふと怖ろしい聯想を誘はれての、思い餘つたやうな修辭は、この場合、意外に効果的であつた。

考證家の談によればこれは不忍の池の蓮、池の端にあつた無極亭ではよく句會が行はれたといふ。その途上の囑目としても、隨分大膽な表現で、さぞ昭和初年の、寫生派の俳人達を瞠目させたことだらう。かな女は既に四十餘歳、夫零餘子に死に別れて、その上直後に自宅焼失、しかも泣いてゐる暇もなく、門下を抱へて立ち上らねばならぬ苛烈な一時期であつた。「城の響き」と敢へて言つてみせるところに彼女の才と氣位はありありと受けとれる。

二十代で「ホトトギス」の婦人俳句會の推進者となり、ライヴァル杉田久女に「虚子嫌ひかな女嫌ひや單帯」の句を成さしめた。久女も久女だが、かな女にもさう詠ませるだけの性格はあらはだつたのではあるまいか。それがまた、彼女の句に精彩を加へる。ちなみに前記の「かな女嫌ひ」に答へて、「呪ふ人は好きな人なり紅芙蓉」と吟じた。大正九年作で、虚子序文の第二句集『雨月』に見える。久女の激情の火箭をやはらかく受け流し、一枚役者が上と見せた態度は見事ながら、句柄は平俗で、「單帯」には及ばぬ。

西鶴の女みな死ぬ夜の秋
枯芝に音立てて見よ鴛鴦の沓
榊葉の時雨るるところ女住む
朝顔のべたべた咲ける九月かな

一歩間違へば獨善、獨合點に墮して鼻持ちならぬところを、あやふく立直つて、斬新な味を誇る句ばかりだ。殊に若書の「西鶴の女」は、一讀ぎよつとするくらゐの、美しい捨科白めいた秀句だ。「みな死ぬ」と斷言するところが彼女の本領で、「城の響き」と相通ずる。「鴛鴦の沓」は、枯芝の丘の向うの池に浮ぶ鴛鴦を、かう見立てての形容だが、いささか強引に過ぎる。榊と女の配合は、當然巫女を聯想させて獨特の雰圍氣を生む。これまた考證家によれば、かな女の移住先浦和には、鎭守の調神社が直ぐ近くにあり、その境内の榊らしい。「呪ふ人は好きな人」とすかさず呪禁を試みるところ、既に彼女には十分巫女の資格があつた。「朝顔」は、久女の朝顔の足許にも及ぶまい。

岡麓

冬がれの梢に細き夕月夜吾子とわかれてみちをまがりぬ

鉛色に塗りつぶした畫布に黑の線描で毛細血管を思はせる冬木の梢、その下にこれも粗いタッチで大小の人物二人、そして右上に淡黄の二十日餘りの月一つ。かういふ一枚の繪、それも印象派風の洋畫を私は思ひ浮べる。だが今一度歌に歸ると、「吾子とわかれて」とある。この場合父と子はもう肩を竝べてはゐない。既に道を曲つて、竝んで歩いた子の姿も見えない。にも拘らず、父子の姿は相擁するやうにして、くつきりと讀者の瞼にたつ。「みちをまがりぬ」といふ何氣ない、いたつて正直な呟きが、父の愛情をかへつて雄辯に人に傳へるのだ。冬木立と夕月が、既に申し分のない背景を作つてをり、これに配するに母子ならぬ父子といふのも亦、きびしくほろ苦く、しかも爽やかだ。

もつとも子規直門の「アララギ」の長老、いやしくも創作など試みるはずはない。麓五十歳の大正十五年、やつと上梓を見た第一歌集『庭苔』には、「良弟を寄宿舎に誘ひて夕方の一時間ばかり玉川の川原に來れり」の詞書がある。大正十二年の一月の「アララギ」

初出ゆゑ、前年初冬の詠だらう。麓の次男良弟は當時府立二中に在學、その寄宿舎に起居してゐた。作者の子煩惱は人も知るところ、この良弟が家を離れて初めて寄宿した折も、「くらくなる麥生畠みちかへり來てのこしとどめしわが子思へり」と歌つた。そして、これらすべての背後の事實を一切知らずとも、夕月夜の別れは十分に切なく、人の胸に沁み入る。

明治十年生れの麓は茂吉より五歳も年長、幕府の醫官の家系に生れて醫を繼がず、十六歳で香取秀眞を、次いで寶田通文を識つて國文、和歌を修め、多田親愛には書を學んだ。子規門に入つたのは二十二歳の二月、根岸會の重要メンバーとなつたが、壯年期を出版社經營や諸校の敎職歷任に過して作歌から遠離り、「アララギ」に復歸したのは大正五年四十歳の時であつた。作風は穩健、堅實、自然詠に長ずると、世評は例によつて至極紋切型、これは「アララギ」作家の大半に通用する空疎なオマージュに過ぎないが、よく讀みこめば、さすが書道の大家、美術に蘊蓄ある歌人と頷かせる佳作が少くない。

かくしごとあるにあらねどわれひとり嘆く夕の枇杷の木の花
文机の芥子の花しべくづれ落ちて硯の中の墨にひたりぬ
雪のふるこの夜しづかにふけ行けば母のおくつきおもほゆるかも
うすら氷に小鴨ねむれりさざれ波よする日なたの方へは行かで
日のかげのとほくさすごとあかるくて牡丹櫻に雨ふりそそぐ

春の月おぼろげながらもとの身にたちかへるべくおもほゆるかも
　薄色にしづむなごりの夕空を遙の方とただおもふなり

「枇杷の花」の一種の象徴技法は麓一代を通じても、千首に一首の稀趣で、それゆゑに貴重だ。硯の海に散亂する罌粟の蘂、たとへば鮮紅の花瓣をも併せて想像すれば、愕然たる色彩效果と言へよう。「母のおくつき」に、私はゆくりなくも定家の亡母哀悼「たまゆらの露も涙もとどまらず亡き人戀ふる宿の秋風」を思ひ出した。「小鴨」「牡丹」「春月」「夕空」いづれも齒痒いくらゐ微妙でさりげない自然と心のうつろひを、實に巧妙に的確に捉へてゐる。悠悠として限りなくつつましいこれらの表現、寫生主義の到り得た一境地と稱すべきか。

松本（まつもと）たかし

夢に舞ふ能（のう）美しや冬籠（ふゆごもり）

生れは神田猿樂（かんださるがく）町、父は寶生流の能樂師、作者も亦、生れる前から扇と鼓を持つべくさだめられてゐた。そして當然幼時から殊に嚴しい修練を積み、斯界の花形として明日を期待される身であつた。その彼が、胸疾と神經症のため、能役者への道を諦めねばならなくなつたのは大正末年、二十歳（はたち）そこそこの頃である。能に傾けた情熱を、彼は十八歳で入門した俳句に、代りにことごとく注がうとする。病のもたらす特異な言語感覺は、おのづから備はる彼の端正な文體をいよ〳〵磨ぎすます。

　夢の能は、たかしが能を諦めてから十六年後の作であつた。凡手の能役者でも夢に見る自分の舞姿だけは美しからう。まして作者は名手を約束されてゐた。最早決して實現することを得ぬ晴姿を、彼は幾度夢みたらう。夢「にも」見るのではなくて、夢の中に「しか」見ることのできぬおのが舞ゆゑに、この句の心は悲痛である。能の曲目は何。思へば、彼の第二句集は『野守』、世阿彌（ぜあみ）作のこの五番目物を、彼は特に愛したのである。

「立ちよればげにも野守の水鏡」と謡に現れるあの劇も、もとは御狩の鷹を探すところから始まる。たかしの第一句集の名『鷹』も、それを抜きには考へられまい。夢の能の座五の「冬籠」も、鷹や狩が冬であることを思へば一入に心に沁む。そして能を捨てた能役者の一生は、あるいはそのまま「冬籠」、すなはち苛烈な自己幽閉ではなかつたらうか。

　花散るや鼓あつかふ膝の上
　めりがちの鼓締め打つ花の雨
　チ、ポ、と鼓打たうよ花月夜

『花傳書』の花がこれらの句には暗く匂ふ。舞へずとも、せめて鼓はと、折にふれて手草にしたのだらう。私はふと、映畫『白鳥の死』の足を折つたバレリーナに扮したミア・スラヴェンスカのうるむ目を思ひ浮べ、かつまた夢野久作の名作『あやかしの鼓』の妖しい因縁譚を、これらの句から聯想する。鼓といへば彼には「春興」と題する俳諧詩があり「鼓うてば　椿ほろり／鼓うてば　竹ゆらり／鼓うてば／竹ゆらゆら　椿ほろほろ」と俳句に比べれば切味に乏しく陰翳も濃くはないが、閑雅な味はひは捨てがたい。

　金魚大鱗夕焼の空の如きあり
　我去れば鶏頭も去りゆきにけり
　曼珠沙華に鞭たれたり夢覺むる
　雪嶺に三日月の匕首飛べりけり

　我庭の良夜の薄湧くごとし

　これらの句の一讀ひやりとするやうな冱えは比類がない。天才的な「ホトトギス」系俳人の作には、時として中途半端な象徴派、超現實派を蒼ざめさせるに足る、大膽不敵な世界と手法を見るが、これらの句も、すべて瞼の裏の「虚」の鏡に映った美しい幻覺ではあるまいか。なかんづく「金魚」と「薄」は、昭和俳句の中の不滅の秀吟として記念さるべき風格をも備へてゐる。風格、たかしの句は、その發想奇に走る時も、姿は、白扇を翳してぴたりと構へた、一種凜然たる品位を保つてゐた。彼の死は昭和三十一年、五十一歳、昔日の作、「芥子咲けばまぬがれがたく病みにけり」の、その五月であつた。

土屋文明(つちやぶんめい)

昨日も今日も坐りつくして夕暮を月島に來れば潮のさゐさゐ

無愛想な、と言ひたいくらゐ簡潔な文體だが、感傷的で情緒過剩な、短歌的な短歌や下手なフィクションに食傷した時は、かういふ作品がかへつて樂しい。否、むしろ救濟をさへ感じる。連日坐り暮して、夕方河口に出てみると、折から潮が騷騷(さゐさゐ)と滿ちて來たと述べる。それが爽やかだとも、それを見て慰められたとも歌つてはゐない。作者は事實をありのままに傳へたのだと、例のアララギ獨特の寫實論を開陳するだらう。

だが上句には籠居に疲れてやや不機嫌な作者の表情が浮び、下句には深呼吸して胸を反らせ、足もとに泡立つてさす潮を見、遙か沖の方に、うつすらと浮んでゐる夕月を眺めたかも知れぬひとときの安らぎが察せられる。「月島」にはそのやうな效果さへある。隅田川河口の「築島」は多分紛れもない囑目(しよくもく)で、創作意識など微塵もあるまいが、「夕暮」に「月島」へ來ること自體が一つの才能とも言へるのだ。

この歌は文明の第三歌集『山谷集』の「辛未歲晩」一聯十三首の中にあり、昭和七年年末の作と思はれる。時に作者三十代の終りに近く、ここに見るやうな、無表情で散文的な、しかも侵しがたい強さと張りを持つ歌風を確立してゐた。意味ありげな囁きとうるさい啜り泣きで手のつけられぬやうな短歌の世界が、からりと晴れた感じであり、苦い辛い文明批評、人間觀察の眼も、一首一首の奥に光つてゐる。それは昭和短歌の貴重な収穫の一つであった。追隨者、亞流の生れる道理だ。

　すぎし日にいかりて妻がたたきつけしほととぎすは庭隅に青く芽立ちぬ

　蘭の香の夕ぐるると思ふ時鰊やくにほひぞ物々しけれ

　夏わらび汗を流して吾は食ふ友は告げぬ信濃（しなの）も世間うるさしと

『山谷集』の特徴は從來の美意識を引つくり返して、傍若無人に、自分だけの世界に書き變へて見せるところにあらう。杜鵑草（ほととぎす）のみづみづしい發芽の様、ほのかな蘭の匂漂ふ恍惚境、滋味ゆたかな信州の山菜、これら既製の、歳時記的な調和は、作者の暴力によってたちまち混亂する。凶器は妻の怒りであり、燒魚の臭氣であり、地方人の偏狹性と蔭口等だ。風雅な環境は一轉して平談俗語調の、いかにも人間臭い現實となり、それが讀者に一種サディスティックな快感さへ與へる。稀な才能と言へるだらう。ただこれらの歌の背後には、單なる日誌的事實と平俗な感懷の羅列に過ぎぬ作が、おびただしく竝んでゐることも否定できまい。有名な『六月風』の中の「土屋文明を採用せぬは專門なきためまた喧嘩ばやきためとも言ひ居るらし」などその極端な例であり、私（わたくし）小説全盛の戦後日本には、これをしも珍重する人がゐる。

　時代ことなる父と子なれば枯山に腰下ろし向ふ一つ山脈（やまなみ）に

文明の代表作の一つとして人口に膾炙（くわいしや）した一首である。そのかみ『往還集』に「親しからぬ父と子にして過ぎて來ぬ白き胸毛を今日は手ふれぬ」と歌つた文明の、この武骨な抒情はまことに忘れがたい。平談俗語調、放談私語スタイルが、ともすれば溢れ出さうとする感傷の涙をさりげなく堰（せ）き止め、近來稀な乾いた詩情を生んでゐる。

阿波野青畝（あはのせいほ）

凍鶴（いてづる）が羽ひろげたるめでたさよ

まさに一幅の屛風繪、あるいは大きな衝立（ついたて）の瑞鳥圖（ずいてうづ）の風格を思はす名句である。「めでたさよ」と言つてしまつては、普通なら含みも餘韻もなくなるところだが、この場合はむしろ、句に大きさとゆとりを齎（もたら）した。もつとも、同じ青畝の作でも「はつきりと鵆（ちどり）の數のめでたさよ」は、やや俗な響きが加はつたやうで、私は感心しない。

「凍鶴」とは、眞冬寒さで凍（い）てついたかにすつくと立ちつくす鶴を言ふ實に美しい季語（きご）であり、短歌には見られない。この言葉自體が既に、一種の結晶體となつてきらめいてゐるから、下手に修飾すると、かへつて不樣（ぶざま）なものだ。凍鶴の名句の稀なるゆゑんである。「羽ひろげたる」意外性が、巧まぬ「動」を與へ、均衡を破られた「靜」が一瞬金色（こんじき）に輝く。「めでたけれ」と言ひ据ゑることによつて、この一瞬は永遠に、ストップ・モーションさながら、幻想の額縁の中で生き續けるのだ。大正十五年、青畝二十八歳の時「ホトトギス」に發表された句で、第一句集『萬兩』の白眉（はくび）でもある。「丹頂の相寄らずして凍てにけり」はそれから三年後の作だが、前作のおほらかな輝きはここにない。

　なつかしの濁世の雨や涅槃像
　國原や桑のしもとに春の月
　十六夜のきのふともなく照しけり

やや傾向と味はひを異にする句を、試みに三つ竝べた。いづれも「凍鶴」以上に高名な作であり『萬兩』の代表句である。「濁世の雨」は「葛城の山懷の寝釋迦かな」等と共に、佛教的主題を持つ青畝獨特のものだが、二月十五日の涅槃會に、寺の本堂にあつて、釋尊入滅の圖を拜み、しみじみと數珠をまさぐるあの念佛百遍の、その忝さが果して現代人の何人に味到可能だらう。燻香と稱名の中に瞑目して聽く雨の音は、極樂から無限に遠い、濁世、すなはち現實のこの世から響くのだが、それも亦心に沁むと作者は言ふ。その懷しさも、「寝釋迦」の秀拔な巨視と微視の重なりも、作者青畝の無形文化財的な言葉の藝の中に生きてゐる。

　緋連雀一齊に立つてもれもなし
　うつくしき蘆火一つや暮の原
　鬱々と蛾を得つつある誘蛾燈
　罠のまま霜うつくしくなりにけり
　水ゆれて鳳凰堂へ蛇の首

句集名も「國原」「春の鳶」等悠揚迫らず、樸訥にして飾らず、一句一句口から出て來る言葉、皆俳諧の體をなして据つてゐる感がある。勿論一音一字にダブル・イメージを狙ひ、人間の虚虚實實の魂の翳りを活寫する、あの纖細微妙な現代俳句とは、およそ對蹠的である。だからこそ、その長閑（のどか）な世界が、逆に今日の讀者に「なつかしや」と喜ばれるのだらう。「誘蛾燈」も單純な擬人法で、深刻な企みなど更にないのだ。

青畝は大和高取の生れであり、句はすべてその風土を反映してゐる。古典よりも更に古典的な句は、大和なればこそ成立するのだ。「魂（たま）ぬけの小倉百人神の旅」「古里にふたりそろひて生身魂（いきみたま）」の「魂」も、この次元でこそ自在に遊べるのではあるまいか。

前川佐美雄（まへかはさみを）

春の夜にわが思ふなりわかき日のからくれなゐや悲しかりける

逆遠近法の華やかな大和繪を見るやうだ。たなびく霞の銀泥の間に、眞紅（しんく）の一刷毛（はけ）、その上から陽光ふりそそぐかに一面の金粉。名歌ひしめく佐美雄の第四歌集『大和』の中でも、破格であり、しかも氣品に満ちてゐる點では隨一だ。當時の「日本浪漫派」の眞髓の一端、「たけ高い調べ」の典型と言つてよからう。「わかき日のからくれなゐ」といふ怖ろしく抽象的な用語がこの一首の生命であり、その抽象性を逆手に取つて、鮮麗無比の青春の魂を浮び上らせた技法、まさに天才といふに價しよう。『大和』は佐美雄ひとりの青春のみならず、戰前の青年歌人の、美學の最後のよりどころを象徴する。昭和十四年、日本は泥沼のやうな戰爭に半身を沒した頃、この一首を含む「韓紅（からくれなゐ）」一聯は生れ、歌集はその翌年晩夏の發刊、作者は三十八歳、壯年のさ中にあつた。

一傘（いつさん）の樹蔭（じゆいん）にわがねるまつぴるま野の蝶群れて奇（く）しき夢を舞ふ

まぶしくて樹蔭に入れば今ここに無一物なるわが夢顯ちぬ

野いばらの咲き匂ふ土のまがなしく生きものは皆そこを動くな
あかあかと硝子戸照らす夕べなり鋭きものはいのちあぶなし
萬緑のなかに獨りのおのれゐてうらがなし鳥のゆくみちを思へ

天馬空を行く不敵な發想と自由自在な修辭は大方の目を瞠らせ、戰前象徴派、幻想派の棟梁として縱横の活躍を示した。夙に弱冠二十八歳で世に問うた第一歌集『植物祭』には鋭利極まる新感覺が玻璃の破片のやうに鏤められ、當時の若い歌人の聖書となつてゐた。國風である和歌と西歐近代詩の華やかにあやふい交錯が、この若書歌集の特徴である。

その後十年の試みも、つづまりは和漢洋のエスプリが、いかにこの短詩形の中に生き、たぐひない詩華を開かせるかにかかつてゐた。「詩と詩論」、ついでは「日本浪漫派」の詩人、文人との交りは密となり、熱愛者は彼を圍み、同時にほぼ同數の、狹義のリアリズム歌人が、憎しみをこめてこの歌風を批判した。新風とは由來さういふ旋風をも含めての呼稱であらう。

うら濁り夕べの川のうたかたとおのれながれて行方知られず
あかあかと紅葉を焚きぬいにしへは三千の威儀おこなはれけむ
紫陽花に降りたる今朝の露しげくわれのこころは深潮なす
紅梅にみぞれ雪降りてゐたりしが苑のなか丹頂の鶴にも降れる
火の如くなりてわが行く枯野原二月の雲雀身ぬちに入れぬ

「うたかた」「紅葉」「紫陽花」は昭和十七年刊の『天平雲』に、「紅梅」と「雲雀」は昭和二十九年の作で『捜神』に収(をさ)められた。永い戦時の地獄を隔ててここに見る四十代、五十代の初期作品は、いづれ劣らず、しかと、現實の彼方にある不思議な眞實を見据ゑてゐる。なかんづく「威儀三千」の豪華な眺めは讀者を啞然とさせようし、「紅梅と丹頂鶴」の重い靜寂は、眞の「寫生」とはこのやうな作を許するにふさはしい用語ではないかとさへ思はせる。佐美雄は天成の、王朝以來の、眞の、「智慧の力持てる歌人(うたびと)」であつた。

中村草田男

吾妻かの三日月ほどの吾子胎すか

胎兒を「三日月」と直感したところが、この句の命であらう。これを見た後なら、「夕星ほどの」とでも、「雨月のごとく」とでも、身籠れる人と自分のかかはりに即して、さまざまに言ひ變へることができようが、みな物眞似、ヴァリエーションに過ぎまい。草田男の三日月はコロンブスの卵よりもなほ爽やかな發見であつた。

作者の意識の底には「吾妻」に重なつて月の女神ディアーナが浮んでゐたかも知れぬ。月の盈缺と潮の滿干と人の生誕死歿の不可思議な關りも、一瞬腦裏をよぎつたらう。その他にも月と人との微妙な因緣は幾つかあるが、それらをすべて踏まへ、かつことごとく消し去つた時、三日月胎兒の著想は、天からの恩寵のやうに、作者の心に降つて來た。「吾妻」といふ古めかしい用語も、意表を衝く新鮮な發想とあやふい均衡を保つてをり、また「吾子」と自然に呼び交して效果的だ。また、疑問形で終る句はおよそ調べの高さを喪ふものだが、これは例外だ。否、この「か」は感歎の助詞であらう。唇から洩れる吐息に等しい「か」と言つた方が適切だらう。自分の子を受胎し、光り輝く生命を、ふんはりと體内に籠らせてゐる妻に、驚きと歡びと、畏れといたはりの、かたみに交錯する感動を寄せ、ひそかに、呼びかけ問ひかける。受胎告知の後のヨセフも味ははなかつた、まぶしいほどの幸福感ではある。未完の若い父の、うひうひしい表情が、この句の背後にくつきりと浮び上る。

昭和十二年草田男三十七歳の作で第二句集『火の島』に収められた。この句に後れ先立つ數數の、妻・子を主題とする作品のみづみづしさ、全人的な、眩惑的な迫力は類を絶する。

父となりしか蜥蜴とともに立ち止る
萬緑の中や吾子の齒生え初むる
月ゆ聲あり汝(な)は母が子か妻が子か
妻二夜(ふたよ)あらず二夜の天の川
虹に謝(しや)す妻よりほかに女知らず

初めて父となつた男は「蜥蜴とともに」小刻みに進みまた立止る。彼は子の未來を思ひ描く。一歩は期待によつて輕く一歩は不安を伴つて重い。肩にはずつしりと家長としての責務がかかつて來る。「吾子胎すか」は最後に一音を餘(あま)し、「父となりしか」は初めに一音を餘す。そのリズムがそのまま作者の心のゆらぎを活寫してゐる。月からの設問、銀河暝想、虹への深謝、その朗朗たる抒情は萬葉に通ひながら、あくまでも現代人としての、きはやかな陰翳をも祕めてゐる。殊に虹に「謝す」は、この語の持つ三重性、「ことわる・あやまる・禮をのべる」のそれぞれに卽して意味深い。勿論、感謝の謝であらう。

　梅雨（つゆ）の夜の金の折鶴父に吳れよ

　世界病むを語りつつ林檎裸となる

　ショパン彈（ひ）き了へたるままの露萬朶（つゆばんだ）

悲劇を諷詠してもその中にみづみづしい生の躍動があり、疑ひつつもつひに人間を信じようとする善意が、讀者を搏つ。茂吉の『朝の螢』によって開眼、常に深い畏敬の念を捧げて來た。茂吉の死によせる追悼句には幾つかの傑作を見る。また草田男は童話作家としても豊かな天分を示し、メルヘン集『風船の使者』を持つ。

佐藤佐太郎（さとうさたろう）

街川のむかうの橋にかがやきて靈柩車いま過ぎて行きたり

彼方を今「人の死」が通つて行く。漆黑と金銀によそほはれて、のろのろと疾驅する。救急車や警察の緊急手配車が通る時、人人は一瞬息をひそめて道を讓るが、無表情で冷やかでけばけばしい靈柩車が近づく時も、ふつと眉を曇らせ、身を固くして立止り、その通過を待つ。後にはかすかな薫香、否屍臭が漂ふやうな氣がする。

靈柩車は近づかずに彼方を通り過ぎ遠離る。街中の掘割は、多分曇天の鈍色の空を映し、枯れた花や柑橘類の皮を浮べて流れてゐただらう。人影もまばらな街は時折轍の軋る音や、風に鳴る電線の響きが聞える。その中の、現在の唯一つの彩りとして、靈柩車は「かがやきて」通過する。不吉な華やぎに作者は立竦（たちすく）む。「いま」の前も後も、街の風景は無感動に移ろつて行く。かがやく靈柩車も所詮は、縁もゆかりもない「他人（ひと）の死」に過ぎぬ。死者が載つてゐるのか、死者をこれから迎へに行くのか、いづれにせよ、直接その死に關る人にとつては、ただならぬ悲劇であらう。だが、ここでは見た者の心を一瞬翳らせるのみの、ささやかで平凡な一風景に過ぎぬ。刹那の「かがやき」でさへある。
歌はそのやうな心理的な照り翳り、背後にひそむ劇（ドラマ）、其他あらゆる詩的物語的要素を一切追放し、目に映る光景も、附帯的な部分はできる限り切り棄てて、ぎりぎりの言葉だけで立つ。今一歩で無味乾燥な、單なる報告的寫生に終るところを、その鮮やかな立姿で、かへつて特異な抒情をさへ感じさせる。作者第一歌集『歩道』に収められた代表作の一つであり、また『新風十人』の中の「黄炎抄」に含まれ、「冬街」の小標題を持つ。この一聯八首には、戰後「靈柩車」以上に高く評價される秀作が含まれ、この小詞華集中の壓巻でもあつた。

電車にて酒店加六に行きしかどそれより後は泥のごとしも
薄明のわが意識にて聞こえくる青杉を焚く音とおもひき
葉牡丹を置き白き女の坐りゐる窓ありにけり夜ごろは寒く

すべて作者二十代末期の青春歌だが、その老成ぶりと、禁欲的でしかも大膽な表現は舌を巻くばかりだ。茂吉の弟子たることを誇とし、悉く、影響を濃く受けた歌ばかりと自認するが、決してそこに止まつてはゐない。明らかに別の一つの傑れた個性であらう。

地下道を人群れてゆくおのおのは夕（ゆふべ）の雪にぬれし人の香
めざめしはなま暖き冬夜にてとめどなく海の湧く音ぞする
冬曇ひくくわたれる沖の海は掌（てのひら）ほどのたたふる光

貧しさに耐へつつ生きて或る時はこころいたいたし夜の白雲（しらくも）

あぢさゐの藍のつゆけき花ありぬぬばたまの夜あかねさす晝

秋分の日の電車にて床（ゆか）にさす光もともに運ばれて行く

これらは戰争　酣（たけなは）の頃の第三歌集『しろたへ』と敗戰直後の第五歌集『歸潮』に見る高名な歌である。すべて狹義の寫實主義などでは決して律し切れぬ不可解な魅力が、一首一首の底にひそんでをり、象徴派と、呼びたければ呼んでも一向差支へあるまい。澄みとほつた直感の產物であり、『歩道』から『歸潮』には、その恩寵にあづかつた、作者の初心の所產と壯年の結實が、ありありと見取られる。

山口青邨

をばさんがおめかしでゆく海羸打つ中

はい、一寸御免なさいよ。秋草模様の紋綸子の裾を紮げ加減に、身體を斜にして、三十がらみの厚化粧の女が露地を抜けて行く。界隈の悪童連四、五人折から海羸廻しに興じてゐる中を、彼女は練香の梅が香を振り撒いて通り過ぎる。彼等は板塀際に身を寄せて、少少迷惑げに顔を蹙める。餓鬼大将が御自慢の大型の愛器に、きりきりと紐を巻きながら、端の方でいささかはにかんでゐる一人にぢろりと目をくれる。お前んとこの叔母さん、ひどくおめかしして出かけたぢやないか、何でもまたお嫁に行くんだつてな。うちの姉ちやんがさう言つてたぜ。相手は活動の辯士とか聞いたが本當かい？　俺達ただで入れるやうに口きいといてくれよな。子供のくせに何といふ地獄耳だらう。彼女は噂の通り年が明けると再婚する。母親の妹で叔母さん、と隣八軒には觸れてあるが、實は父親が二十歳になるならずの頃、子守女に生ませた子で、彼には腹違ひの姉、母親の三つ下で二十七、この前の嫁ぎ先は亭主がぐうたらの銀流しで愛想が盡きて、一年そこそこで飛出した。

實の伯母・叔母なら、またねつから他人の「小母」なら「をばさん」とは書くまい。二十歳前後の、子供心にもうつとりするやうな美人なら「おめかし」とは言ふまい。狹い道で、お道開け願はねば大人の通れないやうな横町だから「海贏打つ『中』」とことわつたのだらう。ただ幼時回想の作者の心の中の、「をばさん」は必ずしも劣等感を唆る存在ではなかつた。こころもち野暮つたくはあるが派手な顔立、氣さくで金離れがよく、大人達や悪童連にも評判は悪くない。先月の二十一日、弘法様の縁日に、面面を引具して夜店に行き、水飴と肉桂水を奢つてくれた。かういふ、たとへば古い東京の下町の情緒を交へた、ささやかな插話が浮んで來さうな句だ。そして「をばさん」はこの時、たれそれの、と言ふ前提を抜きにした一人の年增として一層の實在感を持つ。

今日日「海贏」など、よほど奇特な骨董品へ行つても竝べてはゐまい。蠑螺をつるりと磨き上げたやうな大きな巻貝で、身を食つた後は四分六の四を切落し、六の空洞に和蠟、粘土、鉛など好みのものを詰め、獨樂として遊んだ。舊の重陽が海贏打の日とされてゐたとも聞く。

昭和十一年、青邨四十を過ぎて數年の句、第二句集『雪國』の中に見える。同じ趣向を万太郎、敦あたりが吟じるなら、もつとさらりとした味も生れよう。この句のやや訥辯調のをかしさは、あるいは作者が奥州生れであることに起因するのかも知れぬ。人口に膾炙した代表句の一つだが、同時にこの人の異色作とも言へよう。

詩嚢涸（か）れ紫陽花（あぢさゐ）の藍浸々（しんしん）と
鶏頭の白からんまで露微塵（つゆみぢん）
みちのくの鮭は醜し吾もみちのく
金魚一鱗末枯（うらがれ）の庭わが愛す
よろこびはかなしみに似し冬牡丹

「みちのくの鮭」でいみじくも自分を見つめた彼は、決して冱えた言語感覚の持主ではなく、天馬空を行くエスプリも示しはしない。工學博士、東京大學名譽教授山口吉郎に、天が惜しみつつ與へたまうた詩才は、むしろまともに過ぎて齒痒いくらゐだ。そしておめかしのをばさんは、それゆゑに、ふと涙を誘ふほど「俳諧」的だ。

坪野哲久

言問とはかなき夢を逐ふに似つ砥石を一つ買ひて提げける

昭和十五年七月甲鳥書林刊『櫻』の中には「江東の虹」と題する、深い情感を湛へた一聯十一首がある。作者は、とある夕暮、かつて劇的な青春の日を生きた年長の友人を尋ねて、墨東の業平橋あたりにやつて來るが、その近邊に確にあつたはずの店もなく、行方は杳として知れないといふ筋が浮び上る。歌に現れる「言問」はその友への懐しさをこめた問ひかけで、この場合は應答の返らぬ一方的な思ひ差しの類だが、おそらく「いざ言問はむ都鳥」の、隅田川言問橋あたりをも意味してゐるのだらう。

　歌枕の新しい用例と見ればまことに面白い。固有名詞が別の光と影を帯びて、歌の中で蘇る。ややロマンティックな上句に對し、下句は生活の光と影があの砥石の重みと、ざらつとした感觸と、濡れた時の獨特の臭氣と共に、鋭く感じられ、絶妙の照應をなす。「言問」と「砥石」の音感的な重なりも巧まぬ効果があり、かなしみを帯びた調べの中の、微妙なをかしさだ。「提げたり」とせず「提げける」と他人事のやうに歌ひ納めたのも、そのかなしいをかしさの一因だらう。茂吉『あらたま』の「朝はやく街にいで來てあわただし毛抜を一つもとめてかへる」を何となく想ひ出させる。そして私は、問題なく「砥石」を採る。

　ここは業平橋暗し友の鋪(みせ)ほろびてあらずたどたど渡る
　強烈なるいのち擇(えら)びて嬬(つま)どれり敗(やぶ)れてあはれ行方知らえず
　幾次(いくきだ)の路地をわけつつ哭(な)かまくす黄ににごりたる月ゆらぎのぼる

業平橋はもと本所小梅、大横川に架けられた橋の名であつた。現今はやや北寄りに同名の停留所がある。すぐ西が隅田公園、北へ行けば言問橋となる。ここまでたどれば哲久の「江東の虹」一聯十一首の主題が「わが思ふ人はありやなしや」に他ならぬことが判らう。むしろ思想的な、照り翳りのただならぬ、烈しい述志を以て聞えたこの歌人に、かういふゆかしい心盡しの多多あることは案外知られてゐないやうだ。これらの歌は『櫻』と同年同月刊行の『新風十人』にも収められてゐる。作者三十になつたばかりの頃の歌であらう。

　いまのいま坂をくだれる一隊(いつたい)と菜の花はただに夜ふかきを示(さ)す
　につぽんの處女(をとめ)はいかにおろかにて美(うるは)しきかなマノン・レスコオ
　曼珠沙華のするどき象(かたち)夢にみしうちくだかれて秋ゆきぬべき
　波斯(ペルシヤ)びとオマール・カイヤムの古ごころ蝶のねむりといづれあはれぞ

悔のなきいのち擇べとききすます素枯れてさむき茗荷（めうが）の葉擦れ

哲久は昭和五年弱冠二十五歳で自由律口語歌集『九月一日』を發刊し、ただちに發賣禁止處分を受けた。「街道の眞夏の晝を突き進む牛の列見よたくましい列」等に、もし時の官憲が「危險思想」を嗅ぎとつたとすれば、彼らは大した讀み巧者で、今日此頃の感度の鈍い讀者など、以て範とすべきだらう。この牛の歌は勿論稚拙と言へば言へようが、現象の彼方に、怖るべき本質を透視しようとする哲久の創作態度の一面がうかがはれる。

この線上にある憤りと訴へをあらはに含んだ作品を、尊びたい人は尊ぶがよい。確に哲久は「瞋（いかり）もて一生（ひとよ）つらぬけ」と歌ひ、その述志の激しさを以て聳え立つ人だ。だが私は幻を視る人としての哲久の、近寄りがたい表情にこそ、眞に人間の、否言語藝術家の勁（つよ）さを視る。「生きること」とは詩歌人にとつて、徹頭徹尾言葉との闘ひ以外の何ものでもなかつたはずである。

野見山朱鳥（のみやまあすか）

雪溪に山鳥花の如く死す

朱鳥が「ホトトギス」同人になつたのは戰後、昭和二十四年三十二歳であつた。五十三歳で夭折に近い最後を迎へるまで活動期間二十年そこそこにも拘らず、私は、既に遠い古典の中の俳人のやうな氣がする。

火を投げし如くに雲や朴（ほほ）の花
蝌蚪（くわと）亂れ一大交響樂おこる
曼珠沙華（まんじゆしやげ）竹林（ちくりん）に燃え移りをり

「朴の花」は昭和二十一年「ホトトギス」の巻頭句として有名であるが、作品そのものは勿論、これを第一に推した虚子の眼を私は畏れたい。第一句集『曼珠沙華』は昭和二十五年刊、その序に虚子が「曩（さき）に茅舎（ばうしや）を失ひ今は朱鳥を得た」と記したことも名高い。たしかに作者自身茅舎に學び、競ひ立たうとする氣配濃厚であるが、時としては壘（るい）を摩（ま）し、時としては近代的把握においてまさり、またしばしば先人よりもいちじるしく理に落ち、詩的常識や通俗美學すれすれの常套手法を見せ、深みと格調に未だしい憾(うら)みを残す。
「山鳥」の句は鮮麗である。あの紫金綠青(しきんろくしやう)の尾を雲白の地においた美意識は、一瞬息を呑むばかり冱(さ)えわたつてゐる。作者は、しかし、藤原定家が千五百番歌合で見せた「ひとりぬる山鳥の尾のしだり尾に霜おきまよふ床の月かげ」を知つてゐただらうか。「花の如く」は一應成功してゐる。花の如くと言へば、山鳥の尾の色は鳥兜、鐵線花の色、その尾を含めて、ばさと伏した屍自體を「花」と見たその直感は大膽に似て危い。朴の花と火の雲の對比以上に危い。危さに賭けた若さの勝利であらうが、定家四十一歳の霜と月光に莊(しやう)嚴(ごん)される山鳥に比べれば淺いと言はざるを得ぬ。總じて『曼珠沙華』『天馬』期の若書は、隱喩と直喩が七三に入交り、爽快であると同時にうるさく、時には新月並と紙一重の句も生れる。人口に膾炙した「曼珠沙華散るや赤きに耐へかねて」の「散る」など、「ホトトギス」出身作家にはあるまじき寫生不足ではなからうか。散ることのできぬ曼珠沙華があまりの赤さに「散るや」とも疑はれると解せねばならぬのなら、私はただただ苦笑する他はない。

林檎むく五重の塔に刃をむけて
寒雷や針を咥(くは)へてふり返り
雪渓に飛ぶ雲を見て投函す
われ蜂となり向日葵(ひまはり)の中にゐる

雪降ると百済戀しき観世音

それぞれに才氣横溢、完全に作り上げられた句で、その修辭效果に作者自身が舌鼓を打つてゐるやうだ。かうして讀者を意識し、その結果締め出すくらゐ行き屆いた句も時には快い。果物ナイフと五重の塔の超現實的な配合、二度と繰返し得ぬ素材驅使の面白さを買ふべきだらう。寒雷と針は普通なら卽き過ぎると難じられよう。それを承知で句に取り込み、しかも連用形で切り、凄じい氣配を漂はせた技倆はさすがだ。

朱鳥はひそかに「炎天を驅ける天馬に鞍を置け」「荊冠の血が眼に入りて虹見えず」「運命の扉に立つ一矢梅雨流れ」あたりを自信作とし、かつ理想の境地としてゐたのであらうが、悲しいかな俳諧からは食み出した、生硬な抽象性のみがあらはである。

冬の家にのぞみ杳(はる)かなる兒のこゑやサイタサイタサクラガサイタ

筏井嘉一(いかだゐかいち)

昭和一桁(ひとけた)の終りに近く、尋常小學校一年生の「讀方(よみかた)」の「讀本(とくほん)」は、「サイタ、サイタ、サクラガサイタ」に變つたやうに記憶する。それ以前は「ハナ、ハト、マメ、マス、ミノ、カサ、カラカサ、カラスガヰマス、スズメガヰマス」だつたらうか。當時はほとんど半強制的に朗讀を實行させられた。父母は子供が聲張り上げて讀本を讀んでゐれば、「勉強」してゐるものと單純に信じ、それで別段弊害も伴はなかつた舊き佳き時代の最後の一時(ひととき)の眺めでもあらう。だが、この歌は作者四十前、多分昭和十三、四年頃のもので、巷には千人針の婦人が竝び、ラジオの大本營發表の聲に目を覺ます時代になつてゐた。「のぞみ杳(はる)かなる」はそれゆゑにわが子の未來の遠い道程へのなげきのみならず、どうなるとも豫測不能の、危くものものしい世相への怖れをも含んでゐる。「杳」はもともとまづ「冥(くらし)」と同義の字であるから、作者の意圖は別として、二重の思ひ入れを感じてもよからう。

個人の運命などまさに烈風の中の木の葉、戰爭に卷きこまれれば一切は空しい。來年から一年生になる子が、上の子の讀本を貰つて豫習してゐるのか、三學期に入つた一年生が復習してゐるのか、春にはまだ遠い暗澹たる家の一隅から、言葉だけは晴晴と乾いた、それだけに無意味で非情な文言の音讀の、一オクターヴ高い聲は、むしろ父親の鼓膜にひりひりと響く。片假名十三文字は、讀本の用語用字をそのまま借りたものであるにもかかはらず、否そのためになほさら、妙にそらぞらしく、痛烈な諷刺に一變する。嚙んで吐き出した臺詞さながら、救ひやうのない辛さがあり、そのくせ陰に籠らぬところが嘉一の特長と言へよう。

昭和十五年、作者大厄の前年刊行の歌集『荒栲』は、生き生きとした平談俗語調もまじへて、この時代を、世相を、環境を鮮やかに歌ひまくり、獨特の境を示す。荒削りのまま、未熟のままで、一句一句が光り、躍り、有無を言はさぬのはこの人の天分であらう。

　わが冬はさむきこころの糧としも太陽ひとつ戀しかりけり
　寒夜には子を抱きすくめ寢ぬるわれ森の獸といづれかなしき
　夢さめてさめたる夢は戀はねども春荒寥とわがいのちあり
　貧しきはおのづから國のみちにそひおし默りつつ生きてゐるものを
　映畫にて巴里あはれなる戀がたり見てゐしほどはまだ救はれき
　Gauguin は夕ヒチの島に遁れけり眞實たづねてつひに孤なりき

「おし默りつつ生きてゐるものを」の一首は、その頃ではこれがぎりぎりのレジスタンスであつたことを、戰中派ならずとも推察できよう。毒毒しい呪詛(じゅそ)を含んだこの歌さへ、嘉一の樸訥(ぼくとつ)な文體を借りると意外に翳(かげ)がない。『新風十人』の一人であり、出品作のタイトルも「銃後百首」、「木下利玄賞」を受けた人だけに、歌風にもおのづから通ふところはある。「サイタ　サイタ　サクラガサイタ」の三・三・四・三調にまつはる、曰く言ひがたい悲しいをかしさ、笑ひをこらへた涙を感じるのは、同時代人だけではあるまい。笑ひつつ、いつの間にか取り返しのつかぬ泥沼に陷つたのは昨日のことだつた。半世紀經つと笑ひは風化して、人人はラジオの大本營ならぬ、テレヴィジョンの總白癡化番組に目を覺ますのだ。

鈴木花蓑(すずきはなみの)

薔薇色(ばらいろ)の暈(かざ)して日あり浮氷(うきごほり)

凍(い)てのゆるんだ早春、河口か湖畔の氷の一塊一片、折からの薄紅を帯びた日光に映えて、浮んでゐる。安息と寂寥のかたみににじみあふやうな眺めだ。「暈(かざ)して」は普通「炭火に手を翳(かざ)す」「太刀を頭上(づじやう)に振翳(ふりかざ)す」風(ふう)に使はれるが、太陽が周(めぐ)りに光暈(ハーロー)＝日暈(ひがさ)を持つてゐる状態を指すのだらう。熟さない用法だが疵とも言へまい。

この句は「薔薇色」で生きてゐる。現代では最早言ひ古された感もあるが、この句の作られた大正末年頃は、十分に新しかつたらう。そして意外に古びない。たとへばローズ色などと言ふと、いかにも大正趣味で「カフヱー」の「造花」めき、バラ色と書くと新聞記事か小學生の文中用語の感じで、かへつて臭いものだ。もつとも「薔薇(しやうび)」は王朝の昔、既に歌にも現れるし、装束の襲色目(かさねいろめ)の名でもあつた。すなはち夏のうすもので表が紅、裏を紫とする場合を薔薇襲(しやうびがさね)と呼んだ。現代でも薔薇色、ローズ色とは、單なる淡紅ではなくて、かすかに紫を帯びたものを指すやうだ。ともあれ、その色に、浮氷が日に映えてゐたと傳へる以外、何等主觀を交へない句、逆に言へば「薔薇色」と表現することに作者の主觀を懸けたこの句が、爽やかにあはれで、むつき、きさらぎの季節感を巧みにそそりたててくれる。

大正四年三十路（みそぢ）も半ば近くなつて、ただ俳句に徹したい一念で知多半島の半田からはるばる上京、三、四年の後虚子に師事して、ひたすら句作に勵み、やうやく頭角を現す頃の作品だ。ひそかなやすらぎの見えるのは、この浮氷すなはち花蓑自身の投影でもあつたせゐか。

大いなる春日の翼（つばさ）垂れてあり
雪の嶺（ね）の霞に消えて光りけり
稲妻のはらはらかかる翠微（すいび）かな

「浮氷」がピサロ、マネらの印象主義の繪を思はすとするなら「春日の翼」はグレコ、あるいはウィリアム・ブレイクの幻想繪畫を聯想させる。雲間に浮ぶ春酣（はるたけなは）の太陽の光の縞に、翼、それも多分天使のそれに近いものを、心の眼で視たのだらう。「ホトトギス」作家には、時として茂吉以外の「アララギ」歌人には絶えてない、大膽不敵な主觀、空想への獻身が試みられ、度度奏効してゐる。これあつてこそ「寫生」といふ主張も說得力を持つ。

薄霞の奥で刹那光を放つ雪嶺を見るのも亦、通俗的な寫生の眼ではなくて魂の中にみひらく眼だ。電光を霰(あられ)か何かの降るやうに捉へる眼も、執念のやうに對象を凝視してゐた。「翠微」とは山の中腹から頂上近くまでの一帯を指す美しい言葉であるが、當今はほとんど使はれない。だが花蓑の本領は、やはり息をひそめたやうに纖細で危(あやふ)い、かつかなしい光景であつた。

　あけぼのとおぼしき梅の薄月夜
　宵淺き月かくれゐる若葉かな
　一むらの木賊(とくさ)の水も澄みにけり
　靜かにもとろりと灯る切子かな
　明け方に降りし霰(あられ)ぞ霜の上

大審院書記といふ一介の官吏であつた花蓑は、當時の武藏野をただ一人で歩くのを好んだと傳へる。晩年故郷に歸住した彼の、つひに異郷であつた東國の山河は、風光は、翠微の稲妻も木賊の水も、薄い涙の膜の彼方に、ほのかにうるみ、稀なる光をまとつてゐたことだらう。

常見千香夫(つねみちかを)
嬬兒(つまこ)らよ冬日の白きわが庭に身の花叢(はなむら)もあらずなりける

既に青春の日も過ぎた。命華やぐ季節も去つた。わが身、わが心の中なる花群(はなむら)、花群のかたへに置いてふさふ肉、それも昔の美しい風景となつたと彼は妻子に訴へる。沈痛な調べのこの一首は『新風十人』の中の作者の歌群「冬の喪」では最も後期、昭和十五年前半に屬する「冬籬のうた」に含まれる。杉浦翠子の「短歌至上主義」に據(よ)りながら、茂吉に私淑し、特に「おしなべて冬さびにけり瑠璃色(るりいろ)の玉を求むと體(からだ)かがめつ」に深い畏敬の念を捧げてゐた千香夫の歌には、一種人を拒むやうなかどかどしい美しさが目に立つ。美と見るか、難解として受けつけぬかは意見の分れるところであらうが、さう歌はずにはゐられなかつた、その時代と、作者の心緒は察し得よう。

うつせみの息絶ゆる日を幻覺す眦(まなじり)にして滴(しづく)するまで
ゆく春のくれがた永き西の日をひと部屋ふかくいれてもの侘ぶ
山襞(やまひだ)は明日も冱えなむ夜のねむり虚(むな)しきばかり飢ゑてあらしめ

蜥蜴のあぶらぎりたる皮膚の上に微に制へなき樂欲のかげ
晝つかた母を奪ひてすぎゆきし時の翳いまはゆふべを侵す

これらの歌も「花叢」の一年前で、作者は三十歳を越えてゐた。「山襞」「蜥蜴」「時の翳」に作者だけの發見があり、悲しみの核心が隱されてゐる。碎いて平易に表現しようと思へばできるだらう。だがそれを敢へてせぬのも作者の志だ。嘉する者が百人に一人ゐることを頼むからこそ彼はかう歌つた。「時の翳」は出品作品の總標題ともなつた「冬の喪」の中にあり、實母の死に卽したものだが、一瞬ぎらりと光るやうな迫眞性がある。この抽象的な修辭を以て眞に迫るのはまことに稀なことだ。「母危しと跳びてかへりし凶つ日の斑雪あとなし人のいのちも」等、屈折した悲しみの表現は忘れがたい。
「新しい計策の餘波で作品も何かしら落つかない不完の面貌を呈してゐるが、一切はこれからといふ愉しい心躍りも亦すて得ない。泉のほとりで濡れてゐたい氣持だ。心逸りの失策にも翼翼しない」と記してゐるが、世はまさに戰爭へ戰爭へとなだれ落ち、一に萬葉二に萬葉の時代、「愉しい心躍り」にも、みづからを知る壯年の、焦慮と陶醉が透いて見える。

枯れ笹に落ちがたの日のいろ匂ふむかし一途のわが身戀しき
青雲の天降りてにほふ秋の家我を熱うして日もすがらなり
白雲のとほき邊にわく夏野を行き計策なき身をさびしめり

「常見千香夫」とは雅號と錯覺するばかりに趣のある本名だが、この署名の傍に置くと歌の方の光がかへつて薄くなるといふのも、彼の宿命であり、姓名の力の怖るべきゆゑんであらう。十三年三十歳で第一歌集『智と餘韻』を出す。この歌集名も亦、彼の作の長所短所兩面をあらはに象徴してゐた。「むかし一途の」われ「我を熱うして」「計策なき身」と、作者は一一強調する。強調せねばやまぬ「智」のために、「餘韻」は消える。上句で止めてこれを發句と見る時、それなりに完結した世界が生れてゐる。「青雲の天降(あも)りてにほふ秋の家」ならば、殊に「馬醉木(あしび)」のその時代に加へてもふさはしい。「われ」は作者の切札であり、彼自身に向ける刃であつた。そして私はこの特異な作家の、その後の營爲を寡聞にして知る機會がない。

高屋窓秋

鐘が鳴る蝶きて海ががらんどう

「がらんどう」は「伽藍堂」もしくは「伽藍洞」と書くこともある。猫の子、はともかく人一人ゐない廣廣とした建物の内部のむなしいしづけさの形容だから、この宛字も面白からう。海といふ無限の廣さを持つ空間に、この伽藍の幻想を抱くところから、彼の句の特殊な「夢」を分析するのもよからう。

「鐘が鳴る」から教會を、それもたとへば南佛アルルの南方、地中海に面する港「サント・マリー・ド・ラ・メール＝海の聖母」を、そして「海の伽藍堂」を聯想するのも一つの方法だらう。海の蝶、沖の孔雀は、天の魚、山のバルカローレ、湖の薔薇同様、泰西の象徴派詩人好みの、二つの美的要素の、あり得ぬ結合の例であり、燻しのかかつたロマンティシズムだらう。もつと端的に、吉田一穂が大正十五年に刊行した名詩集『海の聖母』の中の、殊に「海市」あたりに本歌を求める方がよいかも知れぬ。墨仄暗い洋間の壁にひつそりと飾られた、パステル畫の小さな額を思はせて好もしい。

痕淋漓（こんりんり）としたためられた、抑揚（アクセント）の強い、朗誦用の「名句」を味はふのも樂しいが、かういふ異質の小品を掌上に愛（め）でるのも、人の自由だらう。これは昭和二十四年の作であるが、その前年に、窓秋は後後、句集『石の門』の名を高からしめた冬の句を生んでゐる。

　石の家にぼろんとごつんと冬が來て
　木の家のさて木枯らしを聞きませう
　荒地にて石も死人も風發（はっ）す

嚴格な十七音の枠内の韻文詩に窒息しさうになつて、しかもなほ口語自由律短詩への遁走には勿論あきたりず、發想にも手法にも斬新奇抜をこひねがつて、そこに青春を賭けた一群の作家の中でも、窓秋は最も心やさしく傷つき易い文體を持つ一人ではなかつたらうか。私は世評低からぬ「木枯」「石の家」に何故かいたましい荒廢を感じる。それよりも同じ年の「むらがりて蝶が舞ひしも荒地ゆゑ」に、海の伽藍の前奏を聽き、赤黄男の凍蝶や波郷の初蝶にはない悲しいやすらぎを思ふのだ。しかしながら、私は、二十五年の「帆が逃げてゆく森隱る秋乙女」を最後に、後四半世紀以上、この俳詩人の作をただの一句も記憶してゐない。それが潔い沈默だつたのか、他の原因による發表保留であつたのかは、私の知るところではない。

　ちるさくら海あをければ海へちる
　山鳩よみればまはりに雪がふる

銀漢(ぎんかん)や野山の氷相(あひ)さやり

櫻と山鳩は第一句集『白い夏野』、銀漢は第三句集『石の門』の中に見える有名句だ。「馬醉木(あしび)」調の柔軟で甘美な抒情を推(お)されるのを常とするが、これら昭和十年前後の句の新しさは、あまりにも過保護めいた批評鑑賞文のために、かへつて古びれてしまつたやうだ。むしろクリティックにも耐へぬほどの脆(もろ)さ、むなしさ、頼りなさを最後の力として、やつと自立するたぐひの句であつたらうものを。十五年、三鬼の『旗』にひしめく、あの痙攣的、挑發的な、人を完全に醉はせる俳句美學の出現によつて凡百の作は色を喪ふが、窓秋の句には、喪ふべき「色」さへ、はじめからなかつた。無色の強さであらう。

木俣　修

父の柩火に葬り來て踏む地の草の紅葉に沁むひかりはや

母の死に寄せる挽歌には『赤光』の「死にたまふ母」を始めとして、無名、初心の歌人の作中にも秀歌、絶唱は少くない。だが亡父哀悼に關しては必ずしもこれに匹敵する作多しとは言へまい。けれども、いくつかの記憶に價する佳品はたしかにある。その中の白眉として、私は木俣修の處女歌集『高志』の「霜月五日」一聯を擧げたい。歌の何たるかを辨へぬ十代末期に、私はたしかこの悲歌を初出で走り讀みしたやうに思ふ。そして「草の紅葉」はそれ以來心の中で霜に煌めいてゐた。三十數年煌めき續けて來た。

これはまさしく「父」への、息子の餞の歌であつた。冒頭を「母」と變へては決して成立しない。作者が息女でもあり得ない。息子は「父よ父よ」と絶叫、號泣することを許されぬ。少くとも歌の中では、母に對する時のやうに情に溺れることはタブーであらう。息子は嗚咽を奥歯で嚙み、一人の男として、今一人の男の、他界への旅立ちをしかと見屆けねばならぬ。その苦みを核としてこの後を生きねばならぬ息子は、見屆けて歸る道でさへも、「沁むひかりはや」と呟くのみだ。

怺へに怺へて、つひに唇を洩れる一言ゆゑに、この草紅葉の紅は冷やかな血のやうに讀者の心にも映える。悲し、辛しと十遍聞かされるよりも、晩秋の自然に托した、一見さりげない歎息は私の胸を抉る。「父」と「地」、「柩」「火」「葬り」「ひかり」「はや」の意味上、音韻上のひびき合ひも、無意識ではあらうが悲しみをそそる一因だらう。火の赤と草紅葉の赤の光り合ふイメージも抜群である。

滅びの音すでにしづまれる火葬爐の扉に對ひつつたどきを知らず

近江野の枯草に沁むうす茜父を焼きし日のかくうつくしき

悲しみにおぼれつつゐるときの間も夕日うつろへり石蕗の花に

作者の師白秋の悼歌を供へての一聯十二首中、「うす茜」は最も美しい。挽歌に許される美の含有量をいささか上廻るほどに冴えてゐる。だがこの結句「かくうつくしき」も亦、耐へに耐へた慟哭を前提としての、悲痛の極の、呻きに近い聲であることを知るべきだらう。作者三十代半ば、壯年の實りを收めたこの歌集の名は、當時の在住地富山を意味する。そして上梓二年後に生れた長子にも、このゆかしい名を與へた。昭和五十三年の今日存命ならば、あたかも、歌集成つた時の父と同じ、三十四歳の輝く日日を生きてゐたことだらう。

紅の花アマリリス咲き残る地もせつなしたたかひやみぬ　『流砂』

喪の造花を焼きてゐにけり日の暮のかなしみごころ追ひつむるごと　『落葉の章』

この深き記憶の襞（ひだ）にたもつ像（すがた）かの日杏（あんず）を砂糖に漬けゐし　『呼べば谺』

これら戰後の歌でも作者は、涙を怺（こら）へて、言葉少なに美しかつた日日を抒情する。その深い悲しみと傷（いた）みのゆゑに、おのづから調べはみづみづしく、かへつて亂れを見せない。愛する近親に次次と先立たれ、生きることとは耐へることであると見つけた歌人（うたびと）の、つつましさであり同時に勁（つよ）さであらう。「かの日杏を砂糖に漬けゐし」。このひそかな十五音は、作者個人の特殊な回想であるにもかかはらず、すべての人の過去、死ぬばかりの悲しみすら癒やしてくれる「時」の集積である過去の、美しく涙ぐましい象徴となり得てゐる。

安住（あずみ）　敦（あつし）

萬愚節（ばんぐせつ）に戀うちあけしあはれさよ

事もあらうに四月馬鹿（エープリル・フール）のその當日に、愛してゐますなどと告白するとは。勿論男が女にである。勿論、選りに選つて嘘は天下御免のこの日に、彼にとつての唯一の眞實を表明するなどといふ大失策を演じなくとも、この戀、實りはしなかつたらう。男を必ずしも作者と取らなくてよい。生き方の拙（つたな）い、もはや若いとも言へぬ、何一つ取柄のないただの男、涙もろくてそそつかしく、古典落語で恰好（かつかう）な肴（さかな）になる市井（しせい）の住人がこの句の主人公だ。

「萬愚節」とあるゆゑに、この男がやや古風で律氣（りちぎ）であるやうにも想像可能だ。「あはれさよ」が他者への憐れみであらうと、はたまた自嘲であらうと、「うちあけ」た結果のみじめさは勿論、不首尾の傷手（いたで）など三日も經（た）てばけろりと忘れるだらう。忘れたい、忘れろよと作者は語りかけてゐるやうだ。女を口說（くど）いたのではない。戀を打明けたと言ふところに、彼の、彼にも似合はぬ緊張振り、意外な初初（うひうひ）しさもにじんでゐる。言葉の不思議といふものだらう。その頃、かういふ句を作らせたら、安住敦は抜群であつた。昭和十三年、まだ萬愚節のいはゆるハイカラは風習を樂しむ雰圍氣が、一般にもからうじて殘されてゐる古き佳き時代の終りに近い頃で、作者三十二歳の作。東京は芝の二本榎生れの作者の、人生を愛し尊び、庶民の哀歡を獨特の口調で語るユニークな俳句は、處女句集、その名も『まづしき饗宴』にひしめいてゐる。

くちすへばほほづきありぬあはれあはれ
ほのぼのと妻のをさなき聖母祭
葉櫻や樂士ひとりの木馬館

生活詩と呼ぶ俳句の、懷しくほほゑましい一面ではあるが、日野草城の高名な「ミヤコ・ホテル」に觸發され、大いに感ずるところあつたといふだけに、人生を口にしつつその深みには屆きかねる、ほろ苦いペーソスと諷刺が身上の句が多かつた。中では、新興俳句の貴重な收穫とも言へる、掲出の「萬愚節」のやうな句が殘つたことを喜びたい。

てんと蟲一兵われの死なざりし
ランプ賣る一つランプを霧にともし
みごもりしことはまことか四月馬鹿
ひとの戀あはれにをはる卯浪かな
麥秋の孤獨地獄を現じけり

天道蟲(てんたうむし)は昭和二十年八月、敗戰のその日の作であつた。憎しみと口惜しさと絶望が胸に渦巻いてゐるその時も、作者は生き存(なが)へ得た歡びに、かすかな諧謔を漂はせ、呟くやうに告げる。命あつて敦はその年の暮から久保田万太郎を擁して「春燈」を盛り立てる。それこそ焦土の夕闇にしみじみとともる一つ洋燈(ランプ)であつた。あの日に似てまた新しい萬愚節は周(めぐ)つて來る。何もかも變つた。求愛の囁きは受胎告知に變つた。變らぬのは人間のおろかさと悲しさばかり、あはれに終るのは他人の戀のみではなかつた。

「孤獨地獄」は二十四年、四十三歳の句、つひに人生の中に避けられぬ「地獄」を見てしまつた作者の歎息だ。熟麥鬱鬱たる心象風景の天にも、鴉は群れ飛んでゐただらうか。思へば萬愚節も聖母祭もランプ商人も、もともとこの世といふ地獄のいとほしい一點景であつた。

おぼおぼと春の巷の曇りつつ塵(ぢん)の勞(つかれ)といふ言葉あはれ

柴生田(しばふた)稔(みのる)

「塵勞(ぢんらう)」とは佛教用語で「煩惱(ぼんなう)」とほぼ同義である。悟りをひらくのに障りとなる欲に六つあり、これを色、聲、香、味、觸、法とし「六塵(ろくぢん)」と呼ぶ。六塵の疲れのため凡夫(ぼんぶ)は成(じやう)佛(ぶつ)しがたい。佛語ではないが、「塵埃(ぢんあい)」も、ちりほこり、この世の汚れ、轉じて俗世間を指す。

この歌はむしろ、俗界に生き疲れて、絶つことのできぬ煩惱を、漠然と意味してゐるのだらう。春の日ぐせの曇りに、街はぼんやりと霞んでゐる。ものみなけじめも曖昧(あいまい)に、頭の中まで冱(さ)えない。目に見えぬほど細(こまか)い塵が立ちこめてゐる。その微粒が刻刻降り積つて、視界も思考力も朦朧として來るのだらう。塵(ぢん)の勞(つかれ)とは、生身(いきみ)の人間の欲望による疲勞とは、かうして心を蝕むのではあるまいか。しかもその欲を離れては、聖人大徳ならぬわれら凡人は生きる甲斐もない。そしてうかうかと一生を過す。作者はそこまでは考へてゐない。「塵勞」といふ言葉の意味、それを考へ、傳へて、今日も存在することのそこはかとない悲しさを「といふ言葉あはれ」と歌つてしまつたのだらう。曰く言ひがたい深みと輕みと、寂しさと懐しさの入りまじつた個性的な歌ではある。第三句「曇りつつ」の「つつ」がこの一首の要（かなめ）であり、實に微妙な役目を果たしてゐる。強ひて明（あか）すなら、外なる世界と内なる世界を繋ぐ、これは透明なかけはしであり、さて渡らうとすればたちまち消えさるだらう。この一首は、稔の處女歌集『春山』の巻末近くに收められた昭和十五年、三十七歳の作である。

夕ぐれて曇りににじむくれなゐを一日の幸と立ち上りたり　『春山』

樫の葉に月は移りぬおのづからわれのよはひをかなしむときに　『麥の庭』

枯芝に遠く明らかに日の當りさびしき時をわが歩みゐる　同

砂の上に死ぬる駱駝（らくだ）の心をも今夜（こよひ）悲しみ夜ふけむとす　『入野』

くらやみに若葉を搖りて吹く風を妻子（つまこ）とをりてわれ一人聞く　同

爾來六十歳の若葉風に到る四半世紀、三歌集には、私の心に殘る數多の佳作がある。だが、その味はひは、作者が敬し學んだ「アララギ」の先達、齋藤茂吉や土屋文明とは比べやうがないくらゐ禁欲的で淡淡しい。心をひそめて聽いてゐないと、巷（ちまた）の響き、風雨の音にもかき消されるほど低く纖細である。それでゐて、一首一首人生の深みをさし覗いた人の、沈痛な目の光を感じさせ、生き疲れた時、あるいは言ひがたい悲しみに拉（ひし）がれた時、ふと心に浮ぶ。「曇りににじむくれなゐ」の歌を、私は戰爭のさ中、明日の命を豫測することさへ無益な日日の終りに、無意識に口ずさんでゐたことを思ひ出す。

　暗黒を吹く若葉風、そのかすかな葉擦れの音を、家族と共にゐながら、自分一人が聴いてゐるといふ。妻も亦さう思つてゐるかも知れない。子は子ながらに、父母の死後にも吹くであらう、この若葉の風に思ひを馳（は）せてゐるのではあるまいか。砂の上にひからびて死んで行く獣の「心をも」悲しむとは、その屍に、いつしか自身のつひの日の姿を重ねる意であらう。言ひさして止むこれらの述懐は、言い盡す多くの他人の歌以上に心を搏（う）つ。短歌形式の弱點（ウイーク・ポイント）を、そのまま心優しい武器となしおほせた秀作の數數が、私は殊に忘れがたい。

中村汀女

外にも出よ觸るるばかりに春の月

ただならぬ心を內ふかく匿し、さてしづかに、屈折した言葉とリズムでその片鱗を示す、それが俳諧の一つのすがたであり、從つて男の文藝であらうと、私はひそかに決めてゐた。近世近代にすぐれた女流俳人は少い。古代、中世には額田王、坂上郎女、和泉式部、式子內親王、近代には晶子と、天才華やかに居竝ぶ和歌とは、この點でも際やかな差がある。女歌に見事に照應する女の句は果して存在するのだらうか。

その疑問に汀女の春月の句は艷のあるアルトで答へてくれる。署名を消してもこの句は男手に成つたものとは絕對思へまい。男が女に代つてものした作品でもない。類想は男にもあらう。修辭に女の印は入つてはゐない。にもかかはらず一句の優美なたたずまひに、匂やかな言葉の響きに「女」は紛れもない。それは人間の牝といふ觀念からは無限に遠い、一つのやはらかな、芳香を祕めた發光體としての「女なる性」から生れた十七音であつた。「外にも出よ」の「にも」ににじむ優しさ、「觸る」ることのあはれ。そしてこのうるほひをこめた命令形の初五は、少女や妙齢の語勢ではない。人妻、しかも人の子の母の持つ、大らかなあたたかみをすら感じさせる。雅びやかな官能性に仄かな母性の匂ふ句、そのやうな例が果して今日までに幾つあつたらうと、私は句の中の朗朗たる月光に照らされて立ちつくす。

これは汀女第四句集『花影』に見える高名な代表句である。昭和二十一年の作と言へば、敗戦の後、日本を初めて照らした春月ではなかつたか。このときめくやうな呼びかけは、單に家族や隣人、友人に向けたものではない。みづからを含めた世の人人への、むしろつつましい春のことぶれであらう。さう考へれば初の「にも」には、更に深い思ひを酌むこともできる。

わが觸れて來し山の樹や秋深し
夜霧とも木犀の香の行方とも
衣更へて遠からねども橋一つ
草にふれ秋水走りわかれけり
金魚屋にわがさみだれの傘雫

その句句、苦吟の名残など更に止めず、いづれも豊かな情感にあふれ、ほのぼのとしてしかも勁い。そして佳吟、秀句の中から任意に抜き出したこの五句にも、「春月」に見た、あの殊更に言はずともにじみ出るたけ高い女の心ばへが、脈脈と傳はつて來る。

瞼に浮ぶ黄落(くわうらく)の山、山中の徑(こみち)、立ち竝ぶ樹樹の、自分の掌で觸れたあの幹、この枝と思へば、山すら心の中に抱き取れるやうな親しさである。ただましぐらに走り去る野川の水ではない。仄(ほの)かに紅葉した茅(かや)や薄(すすき)の根、折れ下つた葉に觸れ、そこから一寸(いつすん)先でさつと左右に分れて行方を晦(くら)ます、悲しい秋の水であつた。

夜は秋の、霧も木犀も、今は朧(おぼろ)な心の中に、今一つ更に朧な、しかも忘れ得ぬ、とある痕跡、その行方、半ばは言はず噤(つぐ)んだ唇にまた夜霧が零(ふ)る。それにしても、汀女の手練は手練のあとを止めぬゆゑに忝い。更衣の後のやすらひかつやすらぐ心を「遠からねども橋一つ」とだけ呟いて、後はほほゑみに紛(まぎ)らす心にくさ。この「ども」にも亦、萬感がこめられてゐながら、決して思はせぶりではない。しかも女ならではなし得ぬ、かなしい情感がどこかに漂ふ。金魚盥(だらひ)の圓(ゑん)に重なる半圓の傘雫にも亦それを思ふのだ。

生方(うぶかた)たつゑ

遼(はる)かなるこころにみづの鳴りそめて戀(こほ)しきものら目ざめあふこゑ

　これは心の中なる早春の景色である。その國は山國たとへばみすずかる信濃(しなの)の、あるいは草枕を重ねたみちのくの嶺の彼方の遲い春のおとづれを思はせる。南國では櫻も咲き滿ちた四月に、この地はやつと斑雪(はだれ)が消え、そここの日溜りに蘩蔞(はこべ)の花、薺(なづな)の花がひつそりと咲き始める。かすかに芽ぐむ落葉樹林の奥から、雪解け水のせせらぐ音がする。それは人の心の森からこの世の春へほとばしり出る水の音である。永い冬の眠りから覺めて、光を浴びよ、戀をせよと呼ぶ聲がその彼方から聞える。覺めた鳥はまだ眠る獸に聲をかけ、水邊の家畜は山峽(やまかひ)の少女に水のぬるんだことを知らせに走る。

「遼なる心」とは、わが心の深み、人の心の奥の薄明をかう呼ぶのだらう。外界の光と音は内なる世界の早春の反映であり、自然の四季は人の心の中にも周(めぐ)る。その微妙な循環と交錯を、作者はまことにこまやかな調べに乘せて申分なく美しく表現した。この歌は昭和二十五年春までで區切つた第四歌集『淺紅』の中の、むしろ目立たぬ一首であるが、明るく澄んだ音色ゆゑに永く讀者の魂に餘響を殘すだらう。

そしてこの心象風景の早春は、信濃、陸奥に止まらず、遠く、北海道やカナダの六月のかなしいときめきに思ひを馳せてもよからう。チロルの春も亦心優しくつつましい。更にはまた、悲しみの底にある人、望みを失つた人に、今一度蘇りを誘ふ優しい暗示の聲とさへなり得るかも知れない。秀歌とはそのやうな效用をも持つものだ。

放たれて牛のつどへる方みればみな林中のくらきにむかふ　『雪明』

佛の座石をめぐりてはな咲けり唇形ひらくさまも羞しく　『浅紅』

嘴合せはぐくむ鳥のおこなひもわがかなしみにいたく觸るる日　『雪の音譜』

昭和五年、今井邦子に師事して「アララギ」風寫實手法をも體得したこの作者は、既に戰前、獨特の纖細ですがすがしい歌風を知られてゐた。ここに引いた三首はそれを更に洗練させた、女歌の好もしい一典型であつた。どこへ行かうと心まかせの牛が、おのづから樹樹の茂みの彼方へ、吸ひ寄せられるやうに隱れて行く。そのかなしい不思議をしかと見届け、さりげなく輕やかに歌ふこの心にくさ。人はこの一首を讀む時、ゆゑ知らぬ慰藉を覺えるだらう。春の七草の一つ「佛の座」のつつましく鄙びた花を、「羞しく」と歌つたその心優しさ。鳥の哺育の樣に視入る作者の心寂しさ。總じてこの時期の作者の歌は、きめこまやかに音色まろやかに、いづれも木管樂器のソロを聽くやうな安らぎを覺える。

皓くかむ春じほすずし岩かげに下りゆけば何の鈴なるや鳴る

私も亦この歌の結句から、ただちに「梁塵祕抄」切つての名歌「鈴は亮振る（さやふる）藤太巫女（とうだみこ）、目より上（かみ）にぞ鈴は振る、云云」を思ふ。伊勢の國に生を享（う）けた稀代（きたい）の女流は、十數冊の歌集を著（あらは）す一方、小說に隨筆にその華やかな才質を誇る。「何の鈴なるや鳴る」と岩かげに下りて來るのは神、その時、ゆらゆらと鈴振り上げて、「戀しきもの」らの覺醒を告げるのは、作者生方たつゑ自身ではあるまいか。彼女は常に早春の歌人（うたびと）であつた。

篠原（しのはら）　梵（ぼん）

葉櫻の中の無數の空さわぐ

淡綠の葉、烏賊墨（セピア）色の葉、その蔭に臙脂の殘萼（ざんがく）、それらを細い枝が綴り、枝枝はかたみに交叉し、櫻は幹を連ねて立竝ぶ。葉櫻に遮られて向うの空は見えない。否、見える。葉と枝の網目のその孔に、青空が、曇天が數知れず覗いてゐる。そして一陣の風が吹き及ぶと、その孔は、百千の空はたちまちざわめく。散文にパラフレーズすれば百字、二百字を費し、しかも別段の趣とも思へぬ單純な眺めが、梵の十七音では一轉、別天地と化する。これこそ、例の「見立（みたて）」とは無緣の、鮮烈なエスプリによる創作と言ひたい。ここには晩春初夏の萬象の中に、命を得た葉櫻が輝き、昏（くら）み、かつ鳴り響いてゐる。

昔フランスの小噺（こばなし）集の中でめぐり合つた、ほほゑましい一節を、私はこの句を讀むたびに思ひ出す。「先生が言つた。『ジャン、〈網〉とはどんなものですか、說明してごらん』。彼は答へた。『はい、先生、〈網〉とは、數へ切れないくらゐ多くの小さな穴を、一つ一つ絲で縫ひ合せたものです』」。いつ頃創られた話かは知らず、この天外の奇想はいかにもゴーロワ的だと思ったことだ。だが梵の機智とてをさをさ劣りはせぬ。それどころか、今一つ一方で、紀貫之の代表作の一つ、「さくら花散りぬる風のなごりには水なき空に波ぞ立ちける」さへ聯想させる。

さすが俳句のメッカ伊予松山の出、中央公論の名エディターとして戦前戦後を閲した人の鋭い言語感覚と、頷くふしもある。この句は昭和十二年、弱冠二十八歳の作。冱え渡った、しかも優雅な句は、その集『皿』や『雨』に夥しい。彼は二十一歳で「石楠」に入り、僅僅二、三年で大膽な句風を注目された逸材であつた。

ゆふぐれと雪あかりとが本の上
空蟬に雨水たまり透きとほる
花びらの落ちつつほかの薔薇くだく
閉ぢし翅しづかにひらき蝶死にき

展げた本はフランス装の三方アンカット、卵色の本文紙の左頁は玻璃窓越しの雪明りで仄白く光り、右頁は燈をともす前の夕闇が漂って鳶色に翳る。「本の上」の「上」とは、やはりこの道の玄人の感覚が言はせたのだ。あり來りの俳人なら、第一「夕ぐれ」と「雪明り」を強引に竝べる勇氣もないだらう。雨水の溜つた空蟬を覆す句を遙か後の日見た記憶がある。それはそれで一種の俳諧に成り得てゐたが、この脱殼に澄む水はむしろ傑れた散文詩の一行に近い。そして、梵の句の獨特の冱えと悲しみは、まさにその散文詩性にあらう。散つて行く花瓣の儚い輕さが、散華寸前であつた他の花を崩すといふ、この微妙極る一瞬も、凝縮性をわざと喪はせた文體で、呟くやうに語つてしまふ。「花びらの」の「の」も、「落ちつつ」の「つつ」も危い。危さを両手に、斜に立つてゐるのが、この人の選んだ姿勢であつた。

蝶の涅槃は昭和二十二年の作だが、未だに梵の代表作の一つとして知られてゐる。纖細優美な昆蟲の斷末魔を捉へた句で、一讀何事もないやうだが、よく視つめれば句の彼方に、最後の一息で、翅を閉ぢるのではなく開き、開き切つて絶命する蝶の姿が浮び、しばらくしてから冷いものが胸のあたりを過る。用言の多用が句に散文的韻文の印象を與へるのが、この句の特徴であり、同時にあはれを止めるところでもある。

五島美代子

蒼空に翅かがやきてとび立ちし蝶は吾子にも見するまなかりき

この歌の「吾子」が、たとへば「君」であつたら、あの藤島武二描く極彩の蝶と肥太の處女の圖の贊にもふさはしからう。あるいはまた速水御舟の「炎舞」の背景の緋を碧に、飛び交ふ白蛾を巨大な爪紅蝶に變へて、この歌の插畫にしてもよい。もつともそれでは、歌としてはロマンティックに過ぎる。「明星」と擇ぶところがない。

この歌は華麗でありながら、いはゆる浪漫派風の甘つたるさを拒んでゐる。「母」の歌ゆゑに、「吾子」を「われ」よりも前面に押し出し、蝶の飛翔とおのが反射神經を競はせ、咄嗟の一瞬に後れを取り、それを歎いた。かばかりのことを無念に思つた。思つたとは歌つてゐない。「なかりき」と言ひさして輕く唇を嚙んだ。

その韻律も速度を伴ひ、硬い煌めきを發し、やや躓きがちに驅け、急に立止る。心がそのまま調べとなつて、結句の八音が巧に受ける。春は五月、くるめくばかりに晴れた空は、青よりも濃い「蒼」、この世にはその空と蝶と愛兒以外のものは、一切、この一瞬消え亡せる。母の姿さへ殊更にこの場面からは退かせた。現れるにしても黒子姿だ。そのゆかしさがこの一首に新しい命を與へる。五島美代子と言へば「母」、どの歌にも母性が君臨し、身を捧げ、笑ひ、哭き、叫ぶのを常とする。あまりにも感動的な「母性」の跳梁に、時として私はをののくばかりであつた。をののきつつ、この蝶の歌におけるつつましくうひうひしい母を切に愛した。

昭和十五年刊、駿足才媛競ひあふ『新風十人』に、美代子は「朝やけ」と題する一聯、長歌一首、短歌百三十九首を出品する。第一歌集『暖流』と第二歌集『赤道圏』の間に位する、自選集で、戦前最盛期の佳作、秀作がひしめく。齢四十をやや過ぎた頃であり、妻として母として命も張り滿ちてゐた。しかも戰ひの翳は日に日に濃くなつて行く。

五月の風吹きひらめけり日に霧らふこの寂しさは終のものならむ
身の憊れ魂に徹りぬすがやかにものいふをとめ刺す如くうつくし
在る如く花のけはひを身に尋めておもひゐがけばあへぐに似たり
うつそ身の苦しきときに窓光りわが眼おしあくる天地のいろ
この頃の出征兵の顏翳深しうなかぶしわれは街歩みゐぬ

ある時はためらひ、淀み、ある時は走り、流れ、顫へるこの特異なリズムは、思へば竹柏會の先達、利玄から享けたものでもあらう。この選集も勿論母と娘の對話、獨白が七割を占めるだらうが、その間隙に彼女のしたたかな視線は、風吹き及ぶ方を眺めやり、そこに寂しさの果てなむ領域を見定め、また戰爭に驅り立てられる兵隊の暗い表情におのづからうなだれ、目を逸らす。太平洋戰爭開戰一年前の、あの恐怖の時代に「出征兵の顏翳深し」と敢へて歌ひ、公表するのは、いささかならぬ勇氣を要したらう。これ一首で「檢擧」も可能だつたはずである。そして、その勇氣は別にしても、歌自體凜とした悲しみが徹り、佳作たるを喪はぬ。思へばこの期の美代子の歌は母なる榮光と人なる受難に揉まれて喘ぐ切切たる調べばかりであつた。

山の音かそかにきこゆ風にあらず水にも木にもあらぬその音

齡七十を過ぎれば最早「母」たることからも解き放たれよう。色に出ぬ彩、音に立たぬ音に心をひそませるこの歌は、既に性をすら越えて、彼岸から送られて來る救濟の樂を思はせる。

久保田万太郎（くぼたまんたらう）

春麻布永坂布屋太兵衛かな（はるあざぶながさかぬのやたへゑ）

「春」と「かな」以外は悉皆固有名詞で出來上つた珍しい句だ。地名が歌に千變萬化の效果を與へることは、萬葉集で十分證明濟みで、枕詞と結びつくことによつてそれは目も彩（あや）な働きを見せてくれた。人名はやや少いがそれでも近世俳諧で挨拶が重要な意味を持ち出してから、しきりに使はれるやうになつた。殊に「忌」を記念する趣向が、これを更にクローズアップし、地名を凌ぐばかりの觀もある。短歌の世界でも晶子、白秋、茂吉らの歌に、いかに地名人名が華やかに、いきいきと用ゐられたことか。そこには外國のものまでふんだんに現れる。

全くの豫備知識を持たずに讀んでも「麻布永坂・布屋太兵衛」はさまざまのイメージを齎（もたら）してくれる。麻は春にわづかに重なつて「淺（つ）」の面影を浮べ、その麻の布は當然「布屋」に誘はれて行き、この邊むしろ出來過ぎ、卽き過ぎとさへ思はれる。太兵衛はでつぷりした不惑前後の旦那であらうか。ちなみに布屋とはもともと織物の中、特に麻製品を主として取扱ふ店であつた。木綿中心は太物屋、絹専門が呉服屋と、潔癖なまでに細分化されてゐた。少くとも昭和一桁代までは、織物商仲間では常識化されてをり、一般大衆も心得てゐたものだ。

今一つ地名の永坂の「永」、人名太兵衛の「太」も面白い對照をなす。春うららの一日、麻布の町の、陽炎燃える永坂のほとり、麻織物の問屋は上布から蒲團地までにぎにぎしく店頭に竝べ、荷車の出入は絶間もない。その一時、お手のものの麻仕立で、縹の地に「布屋太兵衛」と染抜いた暖簾の前には、主人公が微笑を浮べて立つてゐる。向ひは悉皆屋喜之助、竹馬の友だが先月から胃を患つて臥りがち、女房のお秋が店を取仕切つてゐる。右隣は煎餅屋の半吉、米は越後から取り寄せ、職人三人使つての手焼、主人は太兵衛より一周り上の頑固親仁で、蟲の居所が悪いと朝の挨拶も返さぬ。

ところが實は、東京人なら誰でも知つてゐる麻布永坂の老舗「更科蕎麥」、そこの主人公の名が「布屋太兵衛」であるといふ。あるいは、名と反對に瘦せぎすの人物かも知れない。さう知れば知るで蕎麥と永坂の「永」も縁語關係が生れ、布晒すさまさらさらと、「更科」にかかるではないか。勿論作者はそのやうな配合など一切考へず、瞬間的にこの句を纏め上げたことだらう。固有名詞とは、使ひやう一つで最高の詩語となる。なほ今一句「永坂の更科のはや夏ぶとん」もあるが、これは參考に止まる。

十六夜の三島たち來て品川や

岸釣に小さんの俥とほりけり
竹馬やいろはにほへとちりぢりに
湯豆腐やいのちのはてのうすあかり
黄鶺鴒濃き黄を投ぐるしぐれかな

俳句ならざる「俳諧」の眞の味はひがここにある。それも恐らく、江戸つ子だけが舌鼓を打つ要素も多分に含まれてゐよう。説明した途端に野暮になる「粋」が、侘び、寂びと至妙なアンサンブルを示すところに、万太郎の眞骨頂はある。鼻につんとくるやりきれないやうなをかしさ、笑ひ終つた時は涙の溢れてゐるあはれ、さういふ人事句が「久保田万太郎句集」には夥しい。そして「いのちのはてのうすあかり」の一句は、それらすべてを越えて、無氣味な光を放つてゐる。淺草生れの俳諧の達人、同時に傑れた劇作家であつた。

鹿児島壽藏

をりふしの風にねむりのさめしときひなげしのむれ波立ちゐたり

第十二歌集『ひなげしの波』の代表歌であり、初出も昭和三十七年七月の百首歌「ひなげしの波」、作者六十代初期の、まさに老の花、みづみづしい言葉の華である。午睡から醒めた眼に罌粟畑に咲き亂れる花花が映る。斷續的に吹く風は、花群を一しきりさわさわと靡かす。罌粟の波。緋、紅、斑、覆輪、白、これらの入交つた華やかな波が立つ。脆く傷つき易いあの薄葉の花瓣が、危げに風にもてあそばれ、また立直り、苦い香を漂す光景はありありと目に浮ぶ。罌粟と言へば『赤光』の「罌粟はたの向うに湖の光りたる信濃のくにに目ざめけるかも」を思ひ出すが、一方は朝、こちらは晝、一方は靜、これは動、なかなかの對照ではあるまいか。

作者の愛する植物であらうが、罌粟は秋彼岸に蒔いて幼苗のまま越冬、晩春に開花させるのが普通で、ほぼ一箇月以上、入れ代り立ち代り咲き續ける。播種の折、汗ばんだ手などでぢかに摑んで蒔くと發芽しない。細い垂直の根を土中にしのびこませてゐるから、移植はほとんど不可能だ。雛罌粟は全草が細く短い毛で覆はれてをり、阿片採取用の罌粟は全草蠟を塗つたやうに滑らかだから一目で區別できるのに、若い警察官などは同一視して、うるさくチェックすることもある。もつとも、雛罌粟の幼果にも微量ではあるが阿片の成分が含まれてはゐる。それはそれとして、私はあの花とも思へぬ奇臭が好きで、年年愛育してゐる。

大正の中頃、當時赤彦編輯の「アララギ」に加はつて教へを受け、後には土屋文明に師事した作者は、一方テラコッタの制作に秀で、殊にその創案にかかる「紙塑」を以て一家を成す工藝家として夙によく知られてゐる。

　朝の光はいまだあまねく照らずして大き鳥網の中の白鶴
うちつけにわれらのしらぬ眞愛しき舐犢の態を檻の中に見つ
いつしかとみなづきちかし嬬を率て行きし滾の幻なすよ
家いでて胸騒ぎはやしづまりしわれは見て立つ運ばるる樹を
わがまへにまたたきのまの孳尾すみて地面にすこし羽毛落ちたり
藤なみの夕日にゆるる感傷もふるびて既につかみどころなし

古語の自在な驅使、禁欲的な自然觀照とざつくばらんな語調、大膽な發想と細やかな文體、「アララギ」の諸作家の長所が、見事に消化吸收されてゐるし、この作者獨特の潔癖な思考と美意識は、一首一首を銀線のやうに貫く。味爽の檻の中の鶴、その孤獨な姿が薄ら明りの中に朧に浮ぶのを、作者はあはれとも悲しとも言はない。「鳥網の中の白鶴」と言ひ捨てるのみである。そこから榮光と悲劇が創まるかも知れぬ。この沈默の詩は、さういふサスペンスさへ孕む。瀧か激湍か、それは早春のことか花の季節だつたか、「妻」との道行を蘇らす、この平假名の「みなづき」のやさしさ、ゆかしさ。

「交尾孳育」を約めて「孳尾」、孳は子を持つこと、尾は交尾、鳥のかなしい行爲の後、羽根が「すこし」落ちてゐたことを聲低く告げる作者の、そのさりげなさ、かなしさ。今一つのあはれ、「舐犢」は老牛が犢を舐めて愛することを言ふ。臥しながら子規が見た藤、茂吉が「おひろ」を思つた藤、その他もろもろの、感動、感激のよすがとなつた藤も、醒め切つた作者の目には、單なる花に過ぎぬ。この磊落な斷言も亦、この人の長所を反映する。

横山白虹（よこやまはくこう）

母の日の闇に降（お）りゆき菖蒲（しやうぶ）剪（き）る

五月第二日曜を「母の日」として、殊更に母性讃美を行ふ風習は戰後のもので、キリスト教國、特にアメリカあたりからの舶來行事であらう。戰前は皇后陛下誕生日の地久節にそれとなく一般敬母の念をも籠（こ）めてゐた。國母の賀に民の母らもあやかる、その言はず語らずの配慮こそゆかしい。「忘れねばこそ思ひ出ださず候」と丁度逆で、平靜粗略に扱ひ、飼殺し同様にしておきながら、五月にただ一日、カーネーション一莖を作り笑ひと共に奉られても「母」は苦々しいだけであらう。日本にはかういふとつてつけたやうな、そらぞらしい行事は元來無かつた。「父の日」のいまだに曖昧（あいまい）で一般化しないのは、まことに慶賀の至りである。

「母の日の闇」、この「闇」なる語感は、折角の「母の日」の榮光とときめきと慰藉を一瞬翳らせる。この句の作者は「母の日」を決して拍手で迎へてはゐない。否「母」なる存在を、ひいては母性そのものを、在來の道徳律や人倫の観念で捉へてはゐない。我と

「母」の繋がりに、複雜微妙な斷絶を見、翳りを與へて、何かを暗示する。その何かは、この一句を享受する人の、性格、體質、出自、人生によつてさまざまに變るだらう。「母の日・闇・菖蒲」、この特徴のある三つの因子が、「降りゆき」で結ばれる時、私の心には祝福と呪詛、愛著と憎惡がこもごもに蘇つて來る。乳房を持つ雌であり、同時に悲しみの聖母である一人の女人の、魂の匂が、ひたひたと晩春初夏の暗い水邊から漂ふ。闇の中に刃が光り、何かが剪られる。

「菖蒲」はこの場合、王朝以來おなじみの、端午の節句に軒に葺き、酒に浸し、風呂に浮べる、香氣の高い、天南星科の菖蒲であらう。あの鋭い芳香は、水や泥のにほひに混る時、いささか腥く不吉にさへ感じられる。それに鋏の鋼のにほひを加へると、母と子の間の、まぬがれがたい業、あるいは原罪すら、ほのかに感じられて來る。雨催ひのなまぬるい空氣、菖蒲と鋏の冷やかな手觸りもむしろなまなましい。

菖蒲を、早咲きの花菖蒲と考へても別趣の面白さが生れるだらう。紫は「あやめ」をわかたず、白はほのぼのと妖しく闇に搖れる。そして作者の心にある母、もしくは母性は、まだ若くなまめかしい。華やかに咲き開いても香の全くない花菖蒲も亦、何かを暗示するだらう。なほ菖蒲にしろ花菖蒲にしろ、この「闇」は曉の闇、すなはち明暮と取つた方がよい。夜の闇では「降りゆき」と感覺的に重なつてくどくなる。それに斷つてゐない限り、草や花は未明に切るのが建前であらう。

掲出の句は白虹の第二句集『空港』に収められた昭和二十九年の作である。新興俳句運動初期の著名な闘将の一人として活躍した當時の鮮烈な詩魂は、第一句集『海堡』の代表句「傷兵にヒマラヤ杉の天さむざむ」「よろけやみあの世の螢手にともす」あるいはまた「ラガー等のそのかち歌のみじかけれ」にも明らかだ。

蠓（まくなぎ）にあまたの赤旗（せきき）肩おとす
忠魂碑に來て空蟬（うつせみ）が掌（て）に殖ゆる
曼珠沙華濠（ほり）の腐水（ふすい）に燃えうつる

戰後は「自鳴鐘」を主宰しつつ誓子の「天狼」にも加はるが、この多才な國手の眞骨頂は三十九歳壮年の「ヒマラヤ杉」から、傘壽を越えた昭和四十八年の「曼珠沙華」まで一貫した、獨特の辛みと陰影のある告發の美學でもあらうか。

明石海人(あかしかいじん)

まのあたり山蠶(やまご)の腹を透かしつつあるひは古き謀叛(むほん)をおもふ

「山蠶(やまご)」は茂吉の『赤光』の中に、あるいはその後の文章に度度登場してお馴染になつてゐる。野生の蠶のことか、もしくは山繭蛾の幼蟲のことか、兩者にいくばくの違ひがあるのか、昆蟲學的な檢討はしばらくおき、海人の歌は明らかに、前記『赤光』の「ゴオガンの自畫像みればみちのくに山蠶(やまこ)殺ししその日おもほゆ」に影響されて生れたものだ。晩春、楢(なら)や櫟(くぬぎ)の葉を貪り食ふこの毛むくじやらな蠶は、桑を好む普通の蠶のすべすべした肌に比べるとたけだけしく、人によつては殺意を覺え、かつ凶兆を感じるだらう。作者は今ひくひくと動き、陽に透くこの幼蟲の無氣味な腹部を視つめてゐる。茂吉の歌とは順序を逆にし、蟲を見て、それに誘はれるやうに遠い昔の腥(なまぐさ)い事件を聯想する。

それは有馬皇子(ありまのみこ)や大津皇子(おほつのみこ)の、巧妙に仕組まれた陷穽(おとしあな)としての謀叛かも知れない。山蠶のおぞましい形は、その謀叛を陰(かげ)で操る張本人を思はせる。また木洩れ陽にうごめく蟲と無殘に食ひ荒された若葉は、本能寺でむごたらしい死に追ひやられる信長と蘭丸の運命を偲ばせもしよう。それは必ずしも懼れのみではない。作者は「古き謀叛」を思ひながら、明らかに新しい凶變を期待してゐるのだ。海人の病的に冴えた神經は、自然界の色と匂、光と影に、さまざまの怖ろしい幻影を見た。否、彼の「自然」とは、實は、彼の心の中につくられた人工庭園の眺めだつた。

　この空にいかなる太陽のかがやかばわが眼にひらく花々ならむ
　おちきたる夜鳥(やてう)のこゑの遙けさの青々とこそ犯されゐたれ
　新緑の夜をしらじらとしびれつつひとりこよなき血を滴らす

これら凄じい幻想を第二部の「翳」に含めた海人の歌集『白描』は、昭和十四年二月改造社から發刊され、たちまち數多(あまた)版を重ねた。發病以來各地の療院を遍歴した彼が、長島愛生園に入つたのは昭和九年三十四歳の春であつた。二年後に失明、また二年を經て氣管を切開、歌集上梓の年の六月、この島で永眠した。第一部「白描」は主として「水甕」に發表した初期作品を編入し、作者自身は、これに不滿遺憾の意を示してゐるが、當時は不治であつたこの病を直視し、みづからの悲劇に立ち向はうとする氣魄が、比類のないみづみづしい言語感覺によつて、讀者の心を搏(う)ちやまぬ。

　雲母(きらら)ひかる大學病院の門を出て癩(かたゐ)の我の何處(いづく)に行けとか
　わが骨の歸るべき日を歎くらむ妻子等をおもふ夕風ひととき
　曼珠沙華くされはてては雨みぞれそのをりふしの羽かぜ囀り

第二部「翳」に於けるただならぬ詩才を認めたのは前川佐美雄であつた。海人は歌集巻末にこのことを記して、深い謝意を表してゐる。不可視の花、失墜の鳥、新綠の血、これらの特異な幻覺の中で、彼はただ一時(ひととき)ではあるが、別の人格を得、今一つの人生を生き直した。この切實な、しかも無殘酷薄な、やむにやまれぬ幻視欲望は、なまなかな超現實派を蒼褪めさせるだらう。だが、かの『新萬葉集』に採られたのも、大方の人の推すのもおほよそ第一部のみであり、「翳」の幻想を嘉(よみ)する人は、現在に到るまで數へるほどしかゐない。

佐野まもる

虹消えゆくふかきこころをつくすとも

いかに消ゆるなかれと念じたところで虹はひとときの後あとかたもなくなる。虹にあこがれ、その刹那の華やぎを戀ひ、やつと今のあたりにして、これほど眞底心を傾けてゐるのに、その幻の七彩は見る見る薄れる。それが虹の命、はかなさこそが本質であつた。この一句、まさにその虹、中空にかかりつつ、消え入りさうに身を斜にして顫へてゐる。たとへば短歌の五句三十一音の、任意の二句十三音を消し去つたやうな、溜息まじりの十八音だ。屈折の激しい、ぴしりと極つた「俳諧」の文體と對照的な調べは、作者の師、水原秋櫻子の初期作品と、おのづから響きを交すところがある。

作者は時を違へて度度虹を吟じてゐるが、一句づつ作者をも違へた感がある。たとへば「海に何もなければ虹は悲愴にて」「鷺翔ちつぐ彈力虹にあるかぎり」と、それぞれに全く別趣の面白さを讃へたい。殊に虹の彈力を想ふ句、昭和三十三年五十代後半の、壯年の果ての輝きに充ちてゐる。にもかかはらず、私はやはり、頼りなげにゆらりと立つ揭出の句に心引かれる。歌人である私には決して創り得ぬほど、短歌的な俳句ゆゑに、拒みつつ魅されるのだ。

　大理石の柱しづかに虐殺日

　油蟲殺したるのち寡婦の閑

　稲妻の青き夜死なむとぞ誓ふ

この人、「殺」と「死」を實に巧妙に句中に馭する。句集の名に殊更に『無慙繪』を選ぶのもむべなるかな。初期作品から近業までを、もう一度つらつら眺め直させるやうな魅力を孕んでゐる。「虐殺日」には、ヘロデの嬰兒鏖殺、紀元前五年の早春のある日の血の臭ひと、二十世紀中葉、アウシュヴィッツの囚獄のガスの臭ひが、禍禍しく、しかもさりげなく、簡潔に暗示される。また昆蟲殺戮後の寡婦の「閑」も無氣味である。次は何を殺さうと思つてゐるのか。單なる告發ではない。あまねく人の心の底にひそむ嗜虐の欲望、死への憧憬を、突然、思ひもかけぬ角度から照らし出してゐる。虹に心を盡す典雅な句も勿論この人の美質を代表するものだが、綺麗事に終らぬ奥の深さ、振幅の廣さを持つ句業は仔細な研究に價しよう。

　空蟬を頒つ太郎の掌次郎の掌

　泣き彌太も蜥蜴を殺すなかにゐた

　蝶生れて崖の赭さにをののけり

生涯を經て凍蝶の掃かれ去る

旅來し洋傘(かさ)土に突きさし墓洗ふ

全く手當り次第の氣紛れな抄出にもかかはらず、列擧して行くと、鮮やかに作者獨特の世界が浮び上つて來る。幼年時代の記憶にも殺生の蒼い血はしづくし、苛(さいな)まれた蟲の幻影は崖に突きあたり、また凍死して塵芥と共に掃かれる。蟲に墓なく人に墓あり、しかもたまたまの展墓にさへ、作者は日を遮り、雨を彈(はじ)き返して來た蝙蝠傘(かうもりがさ)の、鋭い尖端をぐさと土に突刺す。洗はれてゐる墓の主は果して作者に愛されてゐたのだらうか。

「おでん屋の無頼風流わすれめや」を始めとする、この俳人の今一つの面にも興味はあるが、私は流麗と悽慘のまだらなす、引用作の特異な素材と奔放多樣な句風を好む。「疎林にて獵銃音に狙擊さる」。これは喜壽を迎へる前年の作だが、氣魄は若者を凌ぐ感がある。

齋藤（さいとう）　史（ふみ）

內海を出でてゆくとき花を投げる手帖もなげるはや流れゆけ

青春の形見の華やかな思ひ出も、その記録も、ことごとく潮の流れに葬つて、作者は今潔くこの國を離れる。潔く、とは言葉の彩（あや）、この歌の結句「はや流れゆけ」なる性急な命令形には、しひて未練を斷たうとするいらだち、振返れば引戻されさうな恐れがまつはつてゐる。そして半ば自棄的な別離の儀式に、みづからを驅りたて、その悲しみは、海の上に水脈（みを）を引く。

だが現實の作者は、遂に、何處へも船出せず、脫出を果すこともなかつた。處女歌集『魚歌』の中、その、標題も「遁走」とうたつた一聯の冒頭作品であり、この時作者は三十歳に滿たなかつた。華麗新奇な歌風はまさに晶子以來のもので、『魚歌』に溢れる香氣は、その晶子さへ豫想しなかつた。歐洲の超現實主義やエスプリ・ヌーボーの影響により、面目を一新したかに見える彼女の「和歌」の核心は、その同時代人にしてまたなき盟友、前川佐美雄と、日本浪漫派の詩人達の、悲愴な述志にあつたと言へるだらう。

作者は「心の花」同人にして陸軍軍人、二・二六事件に青年將校の信望篤かつた將軍瀏の息女として、心ある人、心なき人にその名を知られてゐた。事件を動因とした「濁流」一聯の鮮烈華麗な作品群は、この時代の默示録として、今日もなほ讀み繼がれ、新しい感動を人人に與へる。「花」とは「手帖」とは、作者にとつて、さういふ無慘な花の時代、曲げてのみ傳へられる歴史の文字を指すものだつたかも知れない。これらの複雜多様な要素をちりばめて、彼女の歌は拔群の光彩を誇つた。

　いのちより光りて出づるうたもなしコルトの胴をみがけりわれは
　わらわらと花崩るるを見しときもさりげなく居て歩みを變へず
　夜ふかく湖(うみ)の底ひに落ち沈む石の音ありてわれを嘆かす
　うろこ雲珊瑚の色となる頃を闌(た)けて還らぬもの追ふとする
　はなぶさの搖れ匂ひゐるかかる日のうつくしさつはものの夢に映(うつ)れよ

「うろこ雲」と「はなぶさ」は昭和十九年の作であるが、武者歌人を父に持つ娘の、凜然とした華やぎと悲しみの結晶をここに見る思ひがする。『新萬葉集』にも收錄し得なかつた「銃後詠」の、これは白眉と言つてもよからう。これらを含む敗戰直前三年、すなはち昭和十八年の早春から二十年夏までの作は、未刊歌集『杳かなる湖』として、五十二年の暮に上梓の全歌集に編入された。最も悲慘な一時期の歌であるにもかかはらず、その感覺のみづみづしさ、調べの輕やかさは、處女歌集と變らない。

總身の花をゆるがす春の樹にこころ亂してわれは寄りゆく
たどきなきさまよひの日の夕つ鳥仰ぐのみどに秋の風吹く
過ぎてゆく日日のゆくへのさびしさやむかしの夏に鳴く法師蟬
ただよひのとめどもあらぬ魂ひとつ水のゆくへの白きみなつき
昨年(こぞ)今年つらぬきわたるしろがねの一本の弦のひびきを消すな

これらは昭和五十一年刊『ひたくれなゐ』の中の、さほど目立たぬ歌であるが、半世紀歌ひつづけてなほ朗朗たるこのソプラノは、一本の銀線の妙なる響きは、今日から半世紀の後にも、心ある人の唇に乗り、歌ひ繼がれてゐることだらう。

篠田悌二郎（しのだていじろう）

青あらし病まれてなべてくつがへる

誰に「病まれ」たかはさだかではない。何が「くつがへ」つたかも明らかではない。だが、青葉を吹き荒らす風中にがつくりと肩を落として、萬事休すと唇を噛む一人の姿が、句の後にありありと浮んで來る。糟糠の妻に病まれた中年の夫、と見るのも一つの方法だらう。やつと一人前になつた息子に病まれた初老の寡婦でも、嫁入前の妹に病まれた父親代りの兄でも、自由に家族合せを試みればよからう。青嵐は不思議に、夫にも母にも兄にもよくふさふ。たとへば夫の場合なら、彼は濡縁に膝をついて、羊歯（しだ）の重り生ふ黄昏（たそがれ）の庭を眺めてゐる。電燈もつけない六疊には、裁（た）ちかけた白絣が針臺の傍にばらりと延べられたまま。妻はそれに鋏を入れかけて急に倒れた。救急車で病院へ運び、一晝夜つきそつて一まづ小康を取り戻し、身の廻りの物を取りに歸って來た。主治醫の診斷では長期入院を要するらしい。十歳になつた娘は二、三日の約束で姉に預けた。亡父の七回忌の歸郷も、寢室の增築も諦めねばならぬ。この間買つた盆栽の五葉の松も手離さう。圍碁教室もゴルフ・クラブも、絶縁同様になることだらう。立身出世など、今となつては、遠い世界の他人事になつてしまつた。

「病まれて」「なべて」と四音・三音の區切毎に、がくがくと前へのめつて行くやうな響きが悲しい。夫と言ひ母と言ひ兄と言つてみたが、この楷書の亂れに似たリズムは夫であり父である壯年以後の男と考へた方がよい。勿論作者の老境に入つてからの實人生の一齣であらうが、詞書でもない限り、いくら離れた鑑賞を試みても構はぬ。大正十三年二十六歳から俳句を志し、秋櫻子門の駿足として活躍した悌二郎、三十五歳の第一句集「四季薔薇」この方、微妙な翳りと響きを祕めた句風は他に比べるものがない。高名な「曉やうまれて蟬のうすみどり」のうひうひしさや感覺的な冱えもさることながら、人のさだめを暗がりから透かし見るやうな句の味はひこそ、この人の眞骨頂と考へるべきではあるまいか。

葉ざくらや月日とびゆくわれのそと
老斑の遂にわが手に羽蟻の夜
門火燃ゆわれらが後は知らねども
虹ふた重つたなき世すぎ子より子へ
來てわれの一つ灯ふやす谷の雪

その昔の佳品「かぎろへばあはれや人は山を越ゆ」は、明らかに『赤光』の「かぎろひの春なりければ木の芽みな吹き出る山べゆきゆくわれよ」の本歌取を思はせたが、「葉ざくら」には最早短歌の調べには乗らぬ俳諧の、辛い響きが認められ、「青あらし」も脇句を拒むやうな嚴しいたたずまひを感じる。生得の鋭敏な感覺性も、その後いよいよきびしさを加へ、時には讀者が一瞬息を呑むばかりの慄然たる眺めを生む。

畑の紫蘇ちかづくわれに氣色だつ

蜻蛉の紅の淋漓を指はさむ

雁金や玻璃をなゝめに罅はしる

これらの句の「自然」の無氣味な存在感はそのまま俳人悌二郎の、端倪を許さぬ内なる世界の反映ではなかつたらうか。赤蜻蛉の句は殊に見事だ。

葛原妙子

戀の工吹きしならむかボヘミヤの玻璃は滴のごとくひかれる

チェッコスロヴァキアの西部ボヘミヤ州はリーゼン山脈、エルツ山脈、ボヘミヤ森に圍まれ、國都プラーグを中心に、古來ガラス製品の產地として聞えてゐた。ボヘミヤ・ガラスはすなはち加里硝子、原料配合の折、炭酸ソーダの代りに炭酸カリを用ゐ、その質無色透明、いかなる藥品にも侵されぬ硬質の、裝飾品用ガラスが生れる。鉛を配合し、金やエナメルで極彩を施すヴェネツィア・ガラスと竝び稱されるもので、まさに「凍れる炎」の感がある。硝子工は五尺ばかりの鐵の吹き竿の先に、一千度以上の飴狀の硝子熔液をつけ、手首を巧妙に廻轉させて、自在に壜や鉢や盃や、あらゆる裝飾品を生み出して行く。手練の技であり、名人藝であるゆゑに、硝子工の感情も微妙に反映するだらう。激怒をこらへて吹いた時は凄じい蒼味を帶びて缺け易く、喜びに滿ちてゐる時はアラベスク模様も華やかな光を放たう。あるいはこの「滴」、忍ぶる戀に身を細らせるアルティザンの涙のしづくでもあらうか。

作者の見るボヘミヤ硝子はいつの代のものだらう。ヴェネツィアのムラノに工人が移住したのは十三世紀の終り、ボヘミヤで加里硝子が作られたのは十七世紀末だつた。二十世紀初頭ボヘミヤのレーツ工房で作られた虹色ガラスの鬱金香杯(チューリップ)など、その抒情的な味はひは、いかにも戀する工人が夢みごこちに吹いたやうだ。「戀の工吹きしならむか」は直感である。そこには別に證據も痕跡もない。そして、それゆゑに、彼女がさう言つた瞬間から、硝子器は、戀する工人の作として生き續ける。人工のかなしい色と光の結晶に、人間の智慧のしたたりである言葉を與へて、別の命を生み出す。

葛原妙子の鬱然たる歌業を遠望する時、到るところにこのクリスタールの煌(きら)めきが見えるのも偶然ではない。たとへばこのボヘミヤ硝子を含む第三歌集『飛行(ひぎやう)』の後にも、はらはらするほどの美しさに、みづからが顫へてゐるやうな硝子詠(ガラスえい)はまことに夥しい。コクトーの「オルフェ」の鏡の象徴するごとく、硝子とはこの世とあの世を隔てる透明な一枚の光の板であり、またある時は彼女の魂の器(うつは)であつた。

いたましき器(うつは)なるらむ薄き玻璃くれなゐのぶだうの液充つるとき　『薔薇窓』
ガラス工房曇らむとなしガラス器の乳白の胎黄白の胎　『原牛』
氷片を泛べし玻璃に薔薇を插す黄色橙色(くわうしよくたうしよく)一夜にひらかむ薔薇を　『葡萄木立』

彼女が昭和十四年、太田水穂の「潮音」に歌を投じて以來半世紀、その奔放自在、華麗を極めた詠風は、殊に戰後大方の讃歎を等しくするところとなつたが、綺羅極彩の幻想の核心には、人間の原罪を、宿命を、自然の不可思議をしづかに凝視する作者の眼が光つてゐる。ヒステリックな絶叫か大袈裟な悲劇的告白に終ることの多い女歌の系譜の中で、この豊かな繭から自然に紡がれる抽象の世界は比類がない。まさに、彼女の特質はその恍惚たる豊饒性にあつた。彼女はその初めから異質であり、ユニークであり、それゆゑにまことの歌作りであつた。その名も『朱靈』と呼ぶ第七歌集に、彼女はかく歌ふ。

　ゆふぐれにおもへる鶴のくちばしはあなかすかなる芹のにほひす
　纖(ほそ)き纖き金(きん)のくさりに繫(つな)がれし姉妹わがためになにをか圖(はか)る
　雲南(うんなん)の白き翡翠(ひすい)をもてあそびたなごころ冷ゆ天日(てんじつ)は冷ゆ

堀内(ほりうち)　薫(かをる)

天國の時計鳴りゐるきんぽうげ

「きんぽうげ」は、エナメルを塗つたやうに艶やかな鮮黄の五瓣花が、ぎらぎらと咲き揃ふ四月半ばよりも、晩春から初夏に入つて、金平糖(こんぺいたう)ほどの緑の實に變つて行く頃の方が、より童話的な、ほほゑましい夢をもたらしてくれる。天國の時計は十三時から二十四時も告げるのだらうか。初五の「てん」と座五の「きん」が最初と最後に、オルゴールめいた澄んだ時報の名殘の響きを聞かせる。だが作者は單に、そのやうな單純明朗なメルヘンを狙つたのか。

「マザーグース」から「かちかち山」に到るすべてのすぐれた童謠童話には、必ず微量の毒が隱されてゐるが、この句もその傳ではあるまいか。「きんぽうげ＝金鳳華＝毛茛(うまのあしがた)」は、その葉にも花にも莖にも根にも、プロトアネモニンと言ふ毒素を含んでゐる。そしてこの毛茛(ラヌンクルス)の屬は、他にも鳥兜(とりかぶと)、飛燕草(ひえんさう)、福壽草等有名な有毒植物がずらりと勢揃へしてゐる。

「天國の時計」とは、恐らく、人を死に誘ふ魔のチャイムをも意味しよう。「きんぽうげ」と、やさしげな音（おん）にだまされてゐると、とんでもない目に逅ふだらう。この句は「天狼」昭和二十四年初出であるが、當時「小花」の名で前川佐美雄主宰の「オレンヂ」（後の「日本歌人」）でも獨特の歌風を知られてゐた作者だけに、通り一遍の解はつつしみたい。

男湯に噴水があり男の子（を）欲し
藥罐出る水透明に冬の土工
新日記三百六十五日の白
初釜やとがり乳房を緊縛し
著莪（しやが）の谷外厠床危ふけれ
自動車が道照らしゆく螢澤

「きんぽうげ」が四十六歳の作、爾來「螢澤」まで三十年近く、薫の句は時に平談俗語調を敢へて交（まじ）へつつ、俳諧の、したたかな諧謔と諷刺をその底にひそませ、悠悠と、あるいはふてぶてと、おのが好むところを吟じ通して來た。一見明朗な句にもラヌンクルス風の六腑にひびく毒が、必ずひそんでゐることは言ふまでもない。

男湯の噴水、この微笑を誘ふ男兒願望にしたところで、高望みしても所詮儚い小市民のわづかな夢であり、その夢さへ神の御意のままに決ることで、難（かた）さを言へば大臣宰相億萬長者たらんと欲するより以上とも言へる。冬の土工にとつての甘露が凸凹の藥罐から迸る水、「透明に」と、當然のことをさも譯ありげにことわるところにユーモアが生れるが、そこにもひそかな惡意はまつはる。師走ともなればつい手を出す日記帳も、歳時記風な參考記事に目を通し、精精正月の四、五日を走り書きのメモランダムで埋めるのみ。三百六十五に區切つた可能性と潔い未來は、そのまま空虚で不毛なブランクでもある。この鋭い舌打を思はす十九音は無氣味だ。

初釜の茶事に、妙齢のエロティシズムのみを殊更に見つけるのも、現代茶道そのものへの告發に似る。じつとりと晝も暗い胡蝶花(しやが)の谷の、ひわひわと不安定な厠、風流と不潔、をかしさとおろかしさが一瞬擦れちがひ、頰の苦笑も硬張(こはば)る。ヘッドライトにあからさまに照らし出されれば螢澤も花街(いろまち)の正體が知れてしらじらしく、螢が閉口して花魁(おいらん)の懷に逃げこまう。そこには無明の闇がある。國のまほろば大和に生れた薫のこの惡意のゆかしさこそ、俳句の根、俳句の源から生れたものではなかつたか。

服部直人

埼玉生れの娼婦がのりし遊覧車夏昏るる日にきらめきてのぼる

遊覧車とは、遊園地などに常設の、あの數多の座席を吊るして廻轉する巨大な水車狀の裝置であらう。「きらめきてのぼる」に、原色のペンキを塗られたその種の車が浮んで來る。これは勿論子供用の娯樂設備で、大人が乘るのは、彼らのお相伴の折に限らう。例外的に氣紛れな、暇を持て餘した誰彼が、照れ隱しの哄笑と共に乘りこむこともあらうか。ここに登場する娼婦らもその例外例に屬する。彼女は例によつて一度思ひ立つと止めやうもなく、作者を置いてきぼりにして、けらけら笑ひながら切符を買つて改札を通つてしまつた。やがて窮屈さうにシートに納まり、徐徐に中空にせり上つて行く。

まばらな子供の客達が、珍しいものを見るやうに、てんでに彼女の方を振向く。けばけばしい花模樣のジョーゼット紛ひの單衣の袖や裾が、折からの西風にはためき、彼女は先刻までの陽氣な表情はどこへやら、半分べそをかいて恐る恐る下を瞰てゐる。その放心狀態の、白粉燒けした横顏が意外に淋しい。川越生れで二十七、里子に出した子がもう一年生とか。未だに訛が抜けず、底抜けの樂天家の働き者なのに、いつまで經つても梲が上らず、苦勞の絶間がない。あの發作的な浪費癖もさることながら、一年置きくらゐにへなへなした銀流しに惚れ、入れ上げては捨てられ、揚句は事もなげに笑つてゐる。笑つて見せてゐるのだらう。夏も終りの黑ずんだ青天から鹽鹹い陽が零り、木蔭では蜩が鳴く。「きらめきてのぼる」とは、その車のみならず、一日の綺羅を飾つた、休日のかなしい娼婦をも言ふのだ。皮肉な形容句に莊嚴されて、いやさらに彼女はあはれである。この一首は作者の歌集『動物聚落』の「淺草抒情」の中に見える。昭和二十年代、作者も既に不惑過ぎての歌であらうが、この時期の意欲的な作品群は、獨特の清潔な、しかも鮮麗な言語感覺に滿ち滿ちてをり、忘じがたい秀作も少くない。

　緋目高のかがやけるむくろ掌にかこひ嘆美して低し少年の聲

　雜沓に脛いでて少年の聲すずしあぁ語りてつきず騎士ランスロット

　ぼろぼろになりたる萩を愛撫して少年の立つところは遠し

　よこたへし夜のからだにもゆるなき少年の德戀ひつつぞをる

　これらの「少年」は、作者自身、作者の肉親、あるいは他人の別を越えて、聖・少年を思はすまでにみづみづしく、かつ侵しがたい品位を保つてゐる。舊き佳き時代の、たとへば「圓卓の騎士」を座右の書とする少年、教養小説の冒頭に現れるやうな幼年時代を、嘉し愛惜する作者の熱情が、言葉の端端にまで匂つてゐる。落合直文門の、明治の先覺的歌人服部躬治（もとはる）を父とする作者は、長じて折口信夫に學び、それぞれの美點を歌の世界に開花させたと言へよう。詠風の鋭敏斬新なところは兩者を越える。

青みたる矩形の窓に雪は觸るこの昏れに心飢ゑつつをれば
緋の鯉の口あく時に作りたる小さき暗黑を吾は見おろす
紅葉（こうえふ）の果てしを告ぐる若ものも幻影（まぼろし）のごと過ぎしわが冬

青と白、赤と黑の對比、明暗抑揚の際やかなこれらの歌に、私は戰後新風の知られざる一つの峰を見る思ひがする。この美學こそ作者のうちなる不壞（ふゑ）の少年像から生れるのであらう。

相生垣瓜人

殷々と出梅の鐘搗かざるか

出梅は夏至の後の最初の庚の日とされてゐる。入梅は芒種の後の最初の壬の日だ。昭和五十三年の今年なら、六月九日から二十七日までとなる。もつともこの節は「梅雨入り」「梅雨明け」で通つてをり、氣象臺でも「梅雨明け宣言」とやら結果報告をことごとしく試みてくれるが、鐘を搗く奇特の士はゐないやうだ。

梅雨は古典の、すなはち太陰暦の五月雨だが、黴雨などの別表記もあり、五月雨とはいささか違つて、陰陰滅滅たる趣も加はる。梅の實が葉蔭に肥り、梔子が木下闇に純白の花を綴る。土間を蛞蝓が這ひ、味噌醬油に黴が生え、疊がぶよぶよと濕り、水蟲が再發し神經痛が募る。氣溫二十七度濕度七十パーセント、嬉嬉と出沒するのは爬蟲類くらゐであらう。

間もなく山山は煙霧も薄れて、青黛を淡く刷いたやうな姿を現はす。紫陽花が雲間から射す陽を浴びて露を煌めかす。稲田は綠青色に茂り、畷の榛の木からは初蟬の聲も聞えよう。その前の一時、まだ潤み煙る森羅萬象の上に、梅雨は明けたと知らせるおごそかな鐘の音が、どこぞから響いて來てもよからう。作者が「か」と問ひかけのかたちで歎く時、讀者もまことと頷く。新古今には藤原忠良の高名な出梅歌「樗咲くそとものの木蔭露落ちてさみだれはるる風渡るなり」がある。かういふ爽やかな眺めなら、私はむしろ「瀏喨と出梅の喇叭吹かざるか」とでも吟じてみたい。勿論鐘の底籠つた響きが、今まさに霽れようとする際の景色にはふさはしい。この句昭和四十七年作者は既に古稀を越えてからの作であつた。

冬了る底知れぬものと思ひしが
邪惡なる梅雨に順ひをれるなり
日向水凝然として黄熟す
藪蝨死を裝ひてをれるなり
隙間風薔薇色をこそ帶ぶべけれ

一讀啞然とする他はないやうな奇抜でユニークな發想である。しかも竝の詩歌人が見過してゐる意外な眞實、透視し得なかつた慄然たる眞相が、いとも飄逸に、まるで低く呟くやうに吟じられてゐる。下手をすれば野狐禪めき、あるいはわざと一捻りしたアフォリズムに成り下るところを、嚴しく律して崩れぬところが見事だ。この不條理美學の苦み、かの放哉、山頭火とも、所謂根源俳句ともおのづから隔たるものあり、格別の味と賞する人が少くないとか。私も改めて今日舌鼓を打つ一人だ。

冬に底があらうと天井があらうと、始め終りに關りはない。だが「底知れぬものと思ひしが」と言はれれば、冬なる深淵を辛うじて渡り終へたやうな氣がする。梅雨を邪惡となす、このしたたかな、得手勝手な主觀、その沒義道な天然現象に、易易と隨順すると、不足たらしく言ひ立てるをかしさ。形のない水が梅か杏のやうに「黃熟す」る不思議、否讀者にもさう信じさせる言葉の不思議。繖形科植物の「藪蝨」が假死を裝ふあはれ、否名に殉じささうとする惡意のあはれ。あの陰險酷薄な隙間風が何で薔薇色であらう。たとへるなら鈍色、鉛色、屍蠟色、それを殊更に「薔薇色をこそ」と強辯する作者の聖なる誤解を私は稱へたい。「ホトトギス」より「馬醉木」に轉じたのが昭和五年、爾來半世紀の盛んな句業を誇り、近作は「青林檎消え入らむともしてをれり」と、なほ若若しい。

宮（みや）　柊二（しゅうじ）

松の梢いささか霧（きら）ふ晝しづかかかるときガリヴァは現（い）でこぬものか

頃は晩夏初秋、彼方にそそり立つ松の鋭い梢のあたりは、こころもち霞みながら、あたりは森閑（しんかん）としづまり返つてゐる。空は青く澄み時間もひたと止つて動かないやうな一時（ひととき）、ふと自分が異次元に連れ去られた感じだ。目に見えぬタイムマシーンに乗せられて、過去に遡行して來たのかも知れない。こんな時、英國はオックスフォード生れの、あの流離譚の船長ガリヴァがひよつこりと出現しないものだらうか。作者はまことに藪から棒に、荒唐無稽な空想を逞しくする。何の手がかりも足がかりもなく、小氣味が良いくらゐだしぬけな異變願望だ。だからこそ面白い。上句に幻想の原因が手際よく都合よく準備されてゐて、その結果として當然のことのやうにガリヴァが登場するのなら興味は半減する。そして、これがガリヴァではなく、ロビンソン・クルーソーでもゴーガンでもナポレオンでも意外性にはやや缺ける。背景がしかも眞晝を霧ふ松の梢といふ怖ろしく古典的純日本的景物とガリヴァの照應は、かけ離れながら奇妙な魅力を生み、仄かな諧謔が漂ふ。

だが、考へてみればガリヴァ船長はかつて日本を訪れてゐる。一七〇九年の五月下旬エドに著き、難破したオランダの商人と身分を僞つて「皇帝」に拜謁する。踏繪は免除してほしいなどと日本通をひけらかして怪まれるが、難關を切抜けて翌月九日ナンガサクに送られ、ただちにアムステルダムへ歸して貰ふ。この邊の奇妙な辻褄の合はぬ記述を、遠い日、作者はほほゑみながら讀み、それがこのやうな晩夏の晴天、松の秀(ほ)が光にけぶる眞晝だつたのかも知れない。あるいは作者の祖先の誰かが長崎へ下るガリヴァ氏と何らかの關りを持つたそのゆかりの、隔世幻想と考へるのも愉しからう。

この一首、昭和二十六年刊、歌集『晩夏』の中に、不思議な光を放つ異色の秀逸であり、作者三十六歳の作。戰前の第一歌集『山西省』、敗戰直後から三年間の歌より成る『小紺珠』等、いづれも、あたかもあの『新風十人』時代の諸歌人らと、一歩を隔てた地點にあつて、日本の古典に列する絶唱を鏤(ちりば)めてゐるが、私は殊に『晩夏』及びこれに續く『日本挽歌』の中に、鬱然として存在を主張する幾つかの歌を常に愛し、畏れる。

行春(ゆくはる)の銀座の雨に來て佇てり韃靼人(だつたんじん)セミヨーンのごときおもひぞ

纈(あや)の句の釋(と)きがたきかなおろおろと鳴ける夜鳥(よどり)を憎まむとをり

危ふくて言ひがたきまで嶮しきに無花果(いちじゆく)の實りを待つ嫗あり

さ庭べに夏の西日のさしきつつ「忘卻」のごと鞦韆(しうせん)は垂る

ほとほとに歩みあまして歎くとき蘩蔞(はこべら)も暗し朝鮮も暗し

夜半の熨斗となりつつそのそこに朱の篝を戀しくとどむ

北原白秋、釋迢空といふ傑れた師に惠まれた作者の歌には、しかし、二人のあらはな投影はほとんど見えぬ。少くとも、ガリヴァにしろ韃靼人にしろ、また戀の句も無花果も、明治大正歌人が到達した地點から數歩を進めたところに、勃然と浮び上つた新しく嚴しい詩であつた。不可解な要素で滿たされたこれらの歌は、それゆゑに魅惑的であり、未來の短歌に望みを託し得る可能性を祕めてゐた。そして、人を拒むかに禁欲的な彼の小宇宙が、當然、例へばガリヴァのやうな、奔放で大膽な、飛躍する詩精神を祕めてゐることも忘れてはなるまい。

細見綾子（ほそみあやこ）

鶏頭を三尺離れもの思ふ

その名を韓藍（からあゐ）などと呼ばれてゐた萬葉の昔から、詩歌人にとつて鶏頭には盡きぬ思ひが去來する。まして俳諧の道につながる人人には、そのかみ蕪村に「秋風の吹きのこしてや鶏頭花」あり、近代には子規の「鶏頭の十四五本もありぬべし」が聳え立つ。恨みも妬みも憚りも少くはあるまい。避けて通るか無視するか飛び越えるか。その態度一つで、俳人たる資質才覺を判定するよすがともならう。まこと鶏頭とは、躓きの花、試みの草であつた。そして當然、鶏頭とは時に抽象化を遂げ、「俳諧精神」と同義を具へるまでになることもある。

綾子は三尺離れて鶏頭に侍る。影を踏まぬためではない。もの思ふためだ。秋の夕暮なら三尺の鶏頭は斜陽を受けて三尺五寸の投影を生まう。彼女はその影を敷いて坐つてゐるのかも知れぬ。「もの思ふ」とは何と含みの多い表現だらう。虔（つつ）しむとも畏（おそ）れるとも眩（まぶ）しむとも、輕輕には言擧（ことあげ）しない。「もの思ふ」、この不思議な重みと苦みを持つ座五は、彼女の性根（しやうね）を暗示する。影を踏むにしろ敷くにしろ、敢へて離れざるを得ぬかなしみに、作者はもの思ふことで報いる他はない。あらゆる主観的な表現を悉皆書き連ね、それらを情容赦もなく消し去り、「もの思ふ」と、ポーカーフェイスの唇から吐き出したその性根はしたたかであり、そのくせ、紛れもない女心のつゆけさをも感じさせる。ゆゑに、子規以後の数多の鶏頭の句中抜群を誇るのだ。少くとも鶏頭に關する限り、彼女の師松瀬青々にさへこれを凌ぐ句は見當らぬ。さう言へばかの俳聖芭蕉すら、「續猿蓑」に「鶏頭や雁（かり）の來る時なほあかし」を止めるのみであつた。

くれなゐの色を見てゐる寒さかな
朝雉子や吾は芥（あくた）をすててゐし
炎天に焔となりて燃え去りし
白木槿（しろむくげ）嬰兒も空を見ることあり
寒卵二つ置きたり相寄らず
女身佛（によしんぶつ）に春落剝（らくはく）のつづきをり
老櫻落花は己（おの）が身にふりて

人人は綾子の天衣無縫を言ひ平常心を稱（たた）へる。至當であらう。随筆『私の歳時記』には包みに包んだ叡智のゆかしさが匂ひたつ。だが、それだけではあるまい。對象に肉薄して、鮮やかに言ひ盡すことの方が、むしろたやすい短詩型で、殊更に三尺離れ、言ひたいことの半ば以上を嚙み殺し、それでも唇から溢れる十七音をさらりと書き止めるのは、深いたくらみであり、それはかへつて執念に近からう。彼女は、女身の翳りそめる頃「天狼」に參じた。それ以後の、達意の文體によるしかと視さだめ言ひ据ゑた句もさることながら、私は『冬薔薇』までの、酷薄なまでに簡潔で儚い句風を尙ぶ。「以前」の綾子なればこそ三尺離れたのだ。三尺の隔てが、その齒痒いかなしみが、老樹の櫻の落花を「己が身に」としたたかに言ひおほせるよろこびにも勝ると、私一人は思ふのだ。

「炎天の焰」は茂吉『あらたま』の「まかがよふ晝のなぎさに燃ゆる火の」以來、歌人俳人われがちに本歌取りめいた主題取りを試みてゐるが、綾子の句はむしろ、青々の傑作「日盛りに蝶のふれ合ふ音すなり」を思はせ、より不思議な餘韻を樂しませてくれる。燃えたのが何か、それを敢へて言はぬ勁さこそ彼女にとつての恩寵であつた。

大野誠夫

眞晝間の野に拳銃は鳴りひびき燦爛として生涯終る

その生涯三十八年、原因は決闘と書けば高名なプーシュキンの、一八三七年二月十日の死を指すことになる。殺したのは佛人ダンテスだが、これは表向きのこと、嗾したのは、プーシュキンを憎む宮廷貴族であつた。決闘の直接の原因は彼の美貌の妻ナタリアをめぐる悶著で、それも徹頭徹尾、アレクサンドル一世とそのブレーン達の設へた陥穽に他ならぬ。だが、別に、作者はプーシュキンをあらはに指してゐるわけではない。

ピストル自殺ならマヤコフスキー三十七歳の死も數へねばなるまい。十月革命を熱狂的に迎へ、これに身を投じたと思はれる彼が、しかもその詩才の鮮烈に開花した直後突如死を選んだ。原因その他今日もなほ一切謎とされてゐる。藝術家、殊に文學者の自殺は枚擧に遑がない。ラディゲやロートレアモンの夭逝も形の變つた自殺と考へるなら、あるいはまたヘミングウェイ六十二歳の獵銃自殺は勿論、ポー四十歳の行き倒れ、ロレンス四十五歳のサナトリウム脱走による死をも勘定に入れるなら、數はますます增える。本邦にも明治以降からにしたところで、その例十指に滿ちよう。

死の際は決して「燦爛として」とは言へまい。そのやうに傳へられてゐる幾つかの例にしろ、眞相はむしろ「慘澹たる」ものだつたらう。だが、それは承知の上で、否敢へて目を瞑つて、決然とかう言ひ切るところに、大野誠夫の悲愴なロマンティシズムがある。藝術は作家の沈淪を牲として生れるといふ信仰など未だに廢れてゐない。流連荒亡、赤貧洗ふがごとく、無頼の日日、彷徨の歳月、その末に始めて傑作が誕生すると彼らは語るだらう。芥川龍之介の死を聖別し、太宰治の死に殉じたいとさへ彼らは思ふ。さういふ傷つき易く誇高く、狂氣と夢に仕へる有名無名の「文士」乃至「藝術家」の心の底にひそむのは、誠夫のこの一首の、この神神しい一齣ではなかつたらうか。しかしおほよそは醜く生き存へて人に忘れられる。そして、彼にとつても、この煌めく墓碑銘こそ、自身のうちなる野の、旅の標であつた。

紫蘇の葉の低むらがりに光差しみづからを恃む心ぞ熱き
絶望に生きしアントン・チエホフの晩年をおもふ胡桃割りつつ
幾千の花かがやかす椿の木風なき午後を渇きに耐へず
放埒にけふあることも復讐のひとつとなして春をゆかしむ
宵々をピアノをたたく未亡人何か罪深く草に零る燈
枇杷すもも甘く熟れたる園ありき記憶のなかの油蟬鳴き

敗戰後の、あの荒寥たる廢墟に、これらロマネスクな歌を携げて登場したこの歌人を、永く記念したいと希ふ人は少くあるまい。たとへ時間といふ殘酷な批評家によつて淘汰され、かつその光彩を奪はれるにしろ、この儚く甘美な幻影は、現代短歌の、その當時の貴重な收穫であり、虚構とは眞實を透視するための多くの手段方法の中なる一つであつた。そしてたとへ短歌であつても、ピアノを叩く夫人とは、そのまま大野誠夫であらねばならぬ。劇中人物であるなら、作者も亦その舞臺の傍觀者たるに止まる。後の日、彼は「花闌けし椿の蔭に孔雀をりいま擾亂のうつつに遠き」と歌ふ。この耽美的な心象風景は、あたかも「風なき午後を渇きに耐へず」を右端とする六曲屏風の左端の圖、作者は遂に現れない。

三橋敏雄

夏百夜はだけて白き母の恩

二十二歳で母となり、十五歳の長女をかしらに三人の子持ち、末の次男は七つでもう用のない乳房だが、未だに艶やかに隆く、四時懐はゆるやかにひろげてゐる。初夏はセルの胸、盛夏は縮みの胸、晩夏は帷子の胸をややはだけて、時には甘えつ子の探るにまかせてゐる。

この句で「母」と呼ぶのはその次男でもあらうか。遠目に見て、わが家の摩耶夫人の白い胸を眩しんでゐた、その頃十歳の長男かも知れぬ。何といふ大らかに明るい母の身體であらう。はだけるのを作者は胸とは限定してゐない。ほしいままに脳裏ではだけて行く時、何となまめかしくしかも淸らかな母の身體であらう。

「百夜」で句の雰圍氣はたちまちいささか濕りを帯びて腥くなる。そのくせ、「白」と「恩」はそれを淨化し、悲しいエロティシズムを搖曳する。「夜」は「晝」の母であつた。そしてその深夜も白晝も内包する百日の、母のはだけた肌を、さわさわと風が吹き抜ける。うしろめたさも悩ましさも交へぬ風が、此岸から彼岸へ吹き抜ける。句は「百」と「白」との巧妙な響き合ひ、映り合ひによつて、「母の恩」といふ卑俗な、そのくせ文句のつけやうのない道徳を詩に高めた。そして決して高まり切つてはゐない。淨化の前に俳諧化された。はだけるといふ俗化行爲は決して、いかなる詩性によつても救濟されぬ。救濟されねばこそ俳句であつた。三橋敏雄の作たるゆゑんであつた。昭和四十八年、作者知命を過ぎて數年の吟、この年を區切りとする第三句集『眞神（まかみ）』には殊に秀句が多い。

家枯れて北へ傾ぐを如何にせむ
草刈に杉苗刈られ薫るなり
母を捨て犢鼻褌（たふさぎ）つよくやはらかき
もの音や人のいまはの皿小鉢
撫で殺す何をはじめの野分かな

あらゆる詩歌俳諧、決して散文にパラフレーズできるものでもすべきものでもないし、敢へてしたところでそれは全く別の、何の關りもない文言の羅列に過ぎぬ。中でも敏雄の句などはいかなる翻譯の名手も、到底散文化不能であらう。そしてこれに似通つた手法の句がここ十年來頓（とみ）に猛威を振ひつつある。ためにする朦朧化、修辭の不備による曖昧化、迎へた鑑賞を讀者に強ひる甘えた表現も、それらの中には少からず、私の最も排するところであるが、ここにはそのやうな堕（だ）落は毫（がう）も感じられない。西のアッシャー館と對峙するかに傾く悲痛な日本家屋、未來を絶たれても匂ひ立たねばならぬ杉、母性との訣別によつて始めてまことに男となることの爽やかな痛み、死ねば人が來て大根を煮ると言ふが、煮たきの音は既に臨終の床をさへ侵し莊嚴（しやうごん）してゐた。颱風のあの魔性のエネルギーを「撫で殺す」の初五で人間に轉位せしめた惡意。この野分、王朝以來近代に到る千の野分の中でも白眉と言はう。

　水彈く身のうすあぶら海の果
　夜枕の蕎麥殼（そばがら）すさぶ郡（こほり）かな

新興俳句の昔その鬼才を誇り、白泉、三鬼、誓子らの鞭を受けた豪の者、その強靭で鮮烈な言語感覺と方法は、まさに俳句を「撫で殺す」感すらある。願ふはただ一つ、その必殺の技に品格の添ふことのみ。

近藤芳美（こんどうよしみ）

霧にぬるる床にとりかぶとを打ち捨てき彼の別れをば思ひ出でつも

誰が、何故に、鳥兜を手荒く投げ捨てたのか。誰が誰に別れ、後にそれを回想しつつあるのか。激情迸るこの別離のカットバック・シーンを、六音九音五音といふ、著しい破調構成の上句が、切羽詰った吐息さながらの音韻を響かせて活寫した。恐らくは戀歌であり、悲しい別れであらう。臆測を許さぬばかりの簡潔な、そのくせ不思議な亂れを持つ文體が、この一首を鮮烈にしてゐる。秋深い高原か丘陵、鳥兜は野生種の紫紺、露を含み、捨てられて、床に打ち重なり、露が飛び散ってゐたことだらう。

この一首、近藤芳美第一歌集『早春歌』の前半に現れる。後記から推察すれば、昭和十三年、一現場技師として京城に轉勤、鴨緑江河口の龍岩浦の製錬所建設工事に従つた頃の作であらう。この歌を含む「秋になりて」と次の「結氷期」には「支那事變ひろがり行くときものかげの遊びの如き戀愛はしつ」「凍死せる苦力は晝迄に埋められて今日もありきただ枯色の窓の中」等も見え、當時の環境と時代相がなまなましく浮び上って來る。

たちまちに君の姿を霧とざし或る樂章をわれは思ひき
果てしなき彼方に向ひて手旗うつ萬葉集をうち止まぬかも
髪切りて幼き妻よ衞兵交代の列のうしろを行きかへれかし
營庭は夕潮時の水たまり處女（をとめ）の如く妻かへり行く
鷗らがいだける趾（あし）の紅色に恥（やさ）しきことを吾は思へる

これらの人口に膾炙した佳作を含む近藤芳美の、記念すべき青春歌集『早春歌』は昭和二十三年世に出た。そして當時の若い歌人達のバイブルとなつた。潔く、悲痛なこれらの歌は、まさに舊約の詩篇に通ふものさへあつた。殊に初初しい相聞歌の、訥訥（とつとつ）と優しいバリトンは雅歌の或る部分を想はせ、三十年後の今日、なほ感動的である。このたくらみを持たぬ直情の吐露は、爾來『埃吹く街』『冬の銀河』『黑豹』等を經て今日に到るまで、終始變ることがない。歌人としていかに歌ふかを論議する前に、彼には人間としてこの時代をいかに生きるかの、常に新しく常に苦痛に滿ちた命題があつた。奇怪にして愚劣な政治機構を憎みつつ、彼は營營として切實な悲歌を書き續けて來た。その希求に共感せぬ限り作品の理解も空しい。

おくれ毛のさびしき迄に齡（よはひ）過ぐ草野は昏るる澤の光よ
影の如人の汲み去る井戸ありき麥のみのりに道深く入る
彼の朝の濠の氷の低き虹弱き心にひとり行きしのみ

部屋ごとに匂う林檎を置きて寝る妻に霜降る夜の冱えわたれ

たましいは峨々たれ風の夜のしじまかわきて芥子の緋に咲きさかる

数多（あまた）動詞の切先（きつさき）が一首の中で觸れ合ふ告發の歌群、沈思の歌群、痛憤の歌群の間に、これらの涙ぐましい、煌めくやうな歌歌があたかもあやまつて彈いた装飾樂句（カデンツァ）さながらに響く。多くの讀者も限りない慰藉と安息を覺えるだらう。あやまちではない。このリリックも亦作者近藤芳美の、無染の魂の側面に他ならぬ。「たましいは峨々たれ」の二句切、血紅の罌粟とともにまさに千鈞の重みを持つ。

飯田龍太

露草も露のちからの花ひらく

向日葵は太陽の力もて花ひらき、夜顔は夕月の力もて花ひらく。紫陽花は雨の、白梅は霰の力もてと言ひ連ね、これら悉くを消し去つた時、悲しいほど晴れ渡つて、しかもまだ昧爽の空間に、露の力の花を危くひらいた露草の、碧瑠璃の二つ三つが微風に搖れる。

あの纖細な、オブラートよりも脆い花瓣の、鳥の幻影を持つ花が、夏の曉、折り疊まれ、縮めたみづからを、ふるふると展げ、花として咲き出る一瞬一瞬を思ふと、むしろいたましい。助けてやれるのはまさに露のみ。微風すらあの薄い花瓣を傷つけるだらう。「露のちからの」とは天來の中七であつた。これほど至妙な力を祕めた七音は稀有と言へよう。數多の花を書き連ねた冒頭のパロディのどれ一つも、絶對これには及ばない。この命短い、刹那の煌めきに賭けた花のため、すべて光を喪ふ。

「つきくさにころもは摺らん朝露に濡れてののちはうつろひぬとも」とは古今集夏よみ人しらず、後の七代集、諸私家集に夥しい本歌取を生んだ名作であつた。龍太の句も考へやうでは、その本歌取の一例ではなからうか。古歌の朝露は露草の命を奪ひ、現代俳諧の露草は命を得る。月草（つきくさ）＝鴨跖草（つきくさ）＝露草、近江草津では友禪下繪用の青花紙製造のため栽培してゐたが、それも廢れつつあると聞くからに、私は夏毎に庭隅に咲く一莖から早朝に摘み取り、腊花（さくわ）を作る。閑吟集の「薄（うす）の契りや、縹の帶の、ただ片結び」をくちずさむのはこのひとときだ。

この句、龍太第一句集『百戸の谿』にあり、高名な「紺絣春月重く出でしかな」「春すでに高嶺未婚のつばくらめ」「炎天の巖の裸子やはらかし」等と竝んで、全く別趣の鮮烈な優しさを感じさせる。私はふと水巴の代表句の一つ「かたまつて薄き光の菫かな」を思ひ、俳人の自然を見る目の鋭さ、こまやかさに歎息を久しくする。

胎（はら）の子にはるかな雪の沒日さす
晩年の父母あかつきの山ざくら
空腹のはじめ火のいろ冬景色
桔梗一輪死なばゆく手の道通る
二枚目の折鶴は緋か露の夜は
冬深し手に乘る禽の夢を見て

辛く苦（にが）く、したたかに言ひ据ゑるのが俳諧の要諦なら、それは時としてたやすい。鮮麗奇拔の眺めも、それを至上とするなら、作つて見せるのもさして難事ではない。時としては心に先んじて奔り、かつ翔りやまぬ言葉、虹彩を映して華やぐ言葉、その言葉を引き据ゑ、怺(こら)へ、森羅萬象に心澄ませつつ、一塊の雲のごとく、一盞(いっさん)の雨のごとく、命しづかな句をなすことは至難の業である。味は眞水、色は純白を以て最高となす大徳の境地、だがそこまで行けば、もう俳句といふ詩形自體が腥(なまぐさ)い。言葉そのものに人間の臭ひがして堪へがたからう。水に夕陽の紅映る、拒みがたい美の片鱗が、世界の美の反映となる、そのやうな句が、「山ざくら」や「桔梗」に暗示されてゐるのではあるまいか。

「一月の川一月の谷の月」と約(つづ)めに約(つづ)め、一方では「水鳥の夢宙にある月明り」と歌ふ龍太の、自在な、自由な境地を私は畏れかつ愛する。澄みまさるのは死後でよい。時間といふ精妙無比の濾過装置は、いやでも一人一人の作品を澄ませ、また滅ぼしてくれる。

驛賣りの牛乳（ちち）買はずしてかたはらの水に口づけば心がなしも

田谷（たや） 鋭（えい）

わづかな費えを厭うて牛乳一壜を買はぬのではない。賣店の女が無表情に、ぐいと蓋を引き剝がして差出すあの壜を受取り、コップにも注がず、新聞を買ふ男、飴をしやぶる女に隣りつつ、喇叭飲みするのが何かわづらはしくうとましい。時には、雰圍氣次第では、大きにラムネの喇叭飲みもするが、彼はその日も賣店のミルクを買ふ氣にはなれなかつた。プラットフォームの半ばにある喫泉、白陶の泉盤、把手（ハンドル）は締めてゐるのに、ちょろちよろと水が溢れてゐる。懶（もの）い身を屈め、覆ひ被（かぶ）さるやうにして、十糎（センチ）ばかり吹き出すやうにしたその水に唇を差し寄せる。なまぬるい、鐵氣（かなけ）の臭ふ水が鼻先を擽（くすぐ）る。もともと堪へられぬほどの渇きを覺えてゐたわけではなかつた。それをよすがに、いささかのやすらぎが欲しかつた。含んだ水を吐き出し、泉盤を噴き出す水で淨めて、彼はそこを離れる。順番を待つてゐた幼兒連れの若い母親が、嬉嬉と喫泉の方へ行く。かばかりの、ひそかな、取るにも足らぬ行爲も、永い一日の、否人の世の一齣（ひとこま）、かつての夏の日にもこのやうにした。未來のいつの日かまたかうするだらう。ふと刹那の思ひに耽る彼の前を後を、かかはりのない人人はどこかへ急ぎ足で去つて行く。

　私かなるよろこび事ぞ空箱を解體し釘のたまりゆくとき
　コンクリートの運河の岸が狹む水律せられたる寥しさもちて
　けしごむを購ひやりしのみデパートにつづく地下驛に子と憩ひをり

第一歌集『乳鏡』の中にひつそりと息づくこれらの歌は、ある時乳色の眞珠の曇りのやうに、讀者の心にやすらぎを與へる。丁寧に釘を拔き取つて箱を解す作者の、あはれ、つつましい樂しみ。言つてしまへば消え去るやうな、餘りにも隱微な哀樂の、その危いニュアンスを捉へることにかけて、この期の田谷鋭を凌ぐ歌人はあるまい。狹められる水の寂しさ侘びしさは、そのまま世に生きて苦しむ作者だ。だが、そこまで言はずに彼は口を噤む。子に消しゴムを買つてやつた、ただそれだけの二句切のやすらかな悲しみに、父と呼ばれたことのある人なら、等しく頷くことだらう。地下驛の暗がりは、ひそかな濕りを帶び、どこからか吹かれて來た篠懸の葉が翻る。そしてこの時一瞬聖畫のヨセフとイエスを映し出す。

　シャワーを浴む男のからだ窓よりの陽に斷れぎれの虹まとふ見つ
　道なかに衄血せしことの寂しくて歩みくればめぐる夜の矢車
四瓣花を思はす翼のつや蒼く鎭まりて夜の扇風器なり

うちかがみシャツ脱ぐとして終焉のさまともあらず蹌踉(よろめ)けるなり
高処(たかど)より熔接の火は瀧なし墮(お)つなべての若き過去(すぎこし)のこと
かち歩むひとの稚(をさな)が父と思ひ我を見上ぐるこの愛しさや

知命過ぎて六年、第二歌集『水晶の座』にも、落ちる熔接の火の瀧に青春を思ふ作者の生き方は、その十五年前の含羞を、なほ初初しく保つてゐる。他人の子に父と見違はれるその愛(かな)しさのあはれ。思へば歌人も亦、幻かと期待をこめて振仰ぎ振返りつつ、見えるものはすべて色褪せた現實であることに、傷つき、諦め、しかもなほこの世の外(ほか)の何かを戀ふべくさだめられた生きものであつた。

金子兜太（かねことうた）

肉を喰う野の饗宴の妻あわれ

「風」發行所昭和三十六年刊『金子兜太句集』の巻末、「東京」と題した作品群の中に、この句はぎらりと光を放つ。兜太、不惑をやや過ぎた頃の、匿れた秀作の一つであらう。無雑作に投げ出したかと思はれる言葉の塊が、實は退引ならぬ切實な、かつ有機的な脈絡を持ち、耳には屆かぬ共鳴現象を生んでゐる例が、彼の作品には數多あり、この一句も亦、その顯著な一つであらう。妻が口にするのは「肉」でなければならぬ。魚ならば不必要な陰翳と恥（やさ）しさを生み、句は抒情に流れる。肉食獸たる人間の牝、念頭をちらりとこのやうな禁忌に近い聯想がかすめる。ひらめく舌、動く顳顬（こめかみ）のあはれ。「野」の饗宴も動かすことはできまい。空中正餐、水上宴遊、いづれも淺薄で華奢な文明のにほひがつきまとふ。草いきれの漂ふ初夏の、それも晴天白晝であらねばならぬ。

人は、あるいはジャン・ルノワールの名畫「草の上の晝食（ル・デジュネ・シュル・レルブ）」を想ひ出すだらうか。彼の父、後期印象派の巨匠ルノワールの舊家にロケーションして撮つたといふ、あの長閑（のどか）な田園風景と、愛すべき田舎娘の飲食のさまを、私はこの句に重ねるが、どうしても「饗宴」が食み出す。この誇張、美化は作者のひそかな悪意による。恐らくはプラスティック容器に押しこんだ冷肉、精精が急拵への石の竈で、バーベキューなどと稱し、いらいらと半焼けにした羊肉のたぐひではなかつたか。それをしも「饗宴」とする、あつけらかんとした悲しみ。

虚僞と猜疑と排氣ガスとPCBに充ち滿ちた「都」を遁れ出て、一日「野」に遊び、「饗宴」を催すことのささやかな慰め。野性に還つた妻は肉を啖ひ、この幻の宴に君臨する。子はその左右に侍る。夫は場面外に草食獸の牡のやうに蹲る。しかもその彼が、妻を「あわれ」と歎くのだ。「東京」といふ小標題が、この時痛烈な苦みを伴つて蘇る。野といへども、それも蝕まれ削られ平された武藏野の殘骸ではなかつたか。

新秋や女體かがやき夢了る
街娼に橋煌々と造られる
岬明るく美貌の造船工眠る
放浪の果ての四肢澄みわれらが餉へ
搖れやまぬ夜行列車に紺碧の老師

輝く女體の夢は第一句集『少年』の、二十代初期に生れた。「蛾のまなこ赤光なれば海を戀う」「愛欲るや黄の朝燒に犬佇てり」と、俳句を見事に御しおほせて、しかもその後三十有餘年、止らず、鎭まらず、常に世界に向いて好奇の眼を瞠き、鞣された言葉の膚を、殊更にけば立てて、不條理と不安と、頽廢と退嬰を告發して來た。その荒荒しい言語感覺は、異樣に平均化され、つるりと磨かれた現代俳句の群の中に置く時、一瞬息を呑むほど個性的である。この特徴ある文體を、鈍痛の抒情、獨流の叡智とでも呼ばうか。彼の句は破調の場合は勿論、嚴しい定形の埒内にある時さへ、電子音樂風不協和音をほしいままに響かす。時には人の耳に逆ふ。

一世を風靡した流麗な短歌的俳句の調べ、打てば響き、響けば迎へるやうな、卽妙の連歌的リズムに抗し、あらがひ、兜太一人の現代俳句の韻律を創造するための、これは半生をかけた試みであり、同時に示威であらう。かつて、自由律俳句が挑んだ定型枠外の「自由」を、枠内に生まうとする音かも知れぬ。私は、その音に耳を順はせたい。

寺山修司

一つかみほど苜蓿うつる水青年の胸は縦に拭くべし

縦に拭く、その「縦」に、この青年の胸が匂ひ立つ。一米七十八糎、六十五瓩、かつてバスケット・ボール部の主將を勤めてゐた過去が浮び上る。當時柔道部で盛名を轟かせ、今も八十瓩の巨體を誇る今一人の彼の胸なら「横に拭く」方が能率的だ。否、「縦」とは胸といふ矩形の空間の、その一邊の長さに從つて選ばれたのではない。たとへ、横幅の方が廣くとも、「青年の胸は縦に拭」かれねばならないのだ。そこは初夏の運動場の端、クローヴァーが茂りに茂り、咲き殘つた花が甘い匂を放つ。

彼方は一面の麥畑、彼我を劃るのは一條の野川、三日前まで降り續いた雨に、水嵩を增し、砌の石を越えて渦を巻く。まつしぐらに驅けて來たのは今日の練習を終つた一人、ジャージーのジャケットをかなぐり捨て、岸に仁王立ちになつてしたたる汗を拭く。まだ穢されてゐない男の胸を拭く。權力にも狂氣にも女にも汚されたことのない胸を拭く。縦に拭く。踏み躪られた苜蓿の香、川の水の香、汗のにほひ。咽喉佛から鳩尾まで拭き下し、彼は水面を覗く。苜蓿の濃緑色の繁みが映り、それに重なつて膝が、紅潮した胸が、濕つた蓬髪が、そして輝かしく傷つき易い青春そのものが映る。

壯年の胸ならバスルームで斜(はす)に拭くがよい。曇つた硝子には柘榴の、朱の蕾をつけた一枝が映つてゐるだらう。苜蓿を映す水の傍に、晴晴と、胸を縦に拭く青年期は瞬く間に移ろふ。寺山修司ほど、この人生の若葉の候を、ひたすら歌ひ、祝ひ、悲しみ、かつ記念した歌人も稀であつた。病む一時期を持つたゆゑに、その代償としても青春を聖別美化せねばならなかつた。

　甲蟲を手に握りしめ息あらく父の寢室の前に立ちをり

　自らを瀆(けが)してきたる手でまはす顯微鏡下に花粉はわかし

　無名にて死なば星らにまぎれむか輝く空の生贄(いけにへ)として

　一本の樫の木やさしそのなかに血は立つたまま眠れるものを

　わが母音むらさき色に濁る日を斷崖にゆく瀆るるために

　みづからをけがすことが、そのまま淨化作用(カタルシス)となる青春の當然を、かくも朗朗と歌つたこと自體、短歌の蘇りへの狼火(のろし)であつた。あり得た。彼が「チエホフ祭」五十首一篇を提げて颯爽と登場したのが昭和二十九年、時に十八歳、この眉目秀麗な青年歌人は、そのまま作中人物に化し、偶像(アイドル)となり得る天才に恵まれてゐた。亡ジェームズ・ディーンが空前絶後の煌めく個性を祕めて、エリア・カザンの「エデンの東」に登場したのが、その翌年一九五五年であつた。寺山は豫兆であり、魁であり、ミューズを先導するアポロだつたと言つてよい。

目つむりてゐても吾(あ)を統(す)ぶ五月の鷹

他郷にてのびし髭剃る櫻桃忌

俳句から出發し、詩と小説と劇を書き分け、次いで劇團を主宰して世界を股にかけ、映畫制作に到るまでの多彩な變貌は今更喋喋を要すまい。彼こそ藝術のジャンルの垣をみづからの手で取除き、「クロスオーヴァー」を身を以て示現した最初の一人であらう。「吾(あ)を統(す)ぶ五月の鷹」とは、最も若書に屬する彼の俳句だが、言ふまでもなく、彼を統べてゐたのは鷹に化身した太陽神であり、永遠の青春のシンボルであつた。今日、寺山修司は不惑を過ぎ、大厄の青春を美しく惑ひつつ生きてゐる。

死なくば遠き雪國なかるべし

和田悟朗（わだごらう）

雪國は人の「死」によつて生れる空間なのだらうかと或る人は思ふ。また一人は、死に繋がらうとする極北の思想を考へる。われ思ふ、故に「死」あり、われらに死あり、ゆゑに雪國あり。雪國が死者もしくは遺された者への救済となるのか。虚無をすら淨化する世界がそこにあるのか、作者は默示に似た一行を示すのみで立ち盡す。二つの際やかな打消によつて、曰く言ひがたい次元を彼は顯在化する。雪國は黄泉であり同時に彼岸、奈落であつて天國、その含みのある悲しい推量が、この一句を不思議にみづみづしいものとする。

「死なくば」と初句は四音、この一音の缺落が、沈思の末辛うじて開いた唇から、ゆくりなくも洩れ出た言葉であることを證する。この句は昭和四十八年發表のもので、作者は知命をやや過ぎてゐた。「雪の落葉渺渺とこころゆるすなり」「顏剃るにしきり雷して死後の寒さ」等ほぼ同時期の作品だが、いづれも「遠き雪國」と共に忘れがたい。一句は謎を含んだまま終り、彼方は渾沌として不安である。その詩的サスペンスと澄明なスケプティシズムこそ、和田悟朗の句の魅力と言ってよからうか。

第一句集『七十萬年』は昭和四十三年の刊行であるが、ここにも既に彼の文體は紛れもない。眞實、あの深い渾沌の底にある、あるかも知れぬ眞實を見極めようと、瞳を輝かす若い學者の、唯一つの生き方は、その俳句の上にも美しく映發してゐた。

蜉蝣やわが身邊に來て死せり
螢光るとき眼前の石やわらか
蛇が目ざすはるかなる人の墓

彼の句の核には「負（ふ）」の要素がひそんでゐる。だがその負はなまぬるい正などより遙かに勁く輝き、時には優雅でさへある。『七十萬年』といふ途方もない標題にも、彼の生眞面目でしかも優しい含羞の表情が見える。蜉蝣も螢も蛇も、勿論彼であり彼の分身であるが、それを凝視する今一人の作者自身の目差の、切ないほどの潤（うる）みと煌（きら）めきは、時として讀者の胸を熱くする。寡默な作者が熟慮の後、しかもなほためらひつつ、靜かに示す一句には、それゆゑに怖ろしいレアリテの截口が見える。

作者は壯年の一時期を學究のためミネアポリスで過した。間歇的に作品を照らし出すあの宇宙感覺は、ミシシッピー河畔の、「北方の星（レトワール・デュ・ノール）」をモットーとする洲の首府での、孤獨な常住坐臥に得たものではあるまいか。

太陽へゆきたし芥子の坂を登り
黄道を先行くここち鷦鷯（みそさざい）
月草に瑞瑞しくて亂をなす
山川を假に哀しみ桃剝くか

彼の句の孕む謎はますます深まる。それはつひに眞實なる存在に向けた質問に似、時によつては、彼自身が慧（さと）くも解いてみせた結果の暗示ともなる。彼の魂が宇宙を遊行する時、その伴侶となるのは、芥子・鷦鷯・月草・桃、彼らひとしく彼らの主を振仰ぎ、五・七・五の角毎にひそやかに問ふ。「クオ・ヴァディス・ドミネ」。作者はその時、世にも優しい微笑を湛へて答へるだらう。「汝の『死』に尋ねよ」と。

春日井建（かすがゐけん）

海鳴りのごとく愛すと書きしかばこころに描く怒濤は赤き

最初の歌集を「處女歌集」と呼びならはすのは、勿論「無垢の」と言ふ意味を含めてのことだが、春日井建の『未青年』には殊更に「童貞歌集」の名を獻じたいやうな、悲痛なまでのうひうひしさが感じられる。更に言へばこの一巻が「雄雄しさ」への渇仰と憧憬によつて成立してゐると言つてもよからう。

「海鳴り」の一首は巻頭の「綠素粒」一聯の終り近く、壓倒的な響きと色を以て讀者に迫る一首である。海を背景とする相聞歌は牧水以來あまたの秀作を生んでゐるが、しかし、「怒濤は赤き」と歌つた例を私は知らない。潮騒に似て心さわだつと歎いた人はあらうが、「海鳴りのごとく愛す」と斷言したのは建が最初ではあるまいか。單に新しさを褒めるのではない。弱冠十九の、まさに未成年の、怖いもの知らずの純潔な魂が、まかり間違つて短歌におのれを託した時、ここに花開いた言葉の不思議に私は慄然とする。この鮮烈な一首を生んだだけでも、彼の、青年となる寸前の日日は永遠に記念されてよい。心に砕け散る眞紅の波頭、轟轟と沖の彼方に狂ふ海の雄たけびさながらの愛、それは最早世の常の戀歌を越えて、彼方暗黑の海溝へ引きずりこまれて行く運命的な愛への呪詛を思はせる。建の歌のすべては、死との危險な關係や、悖德との優雅な調和が、一首の光と影を織りなし、いはゆる青春歌集の素樸で幸福な夢などとは、次元を異にした世界を繰り展げる。

　プラトンを讀みて倫理の愛の章に泡立ちやまぬ若きししむら

　星宿の下いきいきと訪ひゆくに與ふべきものはこころの何處(いづこ)

　潮ぐもる夕べのしろき飛込臺のぼりつめ男の死を愛しめり

　朝、未知の土地へ旅立つてゆく若い旅人に與へる「馬のはなむけ」にたぐへた三島由紀夫の序文を持つこの歌集は、晴れがましさにむしろ憤然としてゐるやうな趣が見える。昭和三十五年秋の發刊、戰後短歌が寺山修司に續いて得た二人目の、まさに定型詩の寵兒、煌めく王子であつた。父母共に聞えた歌人の由緒ある出自を思へば、自在な修辭力は當然のことながら、彼の歌ふ世界は時にワイルドと言問ひ、またサドを訪れ、若くして美の涯にある虛無を差し覗いてゐた。そして二十代半ば、最も豪奢に花開いた時、彼は潔くこの詩型に別れを告げる。達成を祝すべきか、一種の夭折と見て悼むべきか。

　廢品のくるまの山へ血紅の花束を投ぐジェームズ・ディーン忌

　荒々と自由欲る髮を吹かしめて天體は風のつめたき廣場

一粒の麥わがために蒔かれあり肉欲はいやさらに清しきものを
底ごもる水鳴りがなべて支配して男盛りのミシシッピーよ
わがうちの追憶街に燈（ひ）はともりポオの少女妻仄かに歩む
花の管また人體の神經圖ひらきて母を戀ひし日はるか
ひとしれず罪を愛せしわれのため鐘打てりルドンの鐘樓守は

不滅の固有名詞と化したディーンへの供華（くげ）とは、建がみづからに捧げた祝辭であり、同時に弔辭ではなかつたか。だが、ただ存（なが）ふるのみの歌人は、時の花におのれを賭け、賭け終つて微笑するこの稀なる若者に、一度は深い憬れを抱き、また恥ぢねばなるまい。

高柳重信(たかやなぎしげのぶ)

薔薇(ばら)をうかべ
海をおそれる
晩年の河

晩年の河には枯れた菊でも流せばよいと人は言ふだらう。精精華やがせたところで一摑みの紅葉、薔薇など場違ひも甚しいと眉を顰(ひそ)める向もあらう。だが、作者は既に禁忌の薔薇を浮べてしまつた。かくなり果つる晩年の、この悲しみはわれのみならずと、彼はおのが晩年を、人なる悲の器すべての晩年として、ここに三行の歎息を記し止める。だが、その歎きは、絶望を核として、むしろ陶酔の色をさへ帯びてゐる。

海に出て最早還るすべも、歸るべき處も喪つたのは、「木枯」ばかりではなかつた。晩年の薔薇も紺青の沖へ漂ひ出たなら、二度と水上への遡行(そかう)は許されまい。薔薇にもいろいろある。リラダンの「闇の華」には、葬儀が終り、弔問の客が四散すると、たちまちに柩を飾つてゐた薔薇が葬儀屋の手で掻き集められ、花屋に運びこまれ、花屋の女達の魔女のやうな指さばきによつて、ふたたび淑女紳士方の胸飾りにふさはしく、見事に蘇つて行く様子が描かれる。何と、晩年の河に浮べても似つかはしい薔薇であることか。作者の心にはまたボードレールの「憂鬱（スプリーン）」冒頭の赤い薔薇も浮んでゐたことだらう。海は青過ぎると訴へるこの世紀末詩人の晩年には、薔薇の名殘もなかつた。ポーの薔薇、ワイルドの薔薇、あるいはゆかしいヴァレリーの薔薇。薔薇とは、三十代の始めに潔く葬るべき青春の記憶ではなかつたか。

重信は記念すべき第一句集『蕗子』の中で口遊（くちずさ）む。「裏切りだ／何故だ／薔薇が焦げてゐる」と。その前の頁には「佇てば傾斜／歩めば傾斜／傾斜の／傾斜」と、一字づつずらして斜に刷られてあつた。刊行は昭和二十五年、作者二十七歳の夏と記憶する。翌年十二月刊の『伯爵領』には「咲き／燃えて／灰の／渦／輪の／孤島の／薔薇」がアーチ状に印刷してある。しかる後二十代末期からは俳誌、その名も「薔薇」の編輯に力を盡した。この期の句集を『罪囚植民地』と呼び、「晩年の河」は集中の白眉の一つであつた。しかもなほ彼は吟ずる。

くるしくて
みな愛す
この
河口の海色

あるいはまた「枯木らよ／これは／河口の／楔形喪章」と。河口とは現實と夢幻の境、幽、明を劃らうとしつつ、なほ朧な、しかも彼方にありありと煉獄の見える境ではなかつたか。そして十有六年、『蒙塵』には、巻頭に近く「薔薇に／架けられ／吹きなびかせてゐる／髯よ」と、また「むしろわななけ／いま／縊られる／神聖薔薇王國」を揭げた。そして更に「風荒き／展けし海に／熟れきはまるよ／晩年は」「たてがみを刈り／たてがみを刈る／愛撫の晩年」と悲痛なバリトンを響かす。

薔薇は青春の形見であるのみならず、彼の信ずるものの象徴に他ならず、つひには彼自身の別名であつた。その信仰と幻覺が、彼の榮光であつたか過失であつたかは、恐らく神にすら判別不能に違ひない。薔薇は沖へ沖へと漂ひ出る。そしてそれは、いつの日かまた、みづみづしく蘇つて、僆さに懸けて詩に生きようとする若者の「水上」に忽然と現れるのだ。

はじめての長髪剛きやさしさやとどろく秋の風にあゆめば

岡井　隆

幼稚園から髪、額を覆ひ、眉を隠し、中學生ともなれば項の毛、鬣狗の鬣さながらに小うるさく絡み、高校生は朱夏の棕櫚の毛同様にちりちりと逆立たせるか、鬘のやうに前髪に高波を打たすのが、現代の男の子の風俗。その異様な蓬髪、長髪、似合つてゐる者など百人の中に三人とはゐない。一様に薄汚く、あるいは拵へものの感がつきまとひ、第一に非個性的で愚しい。あれほど制服を嫌ひ、統一、規制を拒むくせに、放つておくと一齊にデニム・ズボンを著用に及び、申し合せたやうに女装寸前の長髪にするとは面妖極まる。「右へならへ」の號令を輕蔑しながら、猫も杓子も白癡めいた少女歌手トリオなどに熱狂するのも笑止千萬だ。現代青少年、もしくは學生風俗批判はさておき、かつて長髪とは、そのかみの「元服」「加冠」と等しい意味を持つてゐた。

動機、時期に差違はあらうとも、青青とした坊主頭が五分刈程度に伸び、やがて豪猪めき、とある日、理髪店で、意を決して、それらしくヘア・スタイルを調へてもらふ。そのひそかな儀式の後、一人の半青年が、一匹の男に變貌する。髭の剃痕、揉上げの刈り跡もそれにつれて匂ひ立つ。理髪店を出て、ひりひりする顎に項に沁む新秋の日差。向うから來て摩《す》れ違ふ未知の人人の眼が、理由もなく眩しく晴れがましい。

後頭部に手をやると、刷子《ブラシ》に觸れたやうな感觸が掌を刺す。理髪師も剛毛を嘆きつつ、丹念に前髪や鬢をアイロンで宥《なだ》めてゐた。ざらつと逆撫ですると、いやさらに「男」になつた思ひ、辛うじてではあるが一人前に世の交りに加はつたやうなときめきが湧く。愛する人が現れる日も近からう。「やさしさや」を「羞《やさ》しさや」と表記するとややその思ひがあからさまに出すぎる。折しも野分の前觸《さきぶれ》か名殘か、樹樹を煽つて強風が吹き過ぎる。

この歌、作者第四歌集『眼底紀行』の「少年期に關するエスキース」に含まれる。三十代後半、壯年の憂ひと誇に滿ちた目差《まなざし》で、靜かに振返つた青春前期の一齣《ワンカット》であらう。苦みを帶びた爽やかな詠風は、第一歌集『齊唱』の昔から四半世紀、隆の歌を貫く特徵であつた。

雲に雌雄ありや　地平にあひ寄りて恥《やさ》しきいろをたたふ夕ぐれ
氣管支の枝ことごとく炎えわたる夕まぐれ病詩人を訪《と》へば
火の額を硝子にあててひしと見るわが愛庭に熟れつつありや
檣《ほばしら》の搖れつつ集ふ夕まぐれ肝《かん》肥大せる漁夫は行きたり
あぢさゐの濃きは淡きにたぐへつつ死へ一すぢの過密花あはれ

四半世紀を奔り、躓き、跳び、轉び、あまた變貌を重ねて、ひたすら生きて來た現代有數の歌人の、鮮烈な詩の履歴が、たとへばこの五首からもうかがへよう。彼は、歌人であり、また同時に誠實な一人の國手であり、そして何よりも、矛盾を孕み、煩惱を具足しつつ、決して敗退することを知らぬ男子であつた。明晰な論旨を持つ幾つかの評論集に、彼の思想を學ぶことも、これらの作品をより深く味ふための手段であらう。一首の終りに、視えざる疑問符の印された歌群は、いかなるロマンより、哲學の書より、更に愉しい讀物となつて、いつの日も心ある讀者を魅了するに違ひない。

平井照敏（ひらゐせうびん）

雲雀（ひばり）落ち天に金粉殘りけり

萬葉は家持の「うらうらと照れる春日」の雲雀、あるいは六百番歌合は定家の「若葉の芝生」の雲雀、良經の「朝日待つ間」の雲雀、俳諧を言ふなら芭蕉が原なかの雲雀、峠の雲雀、蕪村はまた鎧の袖の夕雲雀、一茶は七番日記の野ばくちの雲雀と、秀歌玉什出盡した感あり、時移つて明治以降でも、歌と句の雲雀の佳吟だけで一大詞華集が編めるはずだ。ましてフランス文學の匠照敏ならば、シェリーの雲雀は數へずとも、武勳詩（ジェスト）から超現實派（シュルレアリスト）に到る七世紀の間の雲雀（アルウエット）のアントロジーが、頭の中で卍巴（まんじどもえ）をなし、かつひしめき合つてゐることだらう。

だがあらゆる雲雀の傑作の中にこの句を置いても、いささかも遜色はあるまい。少くとも現代俳句を對象とするなら、揚雲雀では耕衣の腸（はらわた）ふるびゆく、あの一句を、落ちる雲雀なら照敏のこの金粉の雲雀を永遠に記念したい。前者がその思ひの深さにおいて芭蕉の側に位置し、後者がその映像の鮮麗さにおいて蕪村に近く竝ぶことは言を待つまい。この句のめでたさは、雲雀をモチーフとしながら、作者の描くエクランには、既にその鳥は影もさだかならず、痕跡として存在するのみといふところにあらう。しかもその痕跡は金粉を以て莊嚴されてゐる。

啼き上りつつ中空に金粉を鏤(ちりば)めると、たとへば、かりに、別の眺めを思ひ描かうか。これとてなかなかのおもしろさ、安土桃山の光彩を呼び覺ますと言つても過褒ではあるまい。だがその美は飽くまでも障屏畫(しやうへいぐわ)のたぐひの華やぎの、精一杯のまねびに止まらう。落ちる雲雀、否堕ちてしまつた雲雀の、一瞬の過去の、刹那の存在(エグジスタンス)の、悲痛にして絢爛を極めた證(あかし)であつてこそ、はじめて詩歌となり、「けり」の切字が言語空間を斷ち切つた時、俳句として自立する。そしてこの句、いかなる脇もふさふまい。私はこの凄じい金色に飾られた空隙(ヴアカンス)を前に、また別の繪を夢みる。若い維納(ウイーン)幻想派の弟子ならば、漆黑の闇を背景に硝子の解剖臺、その上に腹を裂かれた雲雀一羽をクローズアップする。創口(きずぐち)から床上(しやうじやう)へ、さんさんと落ちこぼれる金箔金粉金砂子(きんすなご)金泥(きんでい)。だが、所詮それも原作一句の、簡潔でストイックな妙趣には遠く及ばぬ。

柿の朱に天降(あまくだ)りくる歡喜天
吹き過ぎぬ割りし卵を青嵐
鷹の嘴(はし)さきにおのれの血がすこし
たまゆらをつつむ風呂敷藤袴

黄落を他界にとどく影法師

夏河原生死の時間なかりけり

エスプリの新しさしたたかさは言ふまでもないが、日本の古典から西歐の現代までを隱し味として祕めつつ、生粹の俳諧を創り上げた言語感覺の正しさ、ゆかしさを稱へたい。智慧の迸るにまかせた言語遊戲的俳諧も、當然認めるにやぶさかではないが、その遊戲にせよ、「わが身さへこそゆるがるれ」の悲しみを知つての上の業でなければ空しからう。「秋の夜の足音もみなフランス語」にピアフの歌聲を想ひ、「身のうちに草萌えいづる微熱かな」にゆゑ知らずラディゲの夭折を感じる、そのやうな樂しみは、二の次三の次にしておかう。

これらの佳吟、すべて著者不惑過ぎての句集、その名も朔太郎にちなんだ『猫町』に收められてゐる。時として柔媚の趣を呈する句群、猫の魔力の恩寵か。

佐佐木幸綱

父の胸坂のぼりつめたるま悲しきぬばたまの夢冬の鷹の眼

二十代の歌を聚めた處女歌集『群黎』、三十代初期の『直立せよ一行の詩』、三十年代半ばの作を飾る『夏の鏡』、いづれもこのサラーブレッド歌人の出自と才質を反映した爽やかな作品が犇く。その作品群中殊に目立つのは父戀ひの歌と酒祝ひの歌であらう。數においても全作品中相當な比率を示すはずである。作者の本領躍如たりとは言へ、都合によつて後者はしばらくおき、前者、父治綱を偲ぶ作は、彼の私的な感慨を超えて、胸を搏つ秀作が夥しい。すべての名作がさうであるやうに、歌が普遍の高みに達し、父性そのものへの連禱と化してゐる證據であらう。思へば『群黎』第二巻の巻頭がその父の歌であつた。

寄せては返す〈時間の渚〉ああ父の戰中戰後花一匁

君は蹴る父の扉をさんさんと蹴れば新鮮な肉の痛みよ

冬の汗胸板傳い落ちゆくを父なきのちもつらなれる父子

人も火も鳥も靡きて子を生すと父戀えり重き瞼おろして

第二、第三歌集の半ばに、それぞれ二十一歳の誕生日に逝去した父を記念して、重要な一章を構成してゐる。掲出の「父の胸坂」は第二歌集の別の章にぎらりと光る一首だ。歌は何人の場合も例外なく、作者の性格と體質を裏切らぬ。幸綱も亦、直線的で、潔く、雄雄しく、明暗抑揚際やかに、近頃珍しく朗朗誦すべき律調を誇る。その中にあって「冬の鷹の眼」といふまことに含みのある結句を持つこの一首は、喜ぶべき異色の作ではあるまいか。

「胸坂」とは仰臥した人の胸の高みを指すが、「のぼりつめたる」の第二句のため、たとへば大和二上山のやうに、貴種を葬つた山、山中の坂を思はせる。漆闇（うるしやみ）、ぬばたまの夜の死者なる父の裸の胸の白さ、夢の中を喘ぎ登る作者の汗が目に浮ぶ。そしてその目こそ、鷹狩の鷹の、官能を射る恍惚たる眼であつた。天智を戀ふ大津、あるいはまた高倉を慕ふ後鳥羽、父を求めて彷徨（さすら）ふ野の、野守の鏡に映ずる冬の鷹。夢と現（うつつ）の境に作者生誕の日、すなはち治綱忌の、蕭條たる神無月八日の松風の音がする。

たちまち朝たちまちの晴れ一閃（いっせん）の雄心（おごころ）としてとべつばくらめ

獵銃持ち汗ばみて父に従きゆきし日の青空へいつか還らん

はるばるとうねりうねりし多摩川に花束浮けり、誰のかなしみ

辛夷の蒼點々と枝に立ちまかがやく、純白の男の短歌

戰わぬ男淋しも晝の陽にぼうつと立つている夏の梅

まさに純白潔白、晴天さながらの歌の中に、彼はある時仁王立ちになり、また拔手を切つて泳ぎつつ生きて來た。不惑に達する時も、流離は抽象の世界に止めたこの詩歌の貴種は、なほ歌なるものの無染を無垢を證言しつづけるだらうか。まさに、それは一面の眞理であり、信ずべき姿と言へるだらう。

だが、それを知りつつ拒み、愛しつつ否み、變へるために、選ばれた詩人の營みはあつたといふ、今一つの反面の眞理をも決して忘れてはなるまい。父を歌ふ時、彼の歌は通俗美學を憫笑するかにみづから發光した。彼の歌のシンボルである「眞夏の鏡」に孤立無援の彼自身の世界をいかに映すか。それこそこの精悍なハムレットの今日の「問題（クエスチヨン）」であらう。

跋

蛇足颯爽

「現代においてなほ朗誦すべき秀歌絶唱ありや」といふシーリアスな質問を、「サンデー毎日」前編輯長八木氏から受けたのは、昭和五十一年の秋のことであつた。「現代」を強調されたのには意味がある。氏は私が四十九年の冬世に問うた『王朝百首』(文化出版局)の、隠れた忝い讀者であり、現デュッセルドルフ支局員伊東氏が赴任の際、餞別の品の中にこれを加へ、かつそのゆかりを本紙のコラムに紹介された奇特の士であつた。

私は、それゆゑにこの設問には一瞬聲を呑んだ。そして、絶唱はある、なくてどうする、と重ねて心の中で呟いた。まづ何よりも與謝野寛の『相聞』の名歌を紹介しよう。牧水の爽やかな丈夫歌(ますらをうた)を聞いてほしい。短歌だけではない。同時代俳句作家の、たとへば水巴の高雅な江戸趣味を、石鼎の奇抜な美意識を傳へねばと、私は獨りたかぶつてゐた。題は「七曜一首」「七曜一句」の各週交替、鑑賞作品數は計百。十一月第一週からと卽座に決定し、私は早速、明治の詞華集登載詩歌人に隈なく目を通し始めた。

既往の鑑賞文例、評釋類も一應眺め、なるべく先人の觸れなかつた秀作を擧げ、人口に膾炙したものなら、私が獨特の鑑賞を試み得ることを前提として採用した。そして、それは必ずしも難事ではなかつた。むしろ興味津津、難解作や、手がかり足がかりを與へぬ作こそ意欲を唆つてくれた。「朗朗誦すべき」作には、定型の枠を外して、通俗的にパラフレーズした刹那、詩的香氣もあはれも醍醐味も、ものの見事に消え失せる場合が多多ある。否、それこそが絶唱の資格であつた。だが、この難點を巧にすり拔け、飛び超えるのも、鑑賞者の智慧の見せどころ、私は十分に樂しむことができた。

最も苦心し、時には匙を投げかけたのは、一に作者年代と季節の推移を、その絶唱で繰り展げて見せるといふ、いささか贅澤な趣向の徹底のむづかしさだつた。雜歌、戀歌で部分的に救濟はされるが、意中の作がいくらあつたところで、冬に夏の季題は困るし、夏まで待つとその人の時代は過ぎてゐる。戰中派の冬の歌の傑作があつても明治歌人の中に竝べるわけにはゆかぬ。歌人、俳人五十名づつを時代順に選り、その代表作と私自身の愛誦作を最少五つ、春夏秋冬・雜に部立して列記し、ためつすがめつしてゐるうちに日は過ぎ、とりあへず五十一年中と五十二年新春用計十二回分をリストアップした。十一月は水巴の三日月の霜に始まり、白秋の雪の中の赤い唐辛子、鬼城の冬の蜂、茂吉は青山三丁目の雪、そして一月二日發賣號は「元旦や暗き空より風が吹く・月斗」と決めた時、私はひそかに會心の笑みを湛へてゐた。

現代名歌鑑賞をかういふ場で試みるのは初めてであつた。資料を漁るうちに意外な歌人の意外な傑作に出會ふことも稀ではなかつた。殊にアララギ系歌人の場合、それは卻つて私自身の再發見にも繫ることであり、殊に心を籠めて鑑賞したと思つてもゐる。

現代俳句に關しては既に四十九年に『百句燦燦』（講談社）があり、當時殊更に他の機會を豫想して割愛した名句、たとへば虛子、秋櫻子、万太郎、碧梧桐等のものは、この度惜しげもなく賞味することができた。溫めておいた甲斐があつたといふものだ。また、從つて、一部の例外を除き、『百句燦燦』と「七曜一句」の百句は、作者・作品共に、なるべく重ならぬやう配慮した。

また『王朝百首』『百句燦燦』同樣、この著も一人一首もしくは一句ではない。すなはち、寛・白秋・牧水・茂吉・晶子・虛子は二回登場させた。なほ、連載期間の都合等で誌上發表を割愛した數句は本著初出として加へ、鑑賞作品總數は百三となつた。

百三を數へてなほ「明星」以後、子規以來、今日に渡つて、私の推奬、感歎を惜しまぬ歌や句は夥しい。夭折歌人、無名俳人、あるいはまた未だ聲望定まらぬ新人等の佳作も、私は出會ふ每にこれをノートしてをり、これまた意外な量に上つてゐる。またの機會に、更に筆鋒を研いで肉薄してみたいものだ。

他を選ぶことは歸するところおのれを選び、かつ選ばれることであり、他を語るとはすなはちみづからをあからさまに語ることに過ぎぬといふ常理は、執筆中終始脳裏にちらついてゐた。そして私は意識して、私自身の先入観や好悪を斥けて、淡淡と作品に臨まうとした。だが、「朗朗誦すべき絶唱秀吟」は、つひにいかなる名解説も蛇足に過ぎぬことを、改めて會得した次第である。百人の讀者がゐれば百種類の鑑賞方法が存在する。してよい。しなければならぬ。とすれば私の文章は百一種めの解説方法、格別に優雅に創られた「蛇の足」として讀んでもらへばよからう。蛇が颯爽と歩く日も來るだらう。

昭和五十三年八月八日立秋　　著者

大志と野望を引き出すデコイ

解説　島内景二

塚本邦雄は、「百」という数字を愛した。

黒人オルフェ　こころの夏に百人の競走(レース)の自轉車の臀熱(あつ)し　『綠色研究』
百つぶの蠶豆(そらまめ)煮ゆる間の夫婦たれど　終油にとりみださざれ　『感幻樂』
星昏るる未知の男ら百人の一人眞紅の鹽のごとあれ　『星餐圖』

塚本には、『新歌枕東西百景』『百花遊歴』『珠玉百歌仙』『塚本邦雄新撰小倉百人一首』『百首百華』『青霜百首』『現代百歌園』などの著作群があり、「百」という数字には象徴的な意味を持たせていた。

百は、数字の窮まる奥津城(おくつき)。そして、新たなる数字が生まれ出ずる揺籃。百から始まる無窮の詩歌空間の再スタートは、「千」や「万」を目指しての「百一」への前進であることもあれば、ビッグ・バンをやり直す「一」への縮小でもある。ただし、『秀吟百趣』には、正確には「百三」の詩歌が収められているので、塚本の真意は絶えざる拡大と越境にあった。

豪雨來るはじめ百粒はるかなるわかもののかしはでのごとしも　『閑雅空間』

文芸文庫にも、『定家百首』『百句燦燦』『王朝百首』『西行百首』『花月五百年』と、「百」の字を含む詩歌アンソロジーが揃っている。今回の『秀吟百趣』は、「百」シリーズの第六弾。「正字正仮名」を遵守する塚本美学の魅力が、本書でも全開である。

不思議なことに、この名著『秀吟百趣』は、なぜか『塚本邦雄全集』にも未収録だった。偶然がいくつも重なって、箱入り娘のままで残されていたのである。

書物にも、お色直しや、お化粧直しがある。一般的には、雑誌掲載、単行本、文庫本という順序で、お色直しが行われる。『秀吟百趣』も、週刊誌、単行本を経て、ここに文芸文庫という「至高の時（ホッホ・ツァイト）」にして「終（つい）の奥津城」を得た。誓詞にして墓碑銘でもある聖なる言葉の漢字と仮名づかいは、『塚本邦雄全集』が採用したのと同じ正字と正仮名を採用している。また、文庫化に当たって、誤字・誤植なども訂正できた。

だから、この文芸文庫版『秀吟百趣』を単行本と比較してみると、かなり印象が違う。文芸文庫版が、塚本邦雄の願った正字体に限りなく近い出来上がりとなったことを、心から喜びたい。ここに、後世に遺し伝えるべき『秀吟百趣』の定本が確定したのである。雑誌掲載の時点では、刊行されるその時々の季節感を味わう楽しみがあった。単行本は、昭和五十三年に毎日新聞社から刊行されたが、一気に読み通す楽しみが生じた。

その単行本は、前にも述べたが、箱入りだった。箱には、政田岑生の装幀で、デコイと思われる二羽の鳥の置物が描かれている。二羽なのは、短歌と俳句の寓意だろうか。デコイは、猟で用いられる囮である。塚本邦雄は、この『秀吟百趣』によって、詩歌精神、さらには韻文の女神を捕獲しようとしている。

　夢の沖に鶴立ちまよふ　ことばとはいのちを思ひ出づるよすが　『閑雅空間』

鶴に喩えられる美の女神の別名は、「いのち」。『秀吟百趣』は、選びに選び抜かれた百三の秀吟をデコイにして、文芸の神を捕獲する狩りだった。箱の帯には、「短歌と俳句綜合鑑賞の樂しみ」と銘打たれ、次のような三行の惹句が印刷されていた。これも、政田岑生の発案だろう。

今日　なほ朗朗唱すべき歌はあるか　われらの琴線に觸れる
句はあるか　子規・鐵幹以後の秀歌・絶唱百餘韻に塚本邦雄
がこころゆくばかりの鑑賞文を添へてあまねく現代人に贈る

塚本邦雄は歌壇を超え、多方面にわたって活動したが、批評の分野では現代におけるアンソロジーの第一人者を自認していた。詞華集の場合には、どの作品を選ぶかという選択眼と、選んだ作品の鑑賞という点で、アンソロジストの個性が二重に発揮できる。そこが塚本には魅力的だったのだろう。だから、史上最強のアンソロジストたらんとした。

「六歌仙」を批評した紀貫之の『古今和歌集』仮名序、「三十六歌仙」の基となった藤原公任の『三十六人撰』、そして藤原定家の『小倉百人一首』など、定評あるアンソロジーの向こうを張った鮮烈な詞華集を選ぶことに、塚本は生涯にわたって野心を燃やした。

アンソロジーは、名歌や名句が無尽蔵に蓄積していることを、大前提とする。その膨大な堆積の中から、独自の審美眼を釣り針にして、忘れられた傑作を強引に釣り上げる。

塚本邦雄は、現代詩歌の「国生み」を企図しているのだ。神話のイザナギが海中に差し入れて攪拌したアメノヌボコからは、しずくが垂れて大八洲が誕生したという。新しい詩歌の王国を樹立すること、それが塚本の悲願だった。審美眼と鑑賞力こそが、塚本の手にしていたアメノヌボコだった。

アンソロジーの頂点に立つのは、勅撰和歌集である。塚本は、二十一代集（二十一の勅撰和歌集すべて）から秀歌選を試みて、『花月五百年』を著した。さらには、勅撰和歌集以外からも選歌して、『清唱千首』も編んだ。

戦前の『新万葉集』や戦後の『昭和万葉集』とは編集理念のまったく異なる近現代短歌

の秀歌選を、『新新古今和歌集』と題して編むことは、塚本の悲願だった。そのためには、後鳥羽院が隠岐本『新古今和歌集』にかけた執念を我がものとし、一度は選んだ秀歌の多くを潔く捨てねばならない。

だから塚本は、さまざまなスタイルの詞華集を模索し続けた。『秀吟百趣』は、昭和五十一年十一月十四日号から翌々年十月二十二日号まで、『サンデー毎日』に交互に連載された「七曜一首」と「七曜一句」をまとめ、完結とほぼ同時に単行本となった。

古典和歌の評釈に、新たにして広大な批評の領域を開拓し、「秀歌選と鑑賞」のセットがそのまま優れた創作であることを天下に示した塚本は、満を持して近代詩歌の「秀歌選と鑑賞」に乗り出したのである。『秀吟百趣』以前に、俳句のみの評釈『百句燦燦』はあったものの、近現代の短歌と俳句とを交互に連載する試みは、新機軸だった。

この連載期間の前後で、ロッキード事件による田中角栄の逮捕、王貞治の本塁打七五六号、ハイジャック犯の要求に基づく超法規的措置による赤軍派の釈放、植村直己の北極点到達などが、次々と起こった。また、武者小路実篤、ハイデッガー、吉田健一、ジャック・プレヴェールたちが亡くなり、村上龍『限りなく透明に近いブルー』、中上健次『枯木灘』、小林秀雄『本居宣長』などが刊行された。

新しい文学の胎動が起き、大家の活動もなされる中で、文学者を応援する「読者たち」にも、大きな地殻変動が起きつつあった。この時期を大学生として過ごした私は、当時の読書人の心の渇きを、今も鮮明に記憶している。塚本邦雄は、彼らの心に新しい文学観の種を蒔いた。彼の文学観と美学は、アメノヌボコのように日本人の心を掻き乱した。

新しい歌壇・俳壇・詩壇・文壇・論壇の出現を願う老若男女の読者層が、大きく膨張しつつあった。その人々の要望を吸い上げ、圧倒的な支持で迎えられたのが、塚本邦雄のアンソロジーだった。

『秀吟百趣』の跋で、自ら選んだ秀吟に対して付した鑑賞文を、塚本は「蛇の足＝蛇足」だと謙遜している。だが、「蛇が颯爽と歩く日も來るだらう」という自負も記されている。作品だけが、すべてではない。その詩歌を詞華集に選んだ文学史観を明示した鑑賞文を書くことは、決して蛇足ではない。むしろ、それこそがアンソロジーの醍醐味なのだ。

『秀吟百趣』に先だつ昭和四十八年、塚本邦雄は、キリスト教をモチーフにした自らの短歌作品を選んだ歌集『眩暈祈禱書』を刊行している。この歌集に併載されたキリスト教と関わる自伝「麥芽昏睡　あるいは受肉の倫理について」を、塚本は次のように結んでいる。

　しかも私のノートには、後年『水葬物語』を成す作品の斷片が一首一首と記されつつあつた。瀆神の詞に滿ち、ひそかにイエスをわが友と擬へる虛妄の黃金律の原型は、この時期に彫られたのだつた。一穗の黑穗となつて一群の靑麥を亡ぼすため、一粒の種の中の麥芽は、やうやくその昏睡から覺めようとしてゐた。

塚本邦雄という「一粒の種の中の麥芽」は発芽し、「一穂の黑穗」とも言うべき前衛短歌へと成育し、歌壇を席巻し、「一群の青麥」にも喩えられる詩的風土を一変させた。塚本は余勢を駆って、読書人を巻き込んだ文学運動の展開を企図した。それが、「一穂の黑穗」ともいうべき志によって編まれた独自の詞華集だった。『秀吟百趣』には、日本文学史における「一穂の黑穗」たらんとした塚本の野心が如実に表れている。

どこに、塚本邦雄の「黑穗」があるのだろうか。例えば、青木月斗の「元旦や暗き空より風が吹く」に付された塚本の鑑賞文を読めば、毎年の大晦日と元旦には、この句を思い出さずにはいられなくなることだろう。それは、石川啄木の「何となく、／今年はよい事あるごとし。／元日の朝、晴れて風無し。」と、いかに対照的であることか。ちなみに、『秀吟百趣』には、啄木の歌は入っていない。選ばないという選び方もあるのだ。

『秀吟百趣』の巻頭を飾ったのは、「明星」派の総帥・与謝野寛（鉄幹）の「青服のかの髪長きいさなとり陸（くが）に来る日はをみな隠せよ」。塚本は、「女を隠せと言ふのも、實は逆に出ておいでと唆（そそのか）してゐるのかも知れない」と、鑑賞している。「唆し」。つまり、「デコイ」である。

塚本は、与謝野晶子の「いざよひの月のかたちに輪乗（わの）りしていにける馬と人を忘れず」も、選んでいる。その鑑賞文の末尾は、「思へば夫寛は、そのかみ悍馬（かんば）に跨つて、ある日突然晶子の前に現れ、うむを言はさず横抱きにして連れ去つた猛猛（たけだけ）しい騎士ではあつた」と結ばれる。

鉄幹という「いさなとり」が、晶子という「をみな」と結ばれた瞬間を、劇的、かつ神話的に描いている。これは、「想像」を超えた文学の「創造」である。ちなみに、『秀吟百趣』の単行本の本体の装幀は、アール・デコ調の花だったが、「明星」を意識したものだろう。二つのデコイも、あるいは鉄幹と晶子の鴛鴦夫婦のイメージだったのか。

『秀吟百趣』を書き綴る剛腕の塚本邦雄は、まさに現代の「いさなとり」である。この詞華集を前にした老若男女は、「をみな」にでもなったかのように、自分たちを連れ去ってくれ、という気持ちになる。昭和の末期には、塚本邦雄に牽引されて、新しい星菫派たらんとする老若男女が全国で簇生した。塚本邦雄の美意識と文学観は、彼独自のものであり、「一粒の種」から育った「一穂の黒穂」である。それが、「一群の青麥」をみるみる侵蝕してゆく眺めは、壮観の一言だった。

見方を変えれば、それは「侵蝕」ではなかった。これまで不当に侵蝕されていた、あるべき詩歌、あるべき文学観が回復されたのだ。これまで「一群の黒麥」だった大平原が、生気に満ちた「一群の青麥」へと蘇っていった。

塚本邦雄は、前衛短歌の創出と、詩歌アンソロジー編纂を通して、二度にわたって、日本の戦後文学界を席巻し、革命を起こした。塚本以後の詩歌批評や秀歌鑑賞は、塚本のアメノヌボコが作り出した新しい文学状況なのだ。

私自身の体験だが、若い歌人から、「あなたは、種田山頭火と尾崎放哉のどちらを評価しますか」と聞かれたことがある。私は迷うことなく、「詩才は、断然に放哉の方が上だよ」と答えた。また、「自由律俳句の中で、評価するのはどんな句ですか」と聞かれ、「中塚一碧楼の『酢牡蠣のほのかなるひかりよ父よ』というのは絶品だね」とも答えた。

このたび、『秀吟百趣』の解説を書くに当たり、大学四年生以来、三十五年ぶりに読み直し、赤面した。自分の詩歌観は、塚本邦雄の受け売りだった。三つ子の魂百まで。『秀吟百趣』を一度読んだら、塚本ワールドに連れ去られてしまう。

ちなみに、私が所持している『秀吟百趣』の単行本には、「露微塵」という毛筆識語がある。山口青邨の項で紹介されている「鶏頭の白からんまで露微塵」に因んでいる。現在、塚本邦雄の著書・旧蔵書・自筆原稿・書簡などは、一括して岩手県北上市の日本現代詩歌文学館に寄贈されている。そこには、山口青邨の旧居と庭園である三艸書屋と雑草園も移築されている。塚本邦雄と山口青邨を結ぶ不思議な縁にも、気づかされた。

さて、『秀吟百趣』である。この巨大な磁場である塚本邦雄に飛び込んだ読者が、次にはどのような「一穂の黒穂」となって、塚本の文学宇宙の色を塗り替えてゆくか、その野心が問われよう。いや、二十一世紀の文学界の風土を、どうすれば激変させられるか。その野望が鬱勃と目覚めた時、人は読者ではなく、創作者へと変貌している。『秀吟百趣』は、大志と野望に満ちた詩歌人を、草深い野から誘い出すための、見事なデコイなのである。

本書は、『秀吟百趣』（昭和五三年一〇月 毎日新聞社刊）を底本として使用しました。文庫化にあたって、引用の不備をただし、ルビを必要最小限で追加し、底本に見られる誤植や、明らかに著者の錯覚によって生じたと思われる誤記を訂正するなどしましたが、原則として底本に従いました。なお、前述の訂正、表記上の変更に際しては、島内景二氏の教示を得ました。本文の表記は著者の生前の強い意向を尊重して正字正仮名遣いによる底本のままとしました。正字正仮名は、『塚本邦雄全集』（平成一〇年一一月〜一三年六月 ゆまに書房刊）の用字に統一しました。

また、底本にある表現で、今日からみれば不適切と思われる言葉がありますが、作品が書かれた時代背景と作品的価値、および著者が故人であることなどを考慮し、底本のままとしました。よろしくご理解のほどお願いいたします。

秀吟百趣

塚本邦雄

二〇一四年一一月一〇日第一刷発行
二〇二五年 五 月一三日第四刷発行

発行者——篠木和久
発行所——株式会社 講談社
東京都文京区音羽2・12・21 〒112-8001
電話 編集（03）5395・3513
販売（03）5395・5817
業務（03）5395・3615

デザイン——菊地信義
印刷——株式会社KPSプロダクツ
製本——株式会社国宝社
本文データ制作——講談社デジタル製作

定価はカバーに表示してあります。

ISBN978-4-06-290250-2

講談社文芸文庫

講談社文芸文庫

青木淳選——建築文学傑作選　青木 淳——解
青山二郎——眼の哲学|利休伝ノート　森 孝一——人／森 孝一——年
阿川弘之——舷燈　岡田 睦——解／進藤純孝——案
阿川弘之——鮎の宿　岡田 睦——年
阿川弘之——論語知らずの論語読み　高島俊男——解／岡田 睦——年
阿川弘之——亡き母や　小山鉄郎——解／岡田 睦——年
秋山駿——小林秀雄と中原中也　井口時男——解／著者他——年
秋山駿——簡単な生活者の意見　佐藤洋二郎-解／著者他——年
芥川龍之介-上海游記|江南游記　伊藤桂一——解／藤本寿彦——年
芥川龍之介 谷崎潤一郎 文芸的な、余りに文芸的な|饒舌録ほか 芥川vs.谷崎論争 千葉俊二編　千葉俊二——解
安部公房——砂漠の思想　沼野充義——人／谷 真介——年
安部公房——終りし道の標べに　リービ英雄-解／谷 真介——案
安部ヨリミ-スフィンクスは笑う　三浦雅士——解
有吉佐和子-地唄|三婆 有吉佐和子作品集　宮内淳子——解／宮内淳子——年
有吉佐和子-有田川　半田美永——解／宮内淳子——年
安藤礼二——光の曼陀羅 日本文学論　大江健三郎賞選評-解／著者——年
安藤礼二——神々の闘争　折口信夫論　斎藤英喜——解／著者——年
李良枝——由熙|ナビ・タリョン　渡部直己——解／編集部——年
李良枝——石の聲 完全版　李 栄——解／編集部——年
石川桂郎——妻の温泉　富岡幸一郎-解
石川淳——紫苑物語　立石 伯——解／鈴木貞美——案
石川淳——黄金伝説|雪のイヴ　立石 伯——解／日高昭二——案
石川淳——普賢|佳人　立石 伯——解／石和 鷹——案
石川淳——焼跡のイエス|善財　立石 伯——解／立石 伯——年
石川啄木——雲は天才である　関川夏央——解／佐藤清文——年
石坂洋次郎-乳母車|最後の女 石坂洋次郎傑作短編選　三浦雅士——解／森 英一——年
石原吉郎——石原吉郎詩文集　佐々木幹郎-解／小柳玲子——年
石牟礼道子-妣たちの国 石牟礼道子詩歌文集　伊藤比呂美-解／渡辺京二——年
石牟礼道子-西南役伝説　赤坂憲雄——解／渡辺京二——年
磯﨑憲一郎-鳥獣戯画|我が人生最悪の時　乗代雄介——解／著者——年
伊藤桂一——静かなノモンハン　勝又 浩——解／久米 勲——年
伊藤痴遊——隠れたる事実 明治裏面史　木村 洋——解
伊藤痴遊——続 隠れたる事実 明治裏面史　奈良岡聰智-解

▶解=解説 案=作家案内 人=人と作品 年=年譜を示す。 2025年4月現在